어떤 은수 ———를

일러두기

1. 본문 중 괄호 안 설명글은 옮긴이 주입니다.
2. 본문에 등장하는 바다짐승 '세온'과 '유게와', '게토', '운타', '아슈', '가몬' 등의 물고기 이름은 작가의 창작입니다.
3. 본문에 나오는 '가쿠와 세아' 설화는 작가의 창작입니다.

어떤 은수 ─── ─── ── 를

히로시마 레이코 소설집

이소담 옮김

위즈덤하우스

차례

어떤 은수――를

오
프
닝.

분위기가 엄숙한 방이었다.

양쪽 벽면에 천장까지 닿도록 설치된 책장에는 위부터 아래까지 진귀한 책이 빽빽하게 꽂혀 있다. 창가에 놓인 이국적인 책상은 적갈색 광택을 뽐냈고, 책상과 한 쌍인 의자에는 붉은 벨벳 쿠션이 놓여 있었다.

언뜻 서재처럼 보이는 방인데 중앙에 커다란 침대가 놓였다. 이 역시 외국에서 왔을 것이다. 호화로운 캐노피가 달렸고, 금실로 무늬를 수놓은 심홍색 커버를 씌워 위압감을 주었다.

이 방의 주인은 바로 그 침대에 있었다.

커다란 깃털 베개에 등을 대고 몸을 일으켜 앉은 남자. 나이는 일흔 살이 넘어 보였다. 그런데도 눈빛은 독수리처럼 예리하고 빈틈없으며, 하얀 갈기 같은 머리카락에서는 사자가 떠올랐다. 노인이라

부르기에는 패기 넘치는 남자였다.

이시와타리 세이잔.

이 남자의 이름이다.

세이잔은 방 안을 천천히 둘러보았다. 노인의 침대를 둘러싸고 의자가 다섯 개 놓여 있었고, 다섯 명의 손님이 앉아 있었다.

남자도 있었고 여자도 있었다. 혼자인 사람도, 동행이 있는 사람도 있었다. 나이도 다 다른데 특히 눈빛이 제각각이다.

초조해 핏발이 선 눈.

광기 가득한 눈.

무언가에 푹 빠진 눈.

만족스러운 눈.

마지막으로 아무 감정도 없이 몽롱한 눈.

그들을 차분히 관찰한 뒤, 세이잔이 입을 열었다.

"일 년 전에 나는 너희 다섯 명을 여기로 불러 가장 빼어난 은수를 데려온 자에게 내 전 재산을 주겠다고 했지. 한데…… 솔직히 실망스럽구나."

노인의 목소리에는 묵직한 힘이 있었다. 그의 목소리와 말투를 듣고 어깨를 떠는 자도 몇 명 있었다.

"내가 시킨 일은 지극히 단순했다. 그런데 오늘 여기 모인 사람 중에 은수를 데려오지 않은 자도 있군. 대체 어찌하여 이리됐느냐? 심히 불쾌하다만 흥미롭기도 하군. 한 사람씩 지난 일 년간 무슨 일이 있었는지 말해 보아라."

세이잔의 시선이 가장 오른쪽 끝에 앉은 남자에게 향했다.

"후유쓰구."

"네, 네!"

허둥지둥 의자에서 일어난 사람은 스물너덧 살 정도로 보이는 청년이었다. 옷차림도 초라하고 머리카락은 헝클어졌으며, 얼굴도 홀쭉하게 여위었다.

'이렇게나 변하다니.'

세이잔은 속으로 탄식했다.

일 년 전, 이 청년은 눈부신 젊음과 거만함, 뻔뻔스럽기까지 한 자신감을 뽐냈다. 지금은 그 전부가 온데간데없고 조바심과 고통에 찌들었다. 아름답고 늠름했던 얼굴도 겁에 질리고 비굴한 표정으로 바뀌었다.

청년은 자리에서 일어서고도 고개를 푹 숙인 채, 좀처럼 이야기를 시작하지 못했다. 세이잔이 다시 재촉했다.

"너부터 시작해라, 후유쓰구. 말하지 않겠다면 당장 나가라. 다만 네 이야기가 재미있다면 그럭저럭 대가를 챙겨 주마."

후유쓰구의 눈이 번뜩이는 것을 보고, 세이잔은 속으로 꼴사납다고 비웃었다.

대가라는 말이 초췌해진 후유쓰구에게 용기를 주었나 보다. 후유쓰구는 바들바들 떨면서도 이야기를 시작했다.

후
유
쓰
구。

이시와타리 세이잔. 그 이름을 모르는 자는 갓난아기 정도이리라.

아무 가치도 없던 돌산에서 진귀한 광석을 발견해 큰돈을 벌었고, 그 자금을 무역에 투자해 오로지 혼자 힘으로 거대한 부를 쌓은 남자. 지금은 귀족도 그의 눈치를 살필 정도이니 감히 어깨를 나란히 할 자가 없는 뛰어난 인물이었다.

세이잔이 손을 댄 사업은 모조리 성공을 거둬 투자한 자금이 반드시 수십 배로 불어 그의 품으로 돌아갔다. 혀를 내두를 정도로 돈벌이에 눈이 밝고 운도 좋은 탓에 어떤 자는 그를 천재라 불렀고 어떤 자는 그를 괴물이라 불렀다. 어느 쪽이든 그는 두려운 사람이었다.

세이잔은 성격 또한 괴팍했다.

성공한 사람답지 않게 가족에 집착하지 않았다. 두 번 결혼했는데, 두 번 다 인맥과 사업을 넓히기 위한 정략결혼이어서 부부 관계는 냉랭했다. 결혼 생활이 오래가지도 않았다. 자식을 얻기도 전에 첫 부인은 병사, 두 번째 부인은 사고사로 허무하게 세상을 떠났다.

세이잔은 그다지 슬퍼하지는 않았으나, 결혼에 완전히 질린 듯했다. 그 뒤로는 가까운 관계를 맺지 않고 오로지 고독을 즐기며 부를 쌓았다.

그런 고고한 왕도 나이는 이길 수 없었다. 지난해 큰 병을 앓은 뒤로 세이잔은 저택에서 거의 나오지 않았다.

마침내 이시와타리 세이잔도 숨을 거둘 때가 되었구나. 그렇다면 남겨질 그의 부는? 도대체 누구에게 갈까?

두 번 결혼해서 친척 관계가 된 사람들부터 부하, 심지어 저택 하인들까지 '혹시 내가……?' 하는 기대를 잠깐이라도 품지 않은 자가 없었다.

세이잔이 얼마나 변덕스러운지는 유명했다. 길에서 만난 아무 연고도 없는 꽃 파는 아이에게 루비 반지를 툭 던져 준 적도 있었다.

그런 일도 있었으니까 어쩌면 내게도 운이 따를지 모른다. 어쨌거나 세이잔에게는 후계자가 없으니까.

누구지? 도대체 누가 세이잔의 마지막 은총을 받을 것인가?

주위에서 하도 술렁거리니까 불쾌했을 것이다. 세이잔은 환심을 사겠다고 부지런히 찾아오는 자들을 피해 침실에 틀어박혔다. 각종 사업에 필요한 지시도 전부 침실에서 했고, 찾아오는 손님이 아무리 대단한 사람이라도 쫓아냈다.

그랬던 세이잔이 갑자기 구라바야시 후유쓰구를 초대했다.

중요한 이야기가 있으니 서둘러 오도록.

짧고 인정머리 없는 편지를 받은 순간, 후유쓰구는 온몸의 피가
들끓도록 흥분했다.

지금 세이잔에게 중요한 이야기라면 재산 이외에 뭐가 있겠나. 나
는 선택받았다. 부를 내게 넘기려는 것이다.

후유쓰구는 아주 먼 혈연관계이기는 해도 세이잔의 첫 번째 아내
의 어머니 쪽 친척이다. 그래서인지 세이잔도 일단은 구라바야시 가
문에 마음을 써서 사업을 하나 맡겨 주었다. 사업 때문에 후유쓰구
는 몇 번이나 세이잔과 만났고, 그의 마음에 들려고 노력했다.

이때 노력이란, 사업에 힘쓰는 것만이 아니었다. 세이잔 앞에 설
때면 차림새에도 유난히 신경 썼고, 시원시원한 말투와 올바른 행동
거지를 선보이되 너무 딱딱하거나 비굴해 보이지 않도록 조심했다.

세이잔은 후유쓰구에게 발톱에 낀 때만큼도 관심을 보이지 않았
으나, 속으로는 믿음직한 젊은이라고 여겼나 보다. 그러니 이렇게 저
택에 초대했을 거다. 지금까지 해 온 일이 헛수고는 아니었다. 후유
쓰구는 만족에 겨워 웃었다.

"결국 이시와타리 어르신도 후계자 없는 늙은이였어. 후후, 오랫
동안 나답지 않게 착한 척하느라 힘들었는데 무의미하지 않았어."

눈앞이 아찔할 정도의 기대감을 가득 안고 후유쓰구는 세이잔의 저택으로 날아갔다.

그러나 저택에 도착하고 당황했다. 초대 손님이 여럿이었다.

저택에 모인 사람은 후유쓰구를 포함해 총 다섯 명. 모두 세이잔과 어떤 식으로든 인연이 있는 사람들이다.

부풀었던 기대감이 펑 터져 후유쓰구는 자기도 모르게 혀를 찼다.

설마 이 사람들도 불려 왔을 줄이야. 역시 이시와타리 세이잔은 방심할 수 없는 늙은이다. 그래도 사람들을 보고 확신했다. 오늘 모임은 재산과 관련된 게 분명했다.

후유쓰구는 호화로운 거실에서 나머지 네 사람을 적의 가득한 눈빛으로 노려보고 짜증과 증오를 억누르며 때를 기다렸다.

잠시 뒤, 집사가 와서 다섯 명을 세이잔의 침실로 안내했다.

세이잔과는 일 년 만에 만났는데, 그가 풍기는 패기와 예리함, 비정함은 전혀 약해지지 않았다. 역시 괴물이다. 후유쓰구는 속으로 욕하면서도, 겉으로는 기뻐 어쩔 줄 모르겠다는 표정을 지었다.

"어르신! 다행입니다. 은거하신 뒤로 뵙지 못해 걱정했습니다만, 변함없이 건강해 보이십니다."

"……입을 열라고 하지 않았다, 후유쓰구."

"네, 네! 죄송합니다. 어르신을 뵈어 너무도 기쁜 나머지 실례를 저질렀습니다. 앞으로 주의하겠습니다."

후유쓰구는 활달해 보이려고 미소를 지었다.

세이잔은 방 중앙에 놓인 침대에 앉았고, 그 침대를 중심으로 의자가 다섯 개 놓여 있었다.

손님들이 각자 의자에 앉자, 세이잔이 단도직입적으로 말했다.

"너희 다섯 명 중 가장 뛰어난 자에게 내 재산을 전부 남기겠다."

소리 없이 동요하는 다섯 명에게 세이잔이 작고 까만 종이를 한 장씩 건넸다.

명함이었다. '은숲'이라는 글자가 은색 잉크로 크고 우아하게 적혔고, 그 아래에 조금 작게 주소가 적혔다.

뒷면에는 주홍빛 도장이 찍혔다. 원 안에 날카로운 초승달 두 개가 교차한 무늬. 이시와타리 세이잔의 가문(가문을 나타내는 상징적인 무늬나 표지. 옛 유럽이나 일본에서 흔히 볼 수 있다.)이다.

"그 주소를 찾아가라. 명함을 보여 주면 은수 알을 줄 것이다."

이번에는 모두 경악을 감추지 못했다.

'은빛 짐승'이라는 뜻의 은수. 돌의 알에서 태어나 주인이 될 인간이 바라는 대로 성장한다. 돌의 정령이라고도 불리며, 생물과 광물 중간에 해당하는 존재라고 한다.

인간과 짐승이 뒤섞인 듯한 신비롭고 아름다운 모습, 주인에게 충성하는 성질 덕분에 최고의 애완동물로 여겨졌다.

다만 은수가 태어나는 알은 시중에서 쉽게 구할 수 없었다. 은수 알을 다루는 자들은 알을 어디에서 입수하는지 절대 밝히지 않았다. 당연히 알의 가격은 천정부지로 치솟았다. 황족이나 귀족, 어지간한 부자가 아니고서는 손에 넣을 수 없었다.

은수를 소유하는 것은 그 어떤 보석으로 몸을 치장하는 것보다 사치로 여겨져 모두가 탐내는 목표였다.

당연히 이시와타리 세이잔도 은수를 가졌다. 오우키라고 불리는 그 은수는, 심홍색 머리카락을 자유분방하게 휘날리고 윤기 흐르는 금빛 피부를 지닌 아름다운 청년의 모습이다. 다만 상반신만 그랬다. 하반신은 강인한 사자처럼 생겼고, 갈기는 반질반질한 칠흑색이다. 체구도 커서 거의 말만 했다. 압도적인 힘을 내뿜는 외모여서 세이잔이 키운 은수임을 한눈에 알 수 있었다.

큰 병을 앓기 전에 세이잔은 오우키의 등에 걸터앉아 어디든 함께 다녔다. 후유쓰구도 그 모습을 여러 번 봤다. 세이잔이 얼마나 부러웠는지 모른다. 구라바야시 가문도 나름대로 자산가지만, 은수를 얻을 정도는 아니었다.

그런데…….

후유쓰구는 까만 명함을 구멍 뚫을 기세로 들여다보았다. 이번 생에는 무리일 줄 알았는데 은수를 이렇게 갖게 된다고? 이 종이 한 장이 정말로 은수를 가져다줄까?

혼란스러운 자는 후유쓰구만이 아니었다. 후보자 중 하나가 거칠어진 목소리로 물었다.

"그렇다면 여기, '은숲'이라는 곳은 은수를 다루는 가게입니까?"

"그래. 겁내지 않아도 된다. 대금은 이미 치렀고, 주인에게는 너희가 원하는 바를 전부 들어주라고 말해 뒀으니. 너희는 거기 가서 알을 받아 부화시키고 키우면 된다."

"……."

"일 년 뒤, 내가 너희를 다시 여기로 부르마. 그때 가장 빼어난 은수를 데려온 자가 내 재산을 받을 것이다."

이야기는 여기까지라며 세이잔은 모두 내쫓았다.

후유쓰구는 제일 먼저 저택에서 튀어나와 마차에 올라탔다. 머릿속이 쿵쿵 울리고, 온몸에서 피가 뿜어 나올 것처럼 흥분했다.

무슨 수를 써서든 이시와타리 세이잔의 재산을 갖고 싶었다. 그러려면 누구보다 먼저 은수 알을 손에 넣어야 한다. 억만금도 명성도 전부 내 것이다. 아무도 못 건드리게 하겠다.

시종을 닦달해 거의 날 듯한 속도로 마차를 달린 덕분에 후유쓰구는 얼마 지나지 않아 목적지에 도착했다.

을씨년스러운 동네였다. 버려진 건물이 지저분하게 늘어섰고, 어두컴컴한 골목에서 쥐나 고양이가 어슬렁대는 기척이 났다.

사람도 드문드문 보였는데, 다들 수상쩍게 생겼다. 딱 봐도 평범해 보이지 않았다. 그들은 빈곤층이나 거지와 달리 후유쓰구의 마차를 보고도 한 푼 달라는 표정을 짓지 않았다. 오히려 깔보듯 웃는 사람까지 있었다.

"더러운 하층민들."

후유쓰구는 욕을 내뱉으며 마차에서 내렸다. 가게는 좀 더 가야

하는데, 길이 좁아서 마차로 들어갈 수 없었다.

　골목은 지저분한 물과 쓰레기로 뒤덮여 끔찍한 냄새가 났다. 세이잔과 만나려고 가장 좋은 양복을 입고 온 것을 후회했다. 특별 주문한 가죽 구두는 이런 더러운 땅을 걸으면 다 망가질 것이다.

　그러나 후유쓰구는 금방 생각을 바꿨다. 세이잔의 재산을 손에 넣으면 이런 구두나 옷쯤 얼마든지 또 살 수 있다. 마음을 다잡은 뒤 명함을 한 손에 들고 좁은 골목으로 들어갔다.

　그곳에 작은 가게가 있었다. 무너질 듯한 건물과 건물 사이에 억지로 비집고 들어간 듯한 모양새였다. 이국적인 벽돌 건물로, 초록색으로 칠한 문에 '은숲'이라고만 적힌 간판이 달렸다. 유리창에는 까만 벨벳 커튼이 쳐 있어 들여다봐도 안이 전혀 보이지 않았다.

　왠지 들어가기 망설여졌지만, 여기서 물러나면 안 된다. 후유쓰구는 가게 문을 밀치고, 성큼 안으로 들어갔다.

　가게 안에는 램프만 딱 하나 켜 있을 뿐이라 사방이 거무스름하게 어두웠다. 전부 어렴풋하게 보여서 발밑이 불안했다.

　후유쓰구는 램프 옆에서 최대한 떨어지지 않으며 주위를 둘러보았다. 너무 어두웠다. 가게라면서 아무것도 없었다. 텅 비어서 마치 폐허 같았다. 그런데 방 안의 공기는 고여 있지 않고 오히려 은은하게 좋은 향기가 났다.

　"어이! 누구 없나!"

　참다못해 후유쓰구가 외치자, 응답하듯이 어둠 저 너머에서 쿵 하고 소리가 났다. 이어서 사람 그림자가 천천히 나타났다.

후유쓰구 앞에 선 사람은 황록색 기모노(일본의 전통 의상. 길이가 길고 소매가 넓으며 앞이 터져 있어서 여미고 허리띠를 두른다.)를 입은 남자였다. 짧은 머리에 둥근 안경을 썼고, 서글서글한 표정으로 웃었다. 서른 중반으로 보였는데, 나이에 비해 묘하게 차분했다.

남자가 나긋나긋하게 물었다.

"무슨 일인지요? 길을 잃었나요?"

후유쓰구는 묵묵히 명함을 내밀었다. 그러자 남자의 태도가 확 바뀌었다. 갑자기 공손하게 고개를 숙였다.

"이거야 원. 이시와타리 어르신의 손님이셨군요. '은숲'에 잘 오셨습니다."

"여기가 정말 은수 가게이군?"

"네. 제가 주인입니다. 이시와타리 어르신께 전부 들었습니다. 자, 이쪽으로 오시지요."

남자를 따라 안쪽으로 일곱 걸음쯤 걷자 문이 있었다. 까맣게 칠해서 가까이 가지 않는 한 알아차리기 어려웠다. 가게 주인은 아까 여기에서 나왔나 보다.

주인이 문을 열자, 지하로 내려가는 계단이 있었다. 계단을 내려가자 또 문이 나왔는데, 그 문에는 아주 튼튼해 보이는 자물쇠가 세 개나 달렸다.

주인이 자물쇠를 하나하나 풀어 문을 열었다.

"자, '은숲'의 상품을 보십시오."

안으로 들어간 후유쓰구는 숨을 들이켰다.

방 안이 지하 같지 않게 밝았다. 천장에서부터 은 사슬이 잔뜩 늘어져 있었는데, 사슬 끝에는 촛대 같은 접시가 달렸다. 접시 위에는 양초가 아니라 반짝이는 알이 있었다.

크기는 메추리알보다 조금 컸다. 수정처럼 투명하면서 은은하게 은빛 광택을 내뿜었다. 표면은 매끄러운데, 자세히 보니 가는 잎맥 같은 줄기로 뒤덮였고 그 안쪽 중심부에 반짝이는 빛이 있었다.

알마다 품은 빛의 색이 다 달랐다.

금색, 무지개색, 진보라색, 초록색, 귤색, 심홍색.

색이 비슷한 알도 있었다. 그러나, 비슷할 뿐이지 똑같은 알은 하나도 없었다. 제각각 강렬한 '개성'을 내뿜었다.

후유쓰구는 압도되었다.

"이게 전부……."

"네. 은수 알입니다. 손님, 이 중에서 마음에 드는 알을 하나 고르시지요."

"가장 좋은 걸 원하네. 어떤 알이 제일 좋지?"

"글쎄요."

주인이 고개를 갸웃거렸다.

"은수 알에 우열은 없습니다. 알은 소유한 인간의 영혼이 보내는 파동을 받아 부화하니까요. 어느 알에서든 분명 손님이 만족할 은수가 태어날 겁니다. 그래도 흠, 가장 끌리는 알을 고르시는 것이 좋겠지요."

어쩔 수 없이 후유쓰구는 방을 걸으며 살폈다.

천장에 매달려 은은하게 반짝이는 알들. 그 색. 그 개성. 어떤 알을 선택해야 할지 모르겠다. 색색의 보석을 앞에 두고 그중 마음에 드는 것 하나만 고르라는 소리를 들은 기분이었다.

마침내 후유쓰구가 걸음을 멈췄다.

눈앞에 금빛을 내뿜는 알이 있었다. 금빛 조각이 안에서 찬란하게 반짝였다.

이거다. 금은 가장 호화로운 색이다. 자신에게 가장 어울리는 색이기도 하다.

후유쓰구는 이 알로 하겠다고 말했다.

"알겠습니다."

주인은 조심스럽게 알을 내려 애정을 담아 뭐라고 속삭인 뒤 후유쓰구에게 건넸다.

받아 보니, 알은 살짝 따뜻하고 제법 무거웠다.

환상처럼 귀한 알이 자기 것이 되었다는 생각에 후유쓰구는 저도 모르게 웃었다.

"그래, 이 알을 부화시키려면 뭘 어떻게 해야 하나?"

"네. 곁을 떠나지 말고 시간이 있을 때마다 아낌없이 만져 주십시오. 태어나길 바라는 이상적인 모습과 특성을 생각하며 매일 부드러운 천으로 표면을 닦아 주세요. 그리고 손님의 피 한 방울을 매일 빠짐없이 알에 떨어뜨리세요. 그러면 한 달 안에 은수가 태어납니다."

"너무 번거로운데."

후유쓰구는 벌써 질렸다.

그는 사람들의 눈길을 사로잡아 절찬을 받을 아름다운 애완동물을 원했다. 알일 때부터 사랑을 담아 키울 끈기나 기력 따위는 없었다. 게다가 자신이 바라는 이상적인 은수의 모습을 떠올리기 어려웠다. 그런 쪽으로는 상상력이 부족했다. 다행히 후유쓰구는 잔머리 하나는 잘 돌아갔다. 후유쓰구가 주인에게 물었다.

"은수 가게라면, 혹시 알 부화도 맡아서 해 주나?"

"네. 손님들은 대부분 알부터 키우기를 선호하나 번거로워하는 분도 분명히 계십니다. 그럴 때는 제가 일시적으로 맡아 손님의 희망사항을 듣고 부화할 때까지 돌봅니다."

"그렇다면 부탁하지."

"그래도 괜찮겠습니까?"

"그래. 나는 워낙 바쁜 몸이라서, 알을 돌볼 여유가 없어. 전문가에게 맡기고 싶네."

알겠다며 주인이 다시 고개를 숙였다.

"그렇다면 알을 맡겠습니다. 그나저나…… 어떤 은수를 희망하십니까?"

"아름다운 은수."

후유쓰구가 생각할 것 없이 대답했다.

"다른 은수보다 아름다운 은수를 만들어 주게. 이시와타리 어르신의 오우키보다 멋져서 보기만 해도 감탄이 나오는 은수를. 무조건 다른 은수가 발끝에도 못 미칠 정도로 아름다워야 하네."

이시와타리 세이잔은 '가장 빼어난 은수'라고 말했다. 은수는 부의 상징이며, 그 용모로 사람들을 황홀하게 한다. 즉, '빼어남'이란 '아름다움'이다.

후유쓰구는 이렇게 믿어 의심치 않았다.

은수 가게 주인은 알겠다고 하며, 알이 부화하면 연락하겠다고 약속했다.

후유쓰구는 직접 고른 알을 은수 가게에 맡기고, 의기양양하게 자기 집으로 돌아왔다.

은수 가게 '은숲'에서 편지가 온 것은 정확히 한 달이 지난 뒤였다.

　　　　　급히 방문을 바람.

편지에는 딱 이 말뿐이었다. 전보처럼 건조했다. 그래도 후유쓰구는 잔뜩 들떴다.

마침내 은수가 부화했구나. 과연 어떤 은수일까?

후유쓰구는 그날 일정을 전부 취소하고 마차에 올라탔다.

은수 가게 주인이 다급하게 뛰어 들어온 후유쓰구를 반갑게 맞이
했다.

"어서 오십시오."

"부, 부화했지? 그렇지?"

"네."

"완성도는……? 내가 원하는 대로 해 줬겠지?"

"그 점은 직접 확인하시지요. 다만…… 지금까지 부화시킨 은수
중에서도 가장 아름답다고 자부합니다."

은수 가게 주인이 미소 지으며 "이쪽으로." 하고 후유쓰구를 인도
했다. 이번에는 가게 오른쪽으로 걸어갔다. 그쪽에도 까만 문이 있었
고, 위로 올라가는 계단이 있었다. 올라가자 작은 방에 도착했다.

텅 빈 방이었다. 창문도 없이, 그저 중앙에 은색으로 칠한 왕좌 같
은 의자가 있을 뿐이었다. 그 의자에 한 소녀가 앉아 있었다. 나른하
게 머리를 의자 팔걸이에 기대고서 가만히 이쪽을 응시했다.

후유쓰구는 소녀의 미모에 말을 잃었다.

비현실적인 아름다움이란 바로 이것이다. 나이는 고작해야 열 살
정도로 보이는데, 성숙한 여성의 분위기가 풍겼다.

너무 새하얘서 오히려 어둡게 느껴지는 피부. 부드럽게 부풀어 독
을 머금은 양 불그스름한 입술. 긴 속눈썹이 촘촘한 커다란 눈은 청
순하면서도 마성이 깃든 비취색이다.

특히 소녀의 머리카락이 시선을 끌었다. 온몸을 뒤덮으며 바닥까

지 늘어진 머리카락은 말 그대로 순금색이었다.

금덩이에서 뽑아낸 것처럼 찬란하게 빛나는 금발. 어찌나 반지르르하고 폭포처럼 풍성한지, 휴우쓰구는 어느새 자기도 모르게 손을 내밀었다.

한 움큼을 쥐었다. 머리카락이 자그마한 금빛 뱀처럼 매끄럽게 손에서 흘러내렸다. 그 감촉까지도 황홀했다.

더 쓰다듬고 싶다. 더 만지고 싶다.

후유쓰구는 머리카락을 만지작거리며 소녀를 살폈다.

아름다웠다. 오싹하리만큼. 소녀를 이루는 모든 것이 괴이한 박력과 아슬아슬 일그러진 요염함을 만들어 냈다. 보면 볼수록 시선을 떼지 못하겠다. 대단한 흡입력이다. 영혼까지 빨려 들어갈 것만 같다.

가게 주인이 말을 걸지 않았다면, 후유쓰구는 영원히 소녀를 만지고 바라보았을 것이다.

"괜찮으세요? 손님?"

"음······."

"만족하십니까?"

"아, 그래. 만족해. 만족하고말고."

"다행입니다. 그럼 마지막 마무리를. 이 일만큼은 손님이 직접 하셔야 합니다."

"뭘 하면 되나?"

은수 가게가 작은 단도를 내밀었다. 수정으로 만들었는지, 날이 투명했다.

"피와 이름을 주세요. 손님의 피를 마시게 하고, 은수에게 이름을 붙이는 겁니다. 그러면 은수는 완벽하게 손님 것이 됩니다. 손님을 유일한 주인으로 인정하지요."

"알았네."

후유쓰구는 단도를 받아 검지를 조금 그었다.

금세 피가 번지는 손끝을 금빛 소녀의 입술에 조심스럽게 댔다. 소녀가 손가락을 빨자, 오싹하게 기분이 좋았다.

갑자기 머릿속에 이름이 떠올랐다.

이거다. 이것뿐이다.

"긴카."(금빛 꽃이라는 뜻.)

후유쓰구가 이름을 중얼거린 순간, 소녀가 달라졌다. 몽롱했던 눈에 빛이 깃들더니, 후유쓰구를 열렬하게 바라보았다. 마치 인형에 피가 통한 듯한 변화였다.

은수 가게 주인이 만족하며 고개를 끄덕였다.

"축하합니다. 이로써 이 은수는 완벽하게 손님 소유가 됐습니다. 자, 데리고 돌아가시지요. 오래오래 아껴 주십시오."

"아, 그러지."

후유쓰구는 긴카를 안으려고 허리 쪽으로 조심조심 팔을 내밀었다. 머리카락을 헤집다가 깜짝 놀랐다.

머리카락에 감춰져서 몰랐는데, 긴카의 허리 아래는 우아한 물고

기 모양이었다. 무지개색 옥석 같은 비늘로 덮였고, 끝에는 물빛 지느러미가 있었다.

인어. 달이 뜬 바다에서 뱃사람을 유혹해 물속으로 끌고 들어간다는 신화 속 생물과 같은 모습이었다.

이거 갈수록 더 대단하군. 후유쓰구는 한숨을 내쉬었다. 아름다움에 더해 신비롭기까지 했다. 자신에게 딱 어울리는 은수였다.

안아 보니 긴카는 깃털처럼 가벼웠다. 이 정도라면 얼마든지 안고 다닐 수 있다. 어디든 데리고 다닐 수 있겠다. 그 점도 마음에 쏙 들었다.

"그럼 데리고 돌아가지…‥. 참, 먹이는? 뭘 주면 되나?"

"손님, 은수는 돌의 정령입니다. 생물이 아니라서 먹지 않습니다."

따라서 배설도 안 한다고 주인이 설명했다.

"다만 애정만큼은 아낌없이 주셔야 합니다. 손님의 마음, 관심이 은수를 점점 더 반짝이게 할 테니까요."

"그래. 그건 걱정 안 해도 돼."

후유쓰구는 보물을 옮기듯이 소중하게 긴카를 데리고 저택으로 돌아왔다.

그날부터 후유쓰구는 어딜 가더라도 긴카를 데리고 다녔다.

일터, 거래처, 사교 모임.

긴카는 어디에서나 극찬을 받았다. 사람들이 보내는 열렬하고 질투 어린 시선이 후유쓰구를 우쭐하게 했다.

그렇다고 남에게 자랑만 하러 다니지는 않았다. 가끔은 몇 시간이나 긴카와 단둘이 보냈다. 황금 머리카락을 어루만지고 빗으로 빗겨 주면 시간 가는 줄 몰랐다.

후유쓰구는 말 그대로 긴카에게 푹 빠졌다.

물을 좋아하는 긴카를 위해 방에 커다란 수조를 만들어 자유롭게 헤엄치게 했다. 반짝이는 머리카락이 더 돋보이도록 값비싼 머리 장식품과 빗을 아낌없이 사 주었다. 온 마음을 다해 뜨겁게 사랑했다.

그 마음과 집착은 그대로 은수에게 전해졌다.

말은 하지 못했으나, 긴카는 미소를 짓기 시작했다. 티 없이 맑은 미소. 자신만을 향하는 미소에 후유쓰구는 날이 갈수록 더 긴카를 아꼈다.

이대로 사랑에 빠져 있었다면 얼마나 행복했을까.

훗날 후유쓰구는 이렇게 후회하게 된다…….

긴카를 손에 넣고 수개월이 지난 여름밤. 후유쓰구는 밤 연회 자리에서 뜻밖의 상대와 만났다.

아라모리 데루코. 다섯 상속인 후보 중 한 명이다.

데루코는 이시와타리 세이잔의 첫 번째 부인의 조카로, 세이잔과는 가장 가까운 친척인 셈이다. 우아한 용모와 교양을 겸비한 데루코를 세이잔도 제법 마음에 들어 하는 것 같았다. 후유쓰구는 내심 데루코를 후보자 중 가장 위험하다고 여겼다.

가능하면 마주치기 싫었으나, 지금 데루코의 기를 꺾어 둬도 좋겠다고 생각을 바꿨다.

그날 밤도 당연히 후유쓰구는 긴카와 함께였다. 여름에 어울리게 황금빛 머리카락에 사파이어와 수정으로 만든 장신구를 단 긴카는 빛을 내뿜을 듯이 아름다웠다. 이 모습을 보면 데루코도 '도저히 못 이기겠어.'라고 생각하지 않을까.

후유쓰구의 예상대로 인사를 하러 온 데루코는 후유쓰구의 품에 안긴 긴카에게서 시선을 못 뗐다. 지적인 눈이 놀라서 번뜩이더니 곧 황홀하게 풀렸다.

"오랜만에 뵙습니다, 데루코 님."

"네, 오랜만이에요, 구라바야시 님."

데루코는 긴카에게서 눈을 떼지 못한 채 대답했다.

"그 아이가…… 구라바야시 님의 은수군요?"

"네, 긴카라고 합니다. 제법 볼만하지요?"

"볼만하다니…… 그런 말로는 부족한걸요. 구라바야시 님의 은수 소문을 자주 듣기는 했지만……. 아, 세상에, 뭐라고 하면 좋을까?"

데루코가 탄식하며 찬사를 보내 후유쓰구는 벅차오르는 자긍심을 느꼈다. 그런데 데루코는 은수를 데리고 있지 않았다. 후유쓰구는 의아했다.

"데루코 님. 실례지만 데루코 님의 은수는요? 오늘 밤은 데려오지 않으셨나요?"

"아, 아니에요. 내 아이는 아직 알이에요. 부화하지 않았어요. 구라바야시 님과 달리 모습을 쉽게 정하지 못해서요."

"아하, 그랬군요."

"그나저나…… 정말 아름다운 은수네요. 마치 태양 같아요. 여기에 달과 닮은 은수가 있다면 쌍을 이뤄서 참으로 보기 좋겠어요."

그 말을 남기고 데루코는 다른 손님에게 불려 자리를 떴다.

후유쓰구는 이미 데루코가 눈에 들어오지 않았다. 머릿속에 데루코가 한 말이 차츰차츰 퍼졌다.

여기에 달과 닮은 은수가 있다면……. 참으로 보기 좋겠어요.

반사적으로 품에 안긴 긴카를 보았다. 이게 무슨 일인가, 전처럼 아름다워 보이지 않았다. 이상하게 빛이 칙칙해서 부족해 보였다.

머릿속에 데루코의 말이 되살아났다.

"한 마리 더, 달과 닮은 은수……. 긴카와 쌍을 이룬다……. 태양과 달……. 태양과 달!"

바로 그거다.

후유쓰구는 연회를 뒤로하고, 마차를 타고 밤길을 달렸다. 세 번째로 은수 가게 '은숲'을 방문했다.

"은수를 한 마리 더 주게!"

주인의 얼굴을 보자마자 외쳤다.

"긴카보다 낫지도 못하지도 않게 아름다우면서 달을 떠올리게 하는 은수를. 긴카와 쌍을 이루는 은빛 은수를 원해! 긴카는 이대로는 부족해! 태양인 긴카가 완전해지려면 쌍을 이룰 달이 필요해!"

은수 가게 주인은 침까지 튀기며 외치는 후유쓰구를 차분하게 지켜보았다. 그의 원숙한 눈빛이 후유쓰구를 불안하게 했다.

"뭐 하고 있어? 빨리 알이 있는 곳으로 안내하라고!"

"하지만…… 은수를 두 마리 소유하면……."

"알고 있네! 전례가 없다 이 소리지? 그러니까 더더욱! 이시와타리 세이잔도 이루지 못한 일이기에 해 볼 가치가 있어!"

"……."

"시키는 대로 하라니까! 이시와타리 어르신이 우리가 원하는 대로 해 주라고 명령했을 텐데! 두 마리를 가지면 안 된다는 소리는 못 들었어! 잠자코 쌍을 이룰 은수를 준비하란 말이다!"

주인의 눈이 번뜩이는 것처럼 보였다.

노련한 분위기를 풍기는 남자가 알겠다고 고개를 끄덕였다.

"그렇게까지 말씀하신다면 준비하겠습니다. 단…… 이후에 어떤 일이 벌어져도 손님 스스로 책임지길 바랍니다. 괜찮으십니까?"

"물론이네."

"그럼 알을 고르러 가시지요."

주인의 안내를 받아 후유쓰구는 다시 수많은 알이 매달린 방으로 들어갔다. 이번에는 달빛처럼 반짝이는 알을 골라 전처럼 주인에게 맡겼다. '긴카와 쌍을 이룰 은수'라고 주문했다.

그로부터 한 달 남짓, 손가락을 꼽아 가며 소식을 기다렸다. 그동안 긴카를 거의 돌보지 않았다. 긴카가 불완전하다는 걸 깨달은 다음부터는 전처럼 애정을 쏟을 수 없었다.

"은수가 한 마리 더 오면, 두 마리를 함께 사랑해 주면 돼."

긴카가 쓸쓸하게 바라봐도 휴유쓰구는 무시하고 방치했다.

목이 바싹 마를 정도로 시간이 느리게 흘렀고, 마침내 소식이 왔다. 전과 마찬가지로 '급히 방문을 바람'이라고만 적힌 편지를 받고, 휴유쓰구는 잔뜩 흥분해 '은숲'으로 갔다.

이번에 받은 은수는 긴카와 쌍둥이처럼 닮았다. 더없이 섬세하고 요염한 생김새, 호리호리한 목덜미와 낭창낭창한 팔, 물고기처럼 생긴 우아한 하반신. 단, 구불거리는 긴 머리카락은 달빛과 같은 은색이었다. 눈동자도 자수정처럼 맑은 보라색이었다.

휴유쓰구는 기쁨에 찬 비명을 질렀다. 실로 달 그 자체인 은수였다. 이 은수라면 긴카보다 못하지 않다. 못하기는커녕 두 마리가 나란히 서면 그 어떤 보석보다도 시선을 사로잡으리라.

서둘러 피를 주고 '긴스이'(은빛 물이라는 뜻.)라고 이름을 붙였다. 은수 가게 주인이 뭔가 설명하는데도 무시하고, 거의 강탈하듯이 은수를 데리고 자택으로 돌아왔다.

얼른, 얼른 긴카와 만나게 해야겠다. 은수 두 마리가 나란히 선 모습을 보고 싶다.

오로지 이 생각만이 머릿속을 꽉 채웠다.

휴유쓰구는 저택 문을 부술 듯이 열고, 긴카의 방으로 뛰어갔다.

긴카가 있었다. 방 중앙의 대형 수조 안에서 몸을 말고 있었는데, 후유쓰구의 기척을 느끼자 고개를 들었다. 슬픔에 젖은 눈이 주인을 보고 반짝였다.

그런 긴카에게 후유쓰구가 외쳤다.

"긴카! 네 쌍이 될 은수를 데리고 왔단다!"

수조로 뛰어가 물 안에 긴스이를 놓아 주었다.

오오, 역시. 긴카 때도 그랬지만, 긴스이도 물에 들어가자 더욱 아름다웠다. 은빛 머리카락이 물속에 넓게 퍼져 반짝였다.

자, 두 마리가 나란히 선 모습은 어떨까.

후유쓰구는 일단 수조에서 멀리 떨어져 감상하기로 했다.

그런데 수조에서 등을 돌린 순간, 물소리가 요란하게 일었다.

"아니!"

돌아본 후유쓰구는 비명을 질렀다.

수조 안이 혼돈에 빠졌다. 금빛과 은빛 머리카락이 뒤섞이고 엉키며 누에고치처럼 하나가 되었다. 그 너머로 무언가가 날뛰었다.

은수들이었다.

긴카가 긴스이의 옆구리를 물어뜯었다. 긴스이는 긴카의 아름다운 눈을 파내려고 했다. 쪽빛 피가 흘러 벌써 물이 더러워지기 시작했다.

동족상잔을 벌이는 거미처럼 싸우는 은수들을 보고, 후유쓰구는 간신히 정신을 차렸다.

"아, 안 돼! 그만둬어어어!"

후유쓰구가 수조를 쾅쾅 때렸다. 이대로는 양쪽 다 심각하게 다친다. 아름다운 용모가 망가지고 만다.

후유쓰구의 목소리는 사투를 벌이는 은수들에게 들리지 않았다.

이대로는 끝이 없겠다. 후유쓰구는 결국 수조 벽을 깨트리려고 의자로 후려쳤다. 두 번 치자 금이 갔고, 세 번째에 마침내 깨졌다.

모래성이 무너지듯이 수조가 부서졌다. 터져 나온 엄청난 물살에 휩쓸려 후유쓰구는 벽에 등을 부딪쳤다. 아파서 신음하며 앞을 봤다.

"긴카! 기, 긴스이!"

물에 잠긴 바닥에서 금빛과 은빛의 긴 머리카락이 뱀처럼 꿈틀거렸다.

머리카락 너머에 있던 두 개의 덩어리 중 하나가 천천히 몸을 일으켰다.

긴카였다. 얼굴 절반이 심하게 패었고, 한쪽 팔도 물어뜯겼다. 물고기 모양인 하반신도 엉망이었다.

긴카 앞에는 긴스이가 있었다. 긴스이는 목과 배가 쩍 찢어져 꼼짝하지 않았다. 보라색 눈동자는 이미 빛을 잃었다.

긴카가 상처에서 쪽빛 피를 뚝뚝 흘리며, 자다 깬 어린아이처럼 주위를 둘러보았다. 하나만 남은 눈이 후유쓰구를 향했다.

"히익……!"

덜덜 떠는 후유쓰구를 보고 긴카가 웃었다.

승리한 자의 미소였다. 연적을 없애고 사랑하는 남자를 손에 거머 쥔 여자의 미소. 그렇게 웃는 긴카는 수많은 상처에도 불구하고 이때 껏 본 중 가장 아름다웠다.

스르륵.

긴카가 후유쓰구를 향해 기었다. 잔인하도록 아름다운 미소가 후 유쓰구를 향했다.

후유쓰구는 결국 공포로 무너졌다.

"으, 으아아아아아악!"

후유쓰구는 정신을 놓고 절규하며, 여전히 쥐고 있던 의자를 들고 긴카에게 달려갔다. 그저 눈앞의 두렵고도 아름다운 것을 없애고 싶 어서…….

제정신이 돌아왔을 때, 후유쓰구 앞에는 엉망이 된 살점만이 남아 있었다.

"아, 아아아아아!"

후유쓰구는 쪽빛으로 물든 손으로 머리를 마구 헤집었다.

돌이킬 수 없는 짓을 저질렀다. 잃고 나서야 깨달았다. 사랑했다, 긴카를. 은빛 쌍을 가지려고 한 것도 긴카를 더욱 돋보이게 하기 위 해서였는데. 소중한 긴카를 잃다니.

어째서? 왜 이렇게 됐지? 아니, 잠깐. 은수는 생물이면서 광물의 성질도 지녔다. 어쩌면 이 살점에서 긴카를 되살려 낼 수 있을지도 모른다.

후유쓰구는 거의 광기에 휩싸인 채 살점과 황금 머리카락을 긁어 모아 '은숲'으로 갔다.

'은숲' 주인은 쪽빛 피에 범벅이 되고 얼굴은 창백하게 질린 후유쓰구를 보고도 놀라지 않았다. 그저 안타까워하며 한숨을 쉬었다.

"역시 그렇게 됐군요."

"역시라니…… 왜, 왜 이렇게 됐는지, 아, 알아? 네, 네 이놈! 알고 있으면서 말하지 않았구나!"

후유쓰구가 당장이라도 달려들려고 하자, 주인이 차분한 목소리로 "진정하시지요." 하고 달랬다.

"몇 번이나 말씀드리려고 했잖습니까. 그러나 손님이 들으려고 안 하셨지요……. 은수는 두 마리를 소유할 수 없습니다."

"무, 무슨 소리지?"

"은수는 주인의 사랑을 먹고 자랍니다. 사랑이 곧 먹이입니다. 그러니 아주 조금이라도 주인의 마음을 빼앗아 갈 대상이 나타나면……, 하물며 그게 같은 은수라면…… 절대 가만두지 않아요. 목숨을 걸고 방해꾼을 없애려 하지요."

그래서 긴카와 긴스이는 싸웠다. 후유쓰구를 내주지 않으려고 서로 죽이려고 했다. 긴스이는 죽었고 승자가 된 긴카는…….

"으윽!"

자신이 한 짓이 떠오르자, 후유쓰구는 참지 못하고 토했다. 웩, 바닥을 기며 신음하는 청년을, 주인이 어딘지 싸늘한 눈빛으로 내려다보았다.

울렁이는 속을 간신히 가라앉힌 후유쓰구가 주인을 올려다봤다.

"긴카를…… 되살려 주게. 도, 돈이라면 얼마든지 낼 테니."

"불가능한 일입니다. 은수라도 타고난 생명은 하나뿐. 잃은 것은 되찾을 수 없어요."

"안 돼……. 그, 그러면 한 마리를 더! 새로운 은수를 주문하겠어! 긴카와 똑같은 은수를!"

다시 손에 넣으면 이번에야말로 소중히 아끼겠다. 그 은수만을 사랑하겠다. 절대 실수하지 않겠다. 어리석은 실수는 두 번 다시 안 할 것이다.

아무리 애원해도 주인은 느릿느릿 고개를 저을 뿐이었다.

"그게 말입니다만, 좀 전에 이시와타리 어르신에게서 전갈이 왔습니다."

"어, 어르신이?"

"네. 후유쓰구 님이 두 번째 은수를 주문했다는 소식을 듣고 어르신께서 불쾌하셨나 봅니다. 이번 경쟁을 은수의 수로 좌우할 마음은 없으시답니다. 또 다른 은수를 원하는 자가 오면 거절하라고 당부하셨습니다. 물론 자비로 알을 사신다면 문제는 없습니다만……."

말도 안 되는 소리였다. 후유쓰구의 전 재산, 저택, 소지품을 돈으로 바꾼다고 해도 알의 가격을 감당할 수 없었다. 게다가 요 몇 개월간, 후유쓰구는 긴카를 위해 돈을 마구 썼다.

이미 수중에 돈이 없었다.

알을, 새로운 긴카를 되찾을 방법이 없다.

후유쓰구는 온몸이 서서히 재가 되는 느낌이었다. 허망한 상실감
이 영혼을 잡아먹었다.

"긴카……."

후유쓰구는 정신을 잃었다.

후미코。

가이토 후미코는 스스로 무언가를 선택한 적이 없었다. 모든 것을 부모님이 정했다. 먹는 것, 듣는 것, 입는 것. 장난감과 책, 학교 친구까지도.

후미코가 좋아하는 것도 부모님이 "필요 없구나."라고 말하면 다시는 만질 수 없었다. "너와 어울리지 않는구나."라고 말하면, 어제까지 친했던 친구도 무시해야 했다.

어렸을 때는 울며 저항했으나, 열여섯 살이 된 지금은 절대 반발하지 않았다. 아무리 발버둥 쳐도 소용없다는 것을 알았기 때문이다.

방식이야 어떻든 부모님은 나를 사랑하신다. 지켜 주신다. 그러니 순종하는 편이 좋고, 그게 당연하다.

이렇게 포기하고 나니, 평소 생활도 그다지 나쁘지 않았다. 후미코의 집은 부유해서 의식주로 고생할 일도 없었다.

다만, 부모님은 더 상류층으로 올라가기를 원했다. 열망했다.

후미코가 열세 살이 됐을 때부터 부모님은 딸을 자주 연회 자리에 데리고 다녔다. 후미코는 예쁘게 차려입고 화장까지 하고서 시키는 대로 거문고나 춤, 다도 실력을 선보였다.

생각해 보면 맞선 비슷한 것이었으리라. 가이토 가문에 단아하고 정숙하며 교양도 잘 갖춘 딸이 있다고 상류 사회 남자들에게 알린 것이다.

언젠가 그들 중 누군가가 후미코에게 청혼하고 부모님이 나무랄 데 없다고 인정하면, 후미코는 그 사람과 결혼하게 될 거다. 그날이 머지않았다고 후미코는 멍하니 생각했다.

이시와타리 세이잔과도 그런 밤 연회 중에 만났다. 어떤 백작이 연 연회였는데, 자세하게 기억나지는 않았다. 후미코가 유일하게 기억하는 것은, 이시와타리 세이잔이라는 노인이 압도적인 패기를 뿜어내 그날 밤 그 자리에 있던 모두를 지배했다는 점이다.

그는 말 그대로 사람들 중심에 선 자였다. 그리고 왜인지 후미코를 눈여겨보았다.

그가 번뜩이는 눈빛으로 바라보자, 후미코는 온몸이 부서지는 듯한 충격을 받았다. 단단한 자신감과 자긍심, 힘이 깃든 눈이었다. 아마 이 노인은 무엇이든 스스로 결정하고 제 손에 움켜쥘 것이다. 후미코와는 정반대인 존재다.

세이잔이 가늘게 떠는 후미코 앞에 섰다.

"가이토의 딸인가."

"후, 후미코입니다."

"흠. 귀엽군. 마치 인형 같아."

세이잔이 피식 웃었다. 입술 너머 보인 이가 후미코에게는 맹수의 송곳니처럼 보였다.

동시에 깨달았다.

노인은 후미코를 칭찬한 것이 아니었다. 후미코를 본 순간, 부모님이 시키는 대로 움직이는 인형인 줄 꿰뚫어 보았다.

너무 부끄러웠고 동시에 두려웠다.

굴욕과 공포를 맛보며 후미코는 고개를 숙였다.

이 사람과는 두 번 다시 만나기 싫어.

그렇게 생각했는데.

무슨 이유에선지, 세이잔은 후미코가 마음에 들었나 보다. 연회 이후 반년쯤 지난 어느 날, 자기 저택으로 후미코를 불렀다.

오직 후미코만 초대하니 부모님과 동행은 허락하지 않겠다고 편지에 적혔다. 그래도 부모님은 뛸 듯이 기뻐했다.

이시와타리 세이잔의 초대를 받다니 이 얼마나 행운이니. 이유가 뭐든 절호의 기회란다. 세이잔의 의향을 절대 거스르지 말아라.

부모님은 후미코에게 똑같은 말을 반복해 주입하고, 가장 좋은 옷을 입혀 세이잔의 저택에 보냈다.

부모님이라는 보호자 곁을 떠나자 후미코는 불안했다. 벌써 열여섯이지만 오랜 세월 부모님의 속박을 받아 마음은 여전히 미숙했다. 혼자서는 뭘 하면 좋을지 모르겠다.

일단 세이잔의 지시를 따르자. 그게 가장 좋을 것이다. 아버지와 어머니도 그렇게 하라고 했다.

자기를 지켜 줄 부적처럼 그 말만을 반복하며 거대한 저택 정문을 지났다. 모르는 남녀 네 사람과 합류해 이시와타리 세이잔 앞에 섰다.

반년 만에 보는 세이잔은 침대에 누워서도 여전히 왕이었다. 남을 위압하고 지배하는 자다. 후미코는 노예일 뿐이다.

고개를 숙이고 세이잔의 명령을 기다렸다.

딸이 돌아오기를 이제나저제나 기다리던 부모님은 후미코가 돌아오자 득달같이 달려들었다.

무슨 일이 있었니? 무슨 말을 들었니? 어르신이 뭘 원하시더냐?

숨 쉴 틈도 주지 않고 몰아치듯이 질문을 퍼부어, 후미코는 기어드는 목소리로 있었던 일을 얘기했다.

"은수를 키우라고?"

부모님도 세이잔의 요구에 놀랐나 보다. 그래도 재산을 물려받는다는 말을 듣자, 눈빛이 바뀌었다.

"과연, 알겠어. 이시와타리 어르신은 제각기 키워 낸 은수를 보고 사람 그릇을 알아볼 생각인 거야. 가장 뛰어난 자에게 자기 전 재산을 물려주려는 거겠지."

"힘내자꾸나, 후미코. 너라면 할 수 있어."

"그럼. 네 곁에는 우리가 있으니까."

"여보, 얼른 은수 알을 받으러 가야죠."

"후미코, 받아 왔다는 명함을 보여 주렴. 흠……. 여기라면 서두르면 오늘 중에 다녀올 수 있겠어."

"차를 준비할게요. 당신도 얼른 준비해요."

"이대로 가면 돼. 당신도 옷은 신경 쓰지 마."

"그래요."

가이토 부부는 호흡이 잘 맞았다. 후미코만 소외된 채 멍하니 있었다.

"후미코! 얼른 서둘러! 갈 거다!"

"아, 네, 어머니."

후미코는 얌전히 따랐다. 얼마나 지났을까, 후미코는 생전 처음 보는 장소에 내렸다.

세상에 이런 곳이 있을 줄이야. 후미코는 그저 놀라웠다. 길바닥에는 지저분한 물이 고였고, 당장 쓰러져도 이상하지 않을 낡은 건물이 쭉 있었다. 지나는 사람도 거의 없어서 분위기가 스산했다.

가이토 부부는 딸을 보호하며 벽돌로 지은 작은 가게로 들어갔다. 가게 안은 어두웠는데 곧 안에서 사람이 나왔다.

황록색 기모노를 입은 삼십 대 남자였다. 머리는 짧았고, 약간 통

통한 얼굴과 둥근 안경이 어우러져서 부드러운 인상이었다.

남자는 공손하게 인사했다.

"어서 오십시오. 실례지만 이시와타리 어르신의 손님이십니까?"

"그래. 보아 하니 이야기를 이미 들었나 보군?"

"네. 혹시 어르신이 주신 명함을 보여 주실 수 있겠습니까?"

가이토 씨가 명함을 주자, 남자는 차분히 살펴보고 웃었다.

"고맙습니다. 확인했습니다. 저는 이곳의 주인입니다. 이제부터 알을 고르러 가겠습니다만……, 어르신께 직접 말씀을 들은 분이 어느 분이신지?"

"저예요……."

후미코가 조용히 대답했다.

"아가씨셨군요. 자, 이쪽으로. 알의 방으로 안내하겠습니다. 아, 죄송하지만 두 분께서는 기다려 주십시오."

"왜 안 되지!"

"그래요. 우리도 따라가겠어요!"

"부디 이해해 주십시오."

은수 가게 주인은 공손했으나, 절대 뜻을 굽히지 않았다.

"알을 고르는 것은 매우 섬세한 작업입니다. 타인이 있으면 알의 목소리가 잘 들리지 않습니다. 아가씨가 본인에게 어울리는 은수, 최고의 은수를 고르기를 원하면 부디 기다리세요."

그렇게까지 말하니 가이토 부부라도 물러설 수밖에 없었다. 대신 딸을 돌아보고, 어깨를 덥석 움켜쥐고 말했다.

"알겠지, 후미코. 제일 좋은 거다. 주인의 설명을 잘 듣고 가장 좋은 것을 골라 와라."

"너라면 할 수 있어. 우리가 여기서 기다리고 있을 테니까. 제대로 골라 와야 한다. 알겠지?"

"……네."

고개를 끄덕이고, 후미코는 주인과 함께 지하로 내려갔다. 지하에는 큰 문이 있었다. 주인이 문을 열자, 무지개처럼 맑은 빛이 안에서 새어 나왔다.

"자, 안으로 들어가세요."

시키는 대로 들어간 후미코는 숨을 들이켰다. 방 안에 보석 같은 무수한 알이 반짝였다.

"여기에서…… 고르나요?"

"네."

"……어떤 알이 가장 좋나요?"

"뭐든지요."

"네?"

후미코가 고개를 갸웃거리자, 은수 가게 주인이 미소 지었다.

"아가씨가 고른 알이 가장 좋은 알입니다. 이거다, 하고 갖고 싶은 생각이 들 알이 분명 있을 겁니다. 말을 바꾸면, 알이 아가씨를 선택한다고도 할 수 있죠. 마음 가는 대로 고르세요."

그 말에 후미코는 부르르 떨었다.

고른다고? 내가? 다른 사람의 조언이나 의견도 듣지 않고 그냥 마음 가는 대로?

지금까지 그런 일을 해 본 적이 없었다.

태어나서 처음으로 직접 무언가를 고르게 되자, 후미코는 맹렬한 쾌감과 동시에 희미한 죄의식을 느꼈다.

후미코는 천천히 움직였다. 눈을 커다랗게 뜨고 방에 가득한 알을 살폈다. 알은 전부 아름답고 제각기 개성이 강했다. 전부 갖고 싶은데, 손을 내밀어 만질 마음은 안 생겼다. 왠지 자신에게는 그럴 자격이 없다는 생각이 들었다.

홀렸다가 주눅이 들면서도 후미코는 계속 걸음을 옮겼다.

그러다가 알 하나에 시선이 멎었다.

하늘색 빛이 깃든 알이다. 맑은 가을 하늘 같은 색을 보자, 후미코는 숨이 막힐 정도로 욕망을 느꼈다.

갖고 싶어. 이걸 갖고 싶어.

자기도 모르게 손을 뻗어 그 알을 쥐었다. 조심스럽게, 그러나 단단히 두 손으로 감싸 안았다. 알은 차갑고 무거웠다.

아아, 사랑스러워. 어쩜 이렇게 사랑스러울까?

후미코가 행복하게 알을 쓰다듬었다.

"고르신 것 같군요?"

다정한 목소리에 후미코는 정신을 차렸다.

"아, 저기, 제가…… 죄, 죄송해요."

"괜찮습니다. 지금처럼 최대한 자주 쓰다듬고 어루만져 주세요. 어떤 모습으로 태어나면 좋을지 상상하면서요. 그리고 항상 청결한 상태를 유지하세요. 부드러운 천으로 닦아 주고, 아가씨의 피 한 방울을 알 위에 떨어뜨리십시오."

"제 피를요?"

"네. 매일 빠짐없이 해야 합니다. 그러면 한 달쯤 지나 은수가 부화할 겁니다."

후미코는 주인의 말을 절대로 잊지 않으려고 마음속으로 받아 적었다.

그러다가 갑자기 불안해졌다.

"저기…… 저는 어떤 은수를 원하는지 잘 모르겠어요. 어떤 모습이 되면 좋을지 전혀 생각이 안 나요."

"그래도 괜찮습니다."

은수 가게 주인이 웃으며 설명했다.

"원하는 모습을 정할 수 없다면, 그만큼 알에 애정을 쏟으면 됩니다. 은수는 아가씨의 마음 깊은 곳에 숨은 소망을 민감하게 읽어 냅니다. 반드시 아가씨가 가장 원하는 모습으로 태어날 거예요. 자, 부모님께 돌아갈까요?"

하늘색으로 반짝이는 알을 꼭 안고, 후미코는 부모님이 기다리는 방으로 갔다.

무사히 은수의 알을 들고 오자, 부모님의 흥분이 극에 달했다. 저택에 돌아와서도 어떤 은수로 키워야 할지, 후미코의 의견도 묻지 않고 토론했다.

"역시 강하고 용맹한 모습이어야지. 어르신이 소유한 오우키를 생각하면 어르신의 취향은 확실해."

"아니에요, 어르신은 본인에게 없는 걸 원할지도 몰라요. 생각해 봐요, 우리 딸을 유산 상속인 후보로 고르셨잖아요. 그분은 덧없으면서 섬세한 은수를 원하실 거예요."

"흠, 그렇지만……."

"내 말이 옳다니까요."

점점 토론이 열기를 띠었다. 후미코는 완전히 소외당했다.

평소라면 후미코는 무심하게 지켜봤을 것이다. 그런데 오늘은 달랐다. 부모님의 대화를 들을수록 속에서 벌컥벌컥 화가 치밀었다.

두 분 다 함부로 말씀하시네. 이건 내 알인데. 내가 고른 알인데.

부모님에게 맡기면 잘못될 것 같은 예감이 들었다. 알을 지켜야 한다.

후미코는 마음이 앞서 부모님에게 물었다.

"아버지, 어머니. 하마나가 별장에 가서 지내도 될까요?"

늘 얌전한 딸의 갑작스러운 요청에 가이토 부부는 깜짝 놀라 굳었다. 낯선 사람을 보는 눈으로 후미코를 살폈다.

그 모습이 후미코는 참을 수 없이 웃겼다. 그래도 짐짓 성실한 표정을 꾸며 말했다.

"두 분의 말씀을 들을수록 갈피를 잡을 수 없어서 은수의 모습을 정하지 못하겠어요. 이대로는 괴물 같은 은수가 태어날지도 몰라요. 그러니 한동안 별장에 머물고 싶어요. 저 혼자서요."

"지금 무슨 소리냐!"

"절대 허락 못 해! 나이 찬 딸이 부모 곁을 떠나 혼자 지낸다니, 말도 안 된다!"

부모님이 혼내도 후미코는 물러서지 않았다. 고개를 숙이고 애원했다.

"부디 딸의 고집을 용서해 주세요. 이대로는 무시무시한 은수가 태어날 것 같아 너무 겁이 나요. 한 달, 한 달만 저를 혼자 있게 해 주세요. 그 대신 반드시 어르신의 눈을 사로잡을 은수가 태어나게 하겠어요. 저도…… 어르신의 재산을 원해요."

"후미코! 그런 경망스러운 소리를!"

어머니가 야단쳤으나, 아버지는 순간 눈을 크게 뜨더니 후미코를 칭찬했다.

"그래, 기상이 좋구나. 어르신의 재산이라. 그래, 후미코. 그 정도로 강렬한 마음이 있어야 한다. 좋아. 채비하거라. 하녀는 몇 명쯤 데려가겠느냐?"

"한두 명이면 돼요."

평소와 다르게 야무진 딸의 태도와 말에 당황하면서도, 부모님은 후미코를 하마나가 별장으로 보냈다.

그곳은 몰락한 귀족에게서 거의 공짜로 사들인 작은 별장으로, 깎아지른 절벽 위에 있었다. 경치라고는 오로지 거친 바다뿐이고, 파도와 바닷새 울음소리만 가득해서, 젊은 아가씨에게 절대 어울리지 않는 곳이었다.

하지만 지금 후미코는 조용함과 고독함을 간절히 원했다.

함께 온 하녀들에게 "세 끼 식사만 내 방 앞에 놔 주면 돼. 목욕도 청소도 혼자 할 테니까."라고 말하고, 후미코는 별장에서 가장 넓은 방에 틀어박혔다.

이 방에는 아주 큰 창이 있어서 바다가 훤히 보였다. 후미코는 창가에 앉아 바닷바람을 맞으며 알을 꺼냈다.

하늘색 알. 후미코의 사랑스러운 알.

"우리 둘이 느긋하게 지내자꾸나. 괜찮아. 네가 태어날 때까지 아무도 방해 못 하게 할 테니까."

다정하게 속삭이며 후미코는 주머니칼로 손가락을 아주 조금 그었다. 금세 맺힌 핏방울을 알 위에 살짝 떨어뜨렸다.

그러자 피가 알 안으로 쏙 흡수되었다. 마치 물에 루비 방울이 떨어진 듯한 광경이었다.

알 내부로 들어간 피가 중앙의 빛에 둘러싸였다.

두근.

후미코는 작은 맥박을 느꼈다.

알의 빛이 지금까지와는 다르게 빛났다. 마치 호흡하는 것처럼, 고동치는 것처럼 강해졌다 약해졌다를 반복한다.

알에 생명이 깃든 것을 알 수 있었다. 후미코가 준 생명이다.

은수가 태어난다.

신비로운 감동과 기쁨을 느끼며, 후미코는 알을 꼭 쥐고 몸을 웅크렸다. 후미코 자신이 알이 된 것처럼.

일주일 동안 후미코는 시간 가는 줄 모르고, 집을 까맣게 잊고, 부모님 생각도 하지 않고, 은수 알을 돌보는 데 푹 빠졌다.

알을 정성껏 닦아 주고 말을 걸고 피를 주었다.

가끔은 가슴에 알을 품고 자장가를 불러 주었다. 그러면 알이 기뻐하는 것 같았다.

이 주 차에 들어서자 빛 속에서 조금씩 은수의 모습이 보이기 시작했다. 빛에 녹아 사라질 것 같지만 분명 보였다. 태아처럼 몸을 말고 있어서 어떤 모양인지, 얼굴이 어떻게 생겼는지는 아직 모르겠다. 그래도 확실히 형태를 이루었다.

후미코는 날 듯이 기뻐하며 더욱 열심히 돌봤다.

내 은수. 나만의 사랑스러운 아이.

"빨리 태어나렴. 그러면 영원히 함께야. 절대 곁을 떠나지 않을게."

벅차오르는 감정을 속삭이며 입맞춤을 퍼부었다. 그럴 때마다 차가웠던 알이 뜨겁게 맥박치듯이 반응했다. 후미코의 사랑에 응답하는 것처럼.

삼 주가 되자 알의 빛이 상당히 약해졌다. 이제는 희미하게 빛나는 정도다. 대신 알 내부의 은수 모습이 또렷하게 보이기 시작했다.

후미코의 은수는 인간형 남자아이인 것 같다. 피부는 외국인처럼 새하얗고 매끈매끈했으며, 붉고 긴 머리카락이 알 안에서 흔들거렸다. 몸을 말고 있어서 아직 얼굴은 보이지 않았지만, 틀림없이 사랑스럽게 생겼을 것이다.

그런데 발끝이 아무리 봐도 기묘했다. 길쭉한데 끝이 묘하게 뾰족했다. 또 등에도 작은 돌기가 두 개 튀어나왔다.

기형일까 싶어 후미코는 불안했다. 그러다가 며칠 뒤에 아닌 걸 알았다.

등의 돌기는 날개였다. 작은 날개가 돋아나려 했다.

동시에 묘한 다리 형태도 이해했다. 인간의 다리가 아니다. 새의 다리다.

새의 날개와 다리를 지닌 작은 소년이 자기 어깨와 손가락에 앉는 모습을 상상하며 후미코는 밝게 웃었다. 얼마나 사랑스럽고 멋질까.

그러면서 깨달았다. 자신이 훨훨 날아가기를 갈망한다는 것을.

은수는 매일매일 알 속에서 성장했다. 어렴풋했던 몸 선이 또렷해지며 형상을 갖췄다.

등에 난 날개도 점점 더 커졌다.

처음에는 깃털이 전부 새하얀 색이었는데 점차 다양해졌다.

초록색, 금색, 주황색, 검은색, 진주색, 파란색.

후미코가 가진 물감보다 훨씬 풍부한 색을 지닌 깃털이 날개를 다채로이 꾸몄다. 어찌나 선명한지 보석 같았다.

후미코는 아름다운 날개에 시선을 빼앗겨 한숨만 내쉬었다.

마침내 기다리고 기다리던 그날이 왔다.

그날 아침, 알이 격렬하게 빛을 뿜기 시작했다. 최근 빛이 차츰차츰 사그라졌는데 거짓말처럼 푸른 빛을 넘실넘실 내뿜었다.

진통이었다. 후미코는 알 수 있었다. 빛 속에서 은수가 몸을 비틀었다. 손발을 뻗어 알껍데기를 안에서부터 밀어내려고 했다. 안간힘을 다하는 모습에 후미코는 숨을 참았다.

힘내. 너라면 할 수 있어.

드디어 작게 금이 갔다. 금이 점점 더 넓게 퍼지더니 마침내 구멍이 뚫렸다.

걸쭉한 액체가 흘러나왔다. 생각보다 양이 많았다. 넘치는 액체를 타고, 은수가 구멍을 밀어 넓히며 밖으로 데구루루 굴러 나왔다.

젖은 몸이 작게 떨렸다. 그래도 물기는 금세 말랐고, 쪼그라든 날개도 천천히 활짝 벌어졌다.

은수는 몸을 일으키더니 고개를 들어 후미코를 보았다.

후미코는 심장이 화살에 꿰뚫린 듯한 충격을 받았다.

외국 그림책에서 본 천사가 이러할까? 천진난만하고 아름다운 얼굴이다. 금가루를 뿌린 듯이 반짝이는 적동색 머리카락, 진한 남색

눈동자, 매끄러운 하얀 피부, 나긋나긋한 소년의 몸. 무릎 아래는 가느다란 새의 다리인데 그게 또 우아했다.

그래도 역시 날개가 가장 아름다웠다. 무수한 보석 부스러기를 뿌린 듯한 두 날개는 소년 키의 두 배 가까운 크기였다. 투명한 깃털 하나하나도 아름답거니와 그 깃털의 집합체인 날개는 감탄스러웠다. 천상의 아름다움이란 이런 것인가. 후미코는 한숨을 내쉬었다.

소년이 무언가 바라는지 후미코에게 손을 내밀었다. 어딘가 몽롱한 눈으로 후미코를 바라보았다.

후미코는 그제야 정신을 차렸다.

"아, 피……."

은수 가게를 떠나기 전에 주인이 말했다. 탄생한 은수에게 계약을 위해서 바로 피와 이름을 주어야 한다고.

후미코는 얼른 손가락 붕대를 풀었다. 한 달 동안 매일 손가락을 칼로 긋고 피를 짜내 알에게 주었다. 덕분에 하얀 손가락이 상처로 엉망이었다.

그래도 상관없었다. 어제 생긴 상처에 힘을 주었다. 아물던 상처가 다시 벌어져 핏방울이 볼록 올라왔다.

소년에게 내밀자, 소년은 작은 새가 주인 손에서 먹이를 받아먹는 것처럼 핏방울에 입을 댔다.

소년의 작은 입술이 피부에 닿는 감촉에 후미코는 황홀했다. 달콤한 기분이다.

줄곧 생각했던 이름이 입에서 사르르 나왔다.

"텐리."(하늘의 유리라는 뜻.)

이름을 부르자, 소년의 남색 눈동자가 더욱 맑아졌다. 눈에 분명히 영혼이 깃들었다.

텐리라는 이름을 받은 은수가 조금 전과는 확연히 다르게 의지가 담긴 눈빛으로 후미코를 바라보았다. 후미코는 텐리가 자기를 사랑하는 걸 느꼈다. 그래, 순수하고 한결같은 애정이다. 후미코도 같은 감정이었다.

"텐리."

이름을 부르며 손을 내밀자, 소년이 날개를 살짝 펄럭였다.

곧 텐리가 가볍게 하늘로 날아올랐다. 펄럭이는 날개에서 비늘 가루 같은 가는 빛이 퍼져 나와서 더욱 아름다워 보였다.

텐리는 날개 상태를 확인하듯이 두세 번 후미코 위를 날다가 포르르 후미코의 손에 내려앉았다. 가벼웠다. 정말 작은 새 같다. 여기서 더 커질까?

후미코는 그건 싫었다.

텐리가 지금 모습 그대로면 좋겠다. 자그마하면 이렇게 손이나 어깨에 앉힐 수 있다. 실내는 물론이고 어디든 데리고 다닐 크기가 좋다. 후미코가 바라면 그렇게 될 것이다. 은수는 주인의 바람을 이루어 주므로. 텐리의 주인은 후미코이므로.

"앞으로 영원히…… 곁에 있을게."

후미코는 텐리를 두 손으로 살며시 감싸고 머리에 입을 맞췄다.

그 뒤로 한동안 후미코는 방에서 텐리와 단둘이 지냈다. 부모님에게는 부화했다고 알리지 않았다. 텐리와 함께하는 시간을 방해받기 싫었고, 이 아름다운 생물을 다른 사람 눈에 보이기 싫었다. 욕망 어린 눈으로 보면 순진무구한 텐리가 더럽혀질 것 같았다.

텐리는 은수인 만큼 후미코의 마음과 바람을 절대적으로 여겼다.

먼저 몸이 더 커지지 않았다. 후미코가 그렇게 바랐으니까.

대신 날이 갈수록 깃털이 반짝이고 색이 풍부해졌다. 날마다 느낌이 달라지는 날개를 보며 후미코는 기뻐했다.

또 텐리는 후미코 곁에서 떨어지기 싫어했다. 후미코가 장난삼아 방을 뛰어다니면 허둥지둥 쫓아왔다. 후미코에게서 시선을 떼지 않았다. 속박하려는 부모님의 눈과 달리 일편단심 사랑이 담긴 눈빛이었다.

텐리는 곧 웃는 법을 배웠다. 천진난만하게 웃는 텐리를 보면 후미코는 더할 나위 없이 행복해졌다.

사랑스러워. 사랑스러워.

텐리는 이미 후미코에게 영혼의 동반자였다.

그러나 달콤한 시간은 갑자기 끝났다. 소식이 없어 초조해진 부모님이 별장에 들이닥쳤다.

후미코는 어쩔 수 없이 부모님에게 텐리를 보여 주었다.

멋진 날개를 지닌 아름다운 소년은 부모님의 시선을 사로잡았다. 그러나 아주 잠깐이었고, 곧 까탈스럽게 잔소리했다.

"멋지긴 한데 너무 작은 것 같구나. 좀 더 크게 키우거라. 그래야 보기 좋아."

"그리고 이 은수…… 왜 알몸이니? 후미코, 왜 허리에 천을 두르거나 인형 옷을 입히지 않았니? 보기 민망하구나."

세상 가장 소중한 텐리를 트집 잡자 후미코는 발끈했다.

"그렇지만……."

자기도 모르게 반박했다.

"제 은수는 이대로가 제일 좋아요. 아버지, 생각해 보세요. 몸이 커지면 사람들 눈에 텐리의 날개만 보일 거예요. 이렇게 몸이 작아야 전체적인 우아함과 섬세함이 돋보여요. 그리고 어머니……."

후미코는 어머니를 돌아보았다.

"이렇게 아름답고 무구한 몸에 어떤 옷을 입혀야 하나요? 오히려 무구함이 상할 거예요. 텐리는 누가 뭐래도 이대로가 완벽해요."

딸이 말대답하자, 부모님은 떨떠름한 표정을 지으면서도 입을 다물었다.

후미코는 이겼다고 생각했다. 예전에는 부모님을 거역하는 일은 상상조차 못 했는데. 텐리다. 텐리를 지키고 싶다고 생각하자 강해졌다.

승리에 취한 후미코에게 아버지가 말했다.

"알겠다. 그렇다면…… 최소한 밖에 나갈 때는 새장에 넣어라. 만에 하나 도망치면 큰일이야."

"텐리가 제게서 도망칠 리 없어요."

"그래도. 새장에 넣어야 안전해. 이상한 놈들이 접근하지 못하게 말이다."

"그 말씀은…… 옳네요."

텐리를 보고 홀린 듯이 다가와 만지려는 고약한 사람이 있을지도 모른다. 아니, 틀림없이 있다.

무례한 손이 텐리의 몸과 얼굴을 만지는 것을 상상하자 후미코는 토할 것 같았다. 그렇게 둘 수 없다.

"그럼 아버지, 새장을 마련해 주시겠어요? 다만 이 아이에게 어울리는 특별하고 아름다운 새장으로 부탁드려요. 평범한 새장에 넣으면 이 아이가 불쌍해요."

"물론이다. 이 아비에게 맡기거라. 곧바로 준비하마. 돈을 아끼지 않겠다. 조금 작아도 확실히 어딘가 특별한 은수야. 분명 이시와타리 어르신도 좋아하실 거다."

이시와타리 세이잔. 후미코는 오랜만에 그 노인을 떠올렸다. 알을 얻은 뒤로는 알에 푹 빠져서 재산이나 은수 경쟁도 까맣게 잊었다.

후미코는 다시 텐리를 보았다.

은과 보석으로 만든 듯한 은수. 몹시 곱다. 텐리라면 이시와타리의 마음도 움켜쥘 것이다. 승리를 안겨 줄지도 모른다. 아니, 반드시 그렇게 된다. 막대한 재산을 갖게 될 것이다.

그런 미래가 처음으로 보였다.

순간 후미코 내면에 욕망이 생겼다.

그렇게만 되면 평생 살아가는 데 곤란하지 않을 돈을 얻는다. 텐리와 단둘이 어디 조용한 곳에서 살 수 있다. 아버지와 어머니에게는 원하는 만큼 재산을 나눠 주면 된다. 두 분 다 기뻐하며 후미코를 자유롭게 놓아 줄 것이다. 그래. 내 자유를 사기 위해 세이잔의 재산을 원한다.

열여섯 살 소녀의 눈에 괴이한 빛이 깃들었다.

부모님이 같이 집으로 돌아가자고 했으나 새장이 완성되면 돌아가겠다고 하고, 후미코는 다시 텐리와 함께 방에 틀어박혔다. 인형빗으로 작은 소년의 머리칼을 빗겨 주고 날개를 정성껏 어루만졌다. 그러면서 속삭였다.

"더욱 예뻐지렴. 더욱더. 그러면 나는 자유로워질 거야. 텐리, 너도그렇고. 돈이 생기면 우리만의 낙원을 짓자. 너랑 나, 우리 둘만의 낙원이야. 거기에서 평생 살자꾸나. 그러기 위해서 더 예뻐져야 해. 괜찮아. 너라면 할 수 있어."

후미코는 꿈과 욕망을 뒤섞으며 계속 속삭였다.

열흘이 지나 새장이 도착했다.

돈을 아끼지 않겠다는 아버지의 선언대로 새장은 훌륭했다. 후미코가 안을 수 있는 크기이고, 섬세한 덩굴풀 무늬를 전체에 돈을새김

했다. 순금으로 만든 새장 여기저기에 까맣고 빨간 보석 열매가 우아하게 달렸다. 안에는 홰 대신에 텐리가 앉기에 딱 좋게 금으로 만든 작은 그네가 있었다.

그때까지는 별로 내키지 않았던 후미코도 새장이 마음에 들었다. 이 새장이라면 텐리의 아름다움을 해치지 않을 것이다. 새장에 갇힘으로써 텐리는 오히려 일종의 가학적 매력을 풍길 것이다. 또 여기 넣어 두면 모르는 인간이 멋대로 만질 염려도 없다.

후미코는 어깨에 탄 텐리에게 손을 내밀었다.

"자, 이리 온. 여기 들어가자."

그런데 텐리는 평소처럼 후미코의 손에 올라타지 않았다. 오히려 후미코의 손이 닿기 전에 얼른 공중으로 날아올랐다.

쿵쿵, 후미코의 심장이 불길하게 뛰었다.

"왜 그러니, 텐리? 자, 내려와야지. 여기 들어가. 착하지?"

텐리는 말을 듣지 않았다. 침대 캐노피 위에 숨어 고개만 내밀고 이쪽을 빼꼼 내려다보았다. 남색 눈동자가 불만스럽게 빛나는 것처럼 보였다.

거역했다. 주인을 거역하지 않는 은수가. 이것은 즉 텐리가 내게서 떠나려는 조짐이 아닐까?

그런 생각이 든 순간, 후미코의 피가 들끓었다.

도망치려고? 내게서? 키워 준 어미이자 영혼의 연인인 내게서? 그렇게 둘 것 같아? 절대 못 도망쳐.

타오르는 광기와 분노에 사로잡혀 후미코가 으아아악 비명을 질렀다. 놀랐는지 텐리가 캐노피에서 날아올랐다.

날갯짓하는 소년을 향해 후미코가 잡히는 대로 책을 집어던졌다. 첫 번째는 피했으나 두 번째는 텐리를 정확하게 맞혔다.

소년이 작게 비명을 지르며, 총에 맞은 새처럼 바닥에 떨어졌다. 후미코는 몸을 말고 덜덜 떠는 텐리에게 달려가 덥석 붙잡았다.

"도망 못 가. 안 돼. 절대로 안 돼. ……날개가 있으니까 이러는 거구나. 그래. 아무 데나 날아다니면 위험하지. 괜찮아……. 그런 게 없어도 나는 너를 사랑하니까. 텐리, 이건 다 너를 위해서야."

버둥거리는 은수에게 웃어 보이며, 후미코는 커다란 은색 가위를 쥐었다.

이틀 뒤, 새장을 보냈는데도 딸이 돌아오지 않아 화가 난 가이토 부부가 다시 하마나가 별장을 찾았다.

억지로 문을 열고 들어간 부부가 본 것은…….

작은 깃털이 무수히 떨어진 바닥에 앉아 금색 새장을 소중히 안고 웃는 딸의 모습이었다.

새장 안에는 소년 모습을 한 은수가 있었다.

웃기만 하는 주인을 새장 안에서 슬프게 바라보는 은수. 오른쪽 날개는 무참하게 잘려 나갔다.

막
과
막
사
이.

제정신과 광기 사이를 오가면서도 가이토 후미코는 간신히 이야
기를 마쳤다.

방에 모인 모두가 숨죽이고 열여섯 살 소녀를 바라보았다.

가련하면서 연약한 소녀. 품에 커다란 새장을 안은 소녀. 새장 안
에는 한쪽 날개가 잘린 작은 소년이 웅크리고 있었다.

안타깝고 괴이하다.

후미코와 은수 주변을 알 수 없는 공기가 감쌌다.

"모르겠어요……, 모르겠어요."

후미코가 혼잣말처럼 말했다.

"왜 그때…… 텐리는 내 말을 안 들었을까요? 네? 왜죠? 언제나 내
말을 얌전히 따랐는데. 왜? 새장에 들어가기만 했어도…… 이런 일
은 없었을 텐데."

그 의문에 대답한 사람은 뜻밖에도 이시와타리 세이잔이었다.

"그게 네 본심이었기 때문이다."

"네⋯⋯?"

"너는 마음 깊은 곳에서 '갇히는 것'을 두려워했다. 증오했지. 네 은수는 그 마음을 읽었기에 새장을 고집스럽게 거부한 것이다. ⋯⋯ 한심하구나. 은수가 오로지 주인에게 충실하다는 걸 잊고 자기 명령에 따르지 않았다고 분노하다니."

후미코는 멍청한 얼굴로 세이잔을 바라보았다. 그리고 천천히 새장으로 시선을 돌렸다.

"후⋯⋯ 후후후, 우후후후."

소름 끼치게 웃기 시작한 후미코. 눈에 다시 광기가 어렸다.

한편, 세이잔은 웃는 소녀를 더는 거들떠보지 않았다.

"다음. 데루히사, 네가 말하라."

"네."

데루히사라고 불린 남자가 일어났다.

다섯 후보자 중 가장 연장자로, 풍채도 좋고 침착한 신사다. 눈에는 완고한 자신감과 깊은 슬픔이 새겨졌다.

옆에 앉은 후미코를 안타깝게 쳐다본 뒤, 데루히사가 천천히 이야기를 시작했다.

데
루
히
사。

구니마루 데루히사는 올해 마흔세 살이다. 이십 대 초반에 사업을
일으켜 젊은 나이에 성공을 거둔 남자로 유명하다.

그래 봤자 벼락부자라고 뒤에서 욕하는 사람도 많았으나, 데루히
사는 신경 쓰지 않았다. 지금 지위와 재산 모두 남들보다 몇 배로 노
력하고 고생한 끝에 얻어 냈다. 그 사실에 자긍심을 가졌다.

자기 손으로 얻어 낸 것만이 가치 있다.

이것이 데루히사의 신념이었다.

그런 점이 이시와타리 세이잔의 눈에 들었나 보다. 최근 몇 년 사
이 세이잔은 친인척 관계도 아닌 데루히사를 중요한 자리에 앉히고
거래처에 소개하는 등 여러모로 우대해 줬다.

자기 사람처럼 대해 줘서 고맙긴 했으나, 데루히사는 내심 의문을
품었다. 이 대가로 도대체 뭘 내놓아야 할까.

그렇게 걱정하던 차에 세이잔에게 불려 가 다른 후보자 네 사람과
은수 경쟁을 하라는 명령을 들었다.

처음 이야기를 들었을 때는 분노했다. 사람을 우습게 봐도 정도가
있다.

세이잔의 재력은 물론 대단하다. 그러나 데루히사는 개에게 먹이
주듯이 던져 주는 것에는 매력을 못 느꼈다.

재산이라면 지금까지 해 왔던 것처럼 내 손으로 늘리면 된다.

지위? 마찬가지로 내 재능으로 얻으면 된다.

무엇보다 가족, 데루히사에게는 아내 유미코가 있다. 몸이 약해서
아이는 바라지 못하지만, 곁에 있기만 해도 데루히사를 행복하게 해
주는 사랑하는 아내다.

이 이상 뭘 더 바라라는 것인가.

데루히사는 거만한 노인에게 분노를 느꼈으나, 예의상 명함을 받
고 자택으로 돌아왔다.

유미코가 반갑게 맞아 주었다. 체구가 가냘파 나이를 먹어도 소녀
같은 사랑스러움을 잃지 않는 아내를 보자, 데루히사는 마음이 깨끗
해지는 기분이었다.

"어서 와요, 여보. 어땠어요? 이시와타리 어르신이 무슨 말씀을 하
셨나요?"

"별로 중요한 일도 아니었어요."

간단히 대답하고 간편한 옷으로 갈아입었다. 거실로 가자, 유미코

가 둥근 탁자에 술상을 차려 놓고 기다리고 있었다.

데루히사는 탁자에 앉아 술잔을 기울이며 세이잔 저택에서 있었던 일을 말했다. 늘 하던 대로다. 데루히사는 아내에게 뭐든지 다 털어놓았다. 그러다 보면 머리가 맑아지고 자신감이 생기고, 어떻게 해야 할지 길이 보였다.

데루히사는 자기가 성공한 것도 전부 유미코가 곁에서 이야기를 들어 줬기 때문이라고 굳게 믿었다.

유미코는 세이잔과 있었던 일을 불만스럽게 말하는 남편의 목소리에 귀를 기울였다. 데루히사가 조금 진정됐을 때를 기다려 비로소 입을 열었다.

"그렇다면 은수 경쟁에는 참여하지 않으려고요?"

"그럼, 할 생각 없어요."

데루히사가 술을 꿀꺽 삼켰다. 술이 들어가자 점점 더 분노가 차올랐다.

"웃기지도 않아. 은수는 물론 진귀하고 대단한 생물이지만, 주인에 따라 태어나는 개체가 제각각 다르잖아요. 뭘 기준으로 우열을 가리려고? 외모? 타고난 능력? 말도 안 돼. 정말 말도 안 되는 소리예요, 유미코. 나는 부자들의 그런 천박하기 짝이 없는 거만함이 싫어요."

"거만함이요?"

"그래요. 이번 일은 어르신의 변덕스러운 도락일 뿐이야. 재산을 탐내는 놈들이 필사적으로 혈안이 된 모습을 보며 즐거워할 게 뻔해. 진짜 악취미야. 그러니까 나는 안 해요. 절대로 참가하지 않겠어.”

유미코는 화를 내는 남편을 가만히 지켜보았다. 아내의 차분한 눈빛이 데루히사를 조금 진정시켰다.

“그러니까…… 어르신의 재산이 내 것이 되진 않을 거예요. 하지만 유미코, 만약 당신이 바란다면…….”

“무슨 소리예요.”

유미코가 다정하면서도 단호하게 말을 막았다.

“당신 하고 싶은 대로 해요. 그게 제일 좋아요. 당신이 선택했다면, 설령 결과가 바람직하지 않아도 절대 후회하지 않을 거예요. 지금까지 계속 그랬잖아?”

“음, 그랬지. 바보 같은 소리를 했네. 미안해요.”

데루히사가 애정을 담아 아내를 바라보았다.

상냥하고 언제나 남편을 지켜 주는 심지 강한 여성. 데루히사는 유미코를 반려로 맞이한 일이야말로 최고의 행복이라고 진심으로 생각했다.

하고 싶은 말을 다 해서 마음이 후련해진 데루히사는 그 일을 까맣게 잊어버렸다.

그런데…….

열흘쯤 지난 어느 날 밤, 유미코가 뭔가 결심한 듯이 할 말이 있다고 했다.

“표정이 심각한데? 당신답지 않게 뭘 조르려고요?”

"……그래요."

"……."

놀릴 생각으로 한 말인데 아내가 고개를 끄덕이자 데루히사도 진지해졌다.

"왜 그래요? 뭐 갖고 싶은 게 있어요?"

"……여보. 이시와타리 어르신 말인데요, 그, 은수를 키우라는 이야기."

"은수?"

데루히사는 이시와타리 노인이 했던 말을 떠올렸다.

"그래, 그런 일이 있었지. 음, 그런데 갑자기 왜요?"

"어르신이 당신한테 은수 알을 준다고 했죠?"

"음, 명함을 줬어요. 명함을 가지고 은수 가게에 가면 알을 얻을 수 있댔지."

"……그 명함, 아직 가지고 있고요?"

데루히사는 아내를 빤히 쳐다보았다.

"도대체 무슨 말을 하고 싶어서 그래? 빙빙 돌리지 말아요, 당신답지 않게."

"미안해요. 솔직히 말할게요. 내가 은수 알을 받아도 될까요?"

데루히사는 숨이 멎을 정도로 놀랐다.

유미코는 데루히사의 드높은 자존심을 누구보다 잘 안다. 지금 하는 부탁이 데루히사의 자존심에 얼마나 상처를 주는지도 알 것이다.

믿을 수 없다. 평소의 아내답지 않다.

데루히사가 놀라서 뚫어지게 쳐다봤는데, 유미코의 얼굴이 창백했다. 수치스러워서 당장이라도 울음을 터트릴 듯이 눈이 촉촉했다.

데루히사는 간신히 목소리를 짜냈다.

"당신, 알을 갖고 싶어?"

"그래요."

유미코는 힘겹게 말을 이었다.

"당신은 은수 경쟁 같은 건 안 할 거죠. 그건 잘 알아요. 그저 당신이 받을 알을 내가 받고 싶어요. 그래도 이건 알아줘요. 어르신의 재산을 원하는 건 아니에요. 나는 순수하게 은수를 원해요."

"……이유를 말해 줄 수는 없고?"

잔뜩 갈라진 남편의 목소리에 유미코가 결국 고개를 숙였다.

"나는…… 아이를 못 낳아요. 아무리 원해도……. 그래도 늘 생각하게 돼. 우리 사이에 아이가 있으면 어떨지. 눈은 당신을 닮았을까? 입매는 나를 닮았을까? 태어나지 않을 아이를 매일같이 생각해요."

"유미코……."

"그래서! 그래서 생각했어요. 아이 대신에 은수를 키우고 싶어요. 나도 조사해 봤어. 은수는 주인이 원하는 모습이 되어 준대요. 내가 키우면 틀림없이 우리 아이 같은 은수가 태어날 거야."

"……."

"이런 부탁하는 거 사실 나도 괴로워요……. 어떻게 안 될까요?"

고개를 숙인 유미코를 데루히사는 품에 가득 안았다.

우리 사이에 아이는 생기지 않는다.

지금까지 둘 다 그 사실을 받아들인 줄 알았다. 그러나 유미코는 포기하지 못했다. 갖지 못할 것을 갈망하느라 마음이 닳아 해지는 심정을 느꼈을 것이다.

아내가 이토록 괴로워하는 줄 몰랐다니.

자기 자신을 향한 분노와 원망을 억지로 누르며, 데루히사는 아내의 머리를 쓰다듬었다.

"그래요. 그러면 알을 받으러 갑시다."

"저, 정말?"

"그럼, 정말이지."

"고, 고마워요. 정말 고마워요."

흐느껴 울기 시작한 유미코를 데루히사는 오랫동안 품에 안았다. 아내가 진정하기까지 기다려 차분히 말했다.

"단, 내 의견도 하나만 들어줘요."

"뭔데요?"

"알을 받으러 가는 건, 어르신이 정한 기일이 거의 끝날 때쯤이면 좋겠어."

"……"

"은수 알은 부화하기까지 한 달이 걸린다고 해요. 그러니 기일이 거의 끝날 즈음에 은수를 받으면, 결전의 날에 내가 선보일 은수는 없겠지. 어르신이 던진 먹이에는 흥미 없어. 내 체면만은 지키고 싶어요. ……기다려 줄 수 있을까?"

"그럼, 그럼요. 나야말로 너무 고집을 부려서……."

"무슨 소리야. 나도 어떤 은수가 태어날지 생각하니까 기대되는데? 우리, 은수의 모습을 같이 생각할까요?"

유미코가 미소로 답했다.

그 뒤로 두 달 동안, 데루히사와 유미코는 매일같이 은수 이야기를 나누었다.

어떤 모습을 바랄지는 이미 정했다. 인간과 똑같은 아이 모습. 다만 남자아이로 할지 여자아이로 할지에서 둘의 의견이 갈렸다.

데루히사는 여자아이를 원했다. 유미코와 닮은 다섯 살쯤 된 귀여운 여자아이. 그런 은수가 곁에 있다면 마음이 따스해질 것이다.

한편, 유미코는 남자아이가 좋다며 주장을 굽히지 않았다. 데루히사와 꼭 닮은 개구쟁이 남자아이. 그런 아이와 함께 놀고 싶다면서 행복하게 웃었다.

데루히사는 아내를 놀렸다.

"나를 닮은 아이라면 전혀 귀엽지 않을 텐데? 귀한 은수에게 그런 모습을 갖게 하다니, 아깝다고 생각하지 않아요?"

"그렇게 생각하지 않아요."

유미코는 의연하게 대답했다.

"당신은 내 이상형인걸? 그러니까 당신과 닮은 은수가 내 이상형이야."

"……내가 말하기는 좀 그렇지만, 당신도 참 악취미야."

기막혀하는 데루히사와 깔깔 웃는 유미코. 아이가 태어나기를 기다리는 부부처럼 둘 사이에는 따사로운 만족감이 흘렀다.

그런데 모든 것이 갑작스럽게 부서졌다.

유미코가 급사했다.

그 일이 벌어진 밤, 데루히사는 늦게 귀가했다. 상담이 있어서 고급 식당에서 손님을 접대했다. 술도 음식도 맛있었으나, 정작 상담은 잘 진행되지 않아 결과가 탐탁지 않았다.

저택에 돌아오니 마음이 놓였다. 오늘 일을 유미코에게 말하면 이 불쾌한 기분도 진정될 것이다. 얼른 아내 얼굴을 보고 싶었다.

하지만 돌아온 데루히사를 맞이한 것은 아내의 미소가 아니었다.

비명이었다.

데루히사는 우뚝 멈춰 섰다.

하녀들이 사방에서 울부짖었다. 계단에 주저앉아서, 바닥에 토하면서, 목을 쥐어뜯으며 어떻게든 숨을 쉬려 하면서……. 하녀들이 제각각 내지르는 소리가 하나로 뭉쳐 불쾌하고 오싹한 음악이 되어 저택 안에 흘렀다.

여기가 도대체 어디지?

데루히사에게 집은 언제나 따뜻하고 즐겁고 웃음 가득한 곳이다. 이런 지옥 같은 집은 모른다. 여기가 어디지?

한 여자가 우뚝 선 데루히사를 알아차렸다. 창백한 얼굴에서 더 핏기가 사라졌다. 여자가 비틀비틀 일어나 데루히사에게 손을 뻗었다. 모르는 여자인 줄 알았는데, 잘 보니 오키쿠라는 이름의 하녀였다. 발랄하게 웃고 활기찬 열여덟 살 소녀인데, 스무 살은 더 들어 보일 정도로 얼굴이 일그러졌다.

오키쿠가 가까스로 입을 움직여 간신히 목소리를 짜냈다.

"사, 사, 사모님이……."

그 말에 데루히사가 정신을 차렸다.

유미코에게 무슨 일이 생겼다.

정신없이 계단을 뛰어 올라가 침실 문을 벌컥 열었다.

그곳에도 하인이 몇 명 있었다. 엉엉 울면서도, 어떻게든 쓰러진 여자를 되살리려고 했다.

데루히사의 무릎이 덜덜 떨렸다.

유미코였다. 쓰러져 있는 여자는 유미코였다. 원래 하얗던 얼굴이 백지장처럼 창백해서 피가 통하지 않는 것처럼 보였다. 숨도 멎은 것 같았다.

아니, 그럴 리가 있나. 저건 인형이다. 유미코를 꼭 닮은 인형이다.

"하, 하하. 하하하……."

데루히사는 웃으며 인형에게 다가가 몸을 안았다. 따뜻한데 축 처져서 무거웠다.

인형이다. 인형이다. 그런데 왜지? 눈에서 눈물이 흐른다. 아니, 아니야. 울지 마. 절대로 인정하지 않겠어. 이건 유미코가 아니니까.

그런데. 그런데도.

데루히사는 인형이라고 믿고 싶은 물체에 말을 걸고 말았다.

"유, 유미코……?"

그 순간 현실이 데루히사를 버겁게 덮쳤다.

데루히사는 품에 안은 사람의 얼굴을 들여다보았다. 하얗디하얀 얼굴. 살짝 벌어진 입술이 누군가의 이름을 부르려고 한 것처럼 보였다.

누구의 이름을?

물론 데루히사다. 유미코는 죽기 직전, 데루히사를 부르려고 한 게 분명하다.

그래. 이 사람은 내 아내다. 아내의 시신이 품 안에 있다.

무겁다. 점점 온기가 빠져나가는 게 느껴진다.

어떻게든 멈추려고, 유미코를 뼈가 부러지도록 끌어안았다. 그러나 아무 소용없었다. 모래가 흘러내리듯이 살아 있을 때의 흔적을 빼앗겼다.

"유, 유미코오오오! 아아아아악!"

짐승처럼 절규하며 데루히사는 정신을 잃었다.

눈을 뜨자, 침대에 누워 있었다. 익숙한 의사와 하인들이 자신을 걱정스럽게 내려다보았다. 그들 중에 유미코가 보이지 않아, 데루히사는 "아내는 어디 있습니까?"라고 물으려고 했다.

그때 기억이 파도처럼 밀려왔다.

쓰러진 유미코.

핏기 없는 얼굴.

온기가 빠져나가는 몸.

"으, 으아아아!"

"이런! 얼른 잡아!"

모두가 메뚜기처럼 튀어 왔다. 그들을 밀어젖히고 데루히사는 미쳐 날뛰었다. 정말 미쳐 버렸다.

곧 목에 바늘이 꽂히고, 차가운 액체가 몸 안에 들어왔다. 눈앞이 깜깜해졌고, 다시 눈을 떴을 때는 침대에 묶여 있었다.

"어르신……."

하인 우두머리인 하마코가 조심스럽게 말을 걸었다. 그 눈에 고인 슬픔과 연민을 보고, 데루히사는 자신이 무엇을 잃었는지 명확하게 떠올렸다.

온몸에 강렬한 통증이 흐르더니, 가슴에 커다란 구멍이 뚫렸다.

데루히사는 건조한 목소리로 물었다.

"유미코는…… 죽었군?"

"네, 네……."

하마코가 오열하며, 이미 나흘이 지났다고 했다. 경찰이 와서 유미코의 시신을 옮겨 갔고, 데루히사가 회복하면 경찰서에 와 달라고 했다고 알려 주었다.

데루히사는 경찰이고 뭐고 아무래도 상관없었다. 알고 싶은 것은 그런 것이 아니다.

"어째서……."

"네?"

"어째서? 대체 왜……."

데루히사가 무슨 말을 하려는지 알고, 하마코가 자기 가슴을 꾹 눌렀다. 필사적으로 호흡을 가다듬고, 차분하게 사실을 알리려고 정신을 집중했다.

"사모님은…… 방에 혼자 계셨어요. 어르신이 오실 때까지 책을 읽으시겠다고요. 그런데 방에서 비명이 들렸어요."

"……."

"저희는 서둘러 방으로 갔습니다. 방 안은 엉망이었고, 사, 사모님이 쓰러져 계셨어요……."

"……."

"이, 이상한 냄새도 났어요."

"냄새?"

뭔가 썩는 냄새, 맡기만 해도 가슴이 썩어 들 것 같은 냄새였다. 다만, 그때는 사모님이 걱정이어서 어떻게든 되살려야겠다는 생각만 했단다.

"그런데…… 뭔가 봤다는 자가 있었어요."

"봤다고?"

"네. 깨진 창 너머로 새까만 물체가 스르륵 사라졌다고 해요. 제대로 보지는 못했는데 너무 오싹했다고 해요. 사, 사모님은…… 아마 그걸 보셨을 거예요."

유미코의 몸에는 상처가 하나도 없었다. 그러나 약한 심장은 멎고 말았다. 아마도 미지의 것에 느낀 공포 때문에.

그걸 알아봤자 무슨 의미가 있는가. 데루히사는 멍하니 생각했다. 아내의 목숨을 빼앗아 간 것에 복수하려는 마음도 들지 않았다. 그저 허무해서 아무 생각도 하기 싫었다.

데루히사는 눈을 감았다. 이대로 눈을 뜨지 않았으면 좋겠다. 눈 안쪽에 어둠이 내려앉으면 좋겠다.

깊은 절망은 건강했던 데루히사를 서서히 좀먹었다. 마구잡이로 발버둥 치는 일은 없었지만, 음식을 넘기지 못했고 제대로 잠들지 못했다. 아무것도 느끼지 못했고, 마음에 허무함만이 점점 퍼졌다.

죽은 아내의 방에 틀어박혀 아내의 유품만 멍하니 만지는 데루히사. 의사와 하인들은 그에게서 시선을 떼지 않았다. 충동적으로 자살할까 봐 걱정했다.

실제로 그 상태로 있었다면 데루히사는 죽었을지도 모른다.

그런데 얼마 지나지 않아 목소리가 들려왔다.

"은수 알이 갖고 싶어요."

"어떤 모습을 바랄까?"

"이 방을 은수의 방으로 만들어야겠어요. 예쁘게 정돈해야지."

"여보, 여보."

유미코의 웃음소리와 속삭임이 사방에서 울렸다. 돌아보면 바로 뒤에 있을 것만 같았다.

그러나 모습은 보이지 않았다. 손을 뻗어도 잡을 수 없었다.

목소리뿐인 환상이 데루히사를 괴롭혔다.

형태가 있는 것을 원했다. 아내의 목소리는 들린다. 충분하고도 남을 만큼. 그러니 눈에 보이는 것이 필요하다. 만질 수 있는 것. 존재를 똑똑히 확인할 수 있는 아내의 유품. 그게 없으면 머지않아 내 영혼은 역겹게 변해 버릴 것이다. 데루히사는 확신했다.

유미코다. 내가 제대로 살아가려면 유미코가 꼭 있어야 한다.

반쯤 미쳐서 아내의 모습을 찾던 데루히사는 문득 은수 알을 떠올렸다.

이어서 깨달았다. 이 버티기 힘든 상실감을 채워 줄 수 있는 존재는 은수뿐이다.

밤이었지만 개의치 않고 저택에서 뛰쳐나왔다. 늦은 밤, 은수 가게 '은숲'에 도착했다.

상식에서 벗어난 시간에 방문했는데도 은수 가게 주인은 싫은 기색 없이 무수한 알이 놓인 방으로 안내해 주었다.

이십 분쯤 걸려 데루히사는 알을 하나 골랐다. 겉은 연한 벚꽃색인데 안에서 심홍색 불꽃이 타올랐다. 봄처럼 명랑하면서 정열적이고 굳건함을 겸비한 점이 유미코 같았다.

알을 받아 온 뒤로, 데루히사는 알에게 온 마음을 쏟았다.

정열, 집념, 애정.

가끔은 방에 떠도는 유미코의 목소리와 대화를 나눴다.

"역시 당신과 닮은 아이가 좋겠어. 웅? 하하, 유미코. 나와 닮으면 의미가 없지."

저택에서 일하는 사람들은 즐겁게 혼잣말을 하는 주인을 섬뜩해하면서도 안타까워했다. 마침내 정신이 나가 버렸다고 생각했다.

사실 데루히사는 그 어느 때보다 머리가 맑았다. 식욕도 왕성해졌다. 은수의 알을 키우려면 몸도 건강하고 머리도 맑아야 한다. 더 좋은 피, 더 좋은 상상이 은수의 몸을 만든다.

얼마 지나지 않아 알의 핵이 인간 형태를 취했다. 몸을 만 모습이 인간 태아와 아주 흡사했다. 날개도, 꼬리도, 비늘도 없다. 사람과 전혀 다르지 않아 은수처럼 보이지 않는 모습. 그게 바로 데루히사의 바람이었다.

매일매일 성장하며 모습이 또렷해지는 은수를 보면 신기하게도 마음이 편해졌다. 왜냐하면 벌써 얼굴에 유미코의 모습이 보였기 때문이다.

"이거 봐, 유미코. 이제 곧, 이제 곧 태어날 거야. 기대되는군. 이름을 벌써 정했어? 아아, 이 아이는 여자아이야. 그러니까 예쁜 이름을 지어 줘. 알았지?”

굳게 잠근 방 안에서 데루히사는 기대에 차 그 순간을 기다렸다.

마침내 부화가 시작됐다. 알껍데기가 부서지고, 투명한 액체가 왈칵 쏟아졌다.

미끄덩한 액체 안에서 바르작거리며 나온 은수를 데루히사는 손으로 받았다.

갓 태어난 병아리 같은 작은 아기. 그런데 데루히사가 천으로 조심스럽게 닦아 주는 사이에 몸이 점점 커지면서 성장했다.

순식간에 다섯 살 정도의 아이로 자랐다.

윤기 흐르는 흑발, 새하얀 피부, 생김새가 유미코를 꼭 빼닮았다.

데루히사는 더할 나위 없이 기뻤으나 동시에 아쉬웠다.

이대로 가면 은수는 순식간에 아름다운 아가씨가 될 것이다. 그래도 기쁘겠지만, 가능하면 한동안은 아이인 모습을 귀여워하고 싶었다. 유미코는 그토록 아이를 원했으니까. 지금은 은수가 아이였으면 좋겠다.

그렇게 바라자, 은수의 성장이 뚝 멈췄다.

놀란 데루히사가 보는 앞에서, 아이 모습을 한 은수가 처음으로 눈을 떴다. 커다란 까만 눈동자가 데루히사를 바라보고 귀여운 입술을 살짝 벌렸다.

데루히사가 계약의 피를 주자, 은수는 데루히사의 목에 두 팔을 감았다. 은수에게서 달짝지근한 냄새가 났다. 아이 냄새다.

가슴 깊은 곳에서 애정이 차올라 데루히사도 아이를 단단히 안았다. 그때, 환상 속 유미코의 목소리가 은수의 이름을 속삭였다.

데루히사는 그 이름을 주었다.

"마유미…… 너는 마유미다. 유미코와 나의 소중한 딸이란다."(마유미는 일본에서 흔히 쓰는 여자 이름으로, 유미코의 '유미'와 같은 한자를 쓴다.)

마유미가 살짝 웃었다. 아직 어색하지만, 그 미소가 데루히사를 더 없이 만족시켰다.

그래, 이 미소다. 이 미소 안에 유미코가 살아 있었다. 정말 멋지구나. 마유미. 귀여운 마유미. 이제 곧 해바라기처럼 밝게 웃어 줄 것이다. 데루히사를 사랑하며 졸졸 쫓아다닐 것이다. "아빠."라고 부를지도 모른다. 그렇게 키울 것이다.

"약속하마, 마유미. 너를 사랑하고 지킬 거야. 평생 함께 살자꾸나. 이 저택에서 나와 네 엄마와 함께, 셋이서 살자."

마유미를 꼭 끌어안은 데루히사의 귀에 유미코의 만족스러운 한숨이 들렸다.

몇 개월 뒤, 구니마루 데루히사가 길을 걷는 모습을 사람들이 목격했다. 아내를 잃고 저택에 틀어박혔던 남자의 부활. 사람들을 놀라게 한 것이 또 있었다. 데루히사 곁에 어린 소녀가 있다.

소녀가 데루히사의 친딸인 것은 의심할 여지가 없었다. 세상을 떠난 아내와 똑같이 생겼다. 구니마루 부부에게는 자식이 없다고 알려진 만큼 아이의 존재는 충격적이었다.

호기심을 감추지 못하고 다가온 사람에게 구니마루 데루히사는 딸 마유미라고 소개했다.

"아내를 닮아 병약해서 계속 요양하며 지냈습니다. 그런데 최근 바꾼 신약이 효과가 있어서요. 덕분에 이렇게 건강해졌습니다."

행복해하는 데루히사를 보며 마유미라 불린 소녀가 방긋 웃었다.

"아빠, 사랑해요."

"그래. 아빠도 마유미를 사랑한다."

사이가 좋은 부녀의 모습을 보며 누구나 미소를 지었다.

작은 새처럼 귀여운 천진난만한 소녀. 아아, 저런 딸을 두다니 구니마루 씨가 부럽구나.

그렇게 한숨을 내쉬는 사람도 많았다고 한다…….

지
아
키。

스무 살이 된 오후루카와 지아키는 백작 가문의 아들이다. 귀족 신분이지만 아랫사람을 수더분하게 대하고 화를 낼 줄 모르는 서글 서글한 청년이다.

한편으로 탐구심이 깊어 흥미 있는 것에 노력과 시간을 아끼지 않 는 학자 같은 성격도 있었다.

지아키는 참으로 많은 것에 흥미가 있었다.

연극, 곤충 채집, 전통 음악, 구기 종목, 수영, 도자기 수집.

다만 무엇 하나 오래 하지 못했다. 이것저것 내키는 대로 건드려 주변 사람들이 혀를 내두를 정도로 빠져들다가 갑자기 탁 놔 버렸다.

"내가 금방 질리는 성격이라서가 아니야. 계속할 만큼 흥미로운 게 없기 때문이지."

이렇게 변명하기도 했지만, 지아키는 진심으로 열정적으로 추구

할 만한 것을 원했다. 그때 이시와타리 세이잔의 재산 상속 이야기가 들어왔다.

은수로 승부를 가린다는 말에 지아키는 흥분했다.

예전부터 은수에 흥미가 있었다. 도저히 손댈 수 없는 영역이어서 오히려 동경심을 품었다. 그것이 지금 손에 들어오려고 한다. 재미있군. 정말 재미있어.

지아키는 흥분할 대로 흥분했으나 당장 알을 받으러 가지는 않았다. 알은 언제든 가질 수 있다. 먼저 은수를 공부하고 싶었다.

지아키는 은수에 관해 기록한 서적을 닥치는 대로 읽어 지식을 쌓는 데 열중했다. 구하기 어려운 서적은 소장한 사람을 찾아 읽게 해 달라고 부탁했다. 은수를 소유한 인물과 만나 보기도 했다.

알면 알수록 흥미로웠다. 다양한 모습, 주인의 영혼을 따르는 충실함, 똑똑한 지성, 생물과 광물 양쪽의 성질을 지닌 특이성.

이토록 심오할 수가. 꼭 갖고 싶다.

세이잔의 부름을 받고 사 개월이 지난 뒤, 지아키는 드디어 은수 가게 '은숲'으로 향했다. 은수 가게 주인은 지아키를 정중하게 맞이하고 곧바로 알이 있는 방으로 안내하려고 했다.

지아키가 주인을 말렸다.

"잠시만. 주인장, 알이 있는 곳에는 조금 나중에 안내해 주겠어?"

"무슨 말씀이신지?"

"먼저 물어보고 싶은 게 있어. 아니, 그보다 내 이야기를 들어 줬으면 해."

고요하고 어두운 방에서 지아키는 주인을 응시했다.

"나는 좀 집요한 성격이어서 취미를 시작할 때나 뭘 살 때는 먼저 잘 알아보거든. 그래야 더 깊이 있게 즐길 수 있으니까. 이번에도 당연히 그랬어. 은수를 미리 조사했지."

단, 열심히 공부한 탓에 의문이 하나 떠올랐다.

은수 알은 도대체 어디에서 오는 것일까.

"어떤 문헌을 봐도 은수 알이 어디에서 오는지, 어떻게 입수하는지는 적혀 있지 않았어. 단 한 줄도. 은수끼리 교배했다는 예도 없어. 그런데도 알은 분명 존재하지. 나는 그게 참 이상하더군."

자, 이제부터 본론이다. 지아키는 싱긋 웃으며 한 걸음 다가갔다.

"주인장. 당신은 은수 알을 입수하는 방법을 당연히 알겠지? 모르면 이런 가게를 할 수 없으니까. 그래서 말인데, 나한테 그 방법을 가르쳐 주지 않겠어?"

"⋯⋯."

"아, 경계하지 마. 댁의 경쟁자가 되겠다는 소리가 아니야. 나는 그저 내 알을 내 손으로 직접 얻고 싶을 뿐이야."

청년의 눈이 그야말로 이글이글 불타올랐다.

지아키는 열정적으로 주인을 설득했다.

"딱 한 번만. 딱 하나면 돼. 직접 알을 얻고 싶어. 내가 얻은 알이라면 애착도 더 생길 거야. 나는 기대하고 있어. 태어날 은수가 앞으로 내가 어떻게 해야 할지, 가르쳐 주지 않을까 하고."

"가르쳐 준다고요?"

"그래. 어설프게 집안이 좋은 탓인지, 나는 뭘 해도 꾸준히 열정이 유지되질 않아. 그게 내 고민이야. 나는 정신없이 빠질 뭔가를 원해……. 은수라면 틀림없이 몰입할 수 있을 거야."

굶주린 듯이 설득하는 지아키를 은수 가게 주인은 가만히 바라보았다. 잠시 뒤, 작게 한숨을 쉬었다.

"이 장사를 오래 해 왔지만 이런 요청을 하는 손님은 처음이군요……. 괜찮겠지요. 그렇게까지 말씀하신다면, 알을 채집하는 곳으로 모시겠습니다. 다만 딱 한 번입니다."

"알겠어."

"비밀도 지켜 주셔야 합니다."

"물론이지."

"이쪽으로 오시지요."

주인이 작고 까만 문으로 지아키를 안내했다.

"이 문 너머에서 보고 들은 것을 절대 외부에 알리지 않겠다고 맹세해 주세요. 마음속에만 새기고 외부로 꺼내지 말아야 합니다."

"그러지."

주인이 문을 열고 계단을 올라갔다. 지아키도 용감히 뒤를 따랐다. 곧, 작은 방에 도착했다.

살풍경한 방이었다. 방 안에는 작은 침대와 책상과 의자가 있을 뿐이다.

안쪽 벽에는 커다란 거울이 있었다. 천장에 닿을 정도로 높고, 폭도 지아키의 두 배는 되어 보였다. 단순히 거울로 쓰기에는 지나치게 컸다.

그 거울 앞에 전통적인 옷차림을 한 소녀가 서 있었다.

수의처럼 새하얀 기모노에 옥색 바지를 입은 소녀는 열 살 정도로 보였다.

생김새는 평범했다. 추하지도 않고 아름답지도 않다. 가느다란 눈, 살짝 둥그스름한 코, 도톰한 입술. 머리칼은 윤기 없이 부스스하다.

길거리에서 흔히 볼 법한 소녀였다. 엇갈려 지나가더라도 얼굴을 기억하지 못할 것이다.

그런데 소녀를 제대로 본 순간, 지아키는 오싹했다.

소녀는 지극히 평범한 외모인데도 심상치 않은 분위기가 풍겼다. 이 세상에 존재하면서도 다른 세상에 몸을 둔 듯한 괴이함과 위태로움이 있었다.

실제로 그 몽롱한 눈에는 아무것도 보이지 않는 것 같았다. 독특한 분위기 때문에 소녀는 마치 은수처럼 보였다.

게다가 소녀는 한쪽 눈이 멀었는지, 오른쪽 눈만 떴고 왼쪽 눈은 까만 안대로 가렸다. 그 모습이 소녀를 더욱 기묘해 보이게 했다.

"제 누나인 이토코입니다."

은수 가게 주인의 말에 지아키는 귀를 의심했다.

무심코 주인과 소녀를 번갈아 보았다. 아무리 봐도 주인이 연상으로 보였다. 주인은 최소한 삼십 대 중반은 됐을 것이다. 한편 소녀는 겨우 열 살 남짓이다. 오빠와 여동생이라면 몰라도 누나와 남동생이라니 말도 안 된다.

"자, 장난이 심하군."

"아니요, 정말입니다. 외모는 이래 보여도 누나는 벌써 마흔두 살입니다."

"마흔둘……."

"누나는 나이 먹기를 그만뒀습니다. 삼십일 년 전, 처음으로 은수의 알을 가지고 온 날부터."

은수 가게 주인이 누나의 이야기를 차분하게 들려주었다.

"누나는 태어났을 때부터 왼쪽 눈이 보이지 않았습니다. 그 탓에 밖에 나가지 않고 종일 거울만 들여다보는 독특한 아이였지요."

어느 날, 어린 동생은 호기심을 못 참고 누나에게 물었다.

"누나는 맨날 거울만 보는데 그게 재미있어?"

누나는 거울에서 시선을 떼지 않고 고개를 끄덕였다.

"이렇게 바라보면 많은 게 보이거든."

"많은 거라니? 누나랑 나만 보이는데?"

"오른쪽 눈으로 거울을, 왼쪽 눈으로 암흑 그 안쪽을 봐. 동시에. 그러면 거울과 암흑이 겹쳐서 차츰차츰 투명해지다가 다른 게 보이기 시작해. 정말 아름다운…… 특별한 곳이야. 점점 선명하게 보여. 다가와. 나는 아마 저기에 갈 수 있을 거야. 반드시 가 볼 테야."

열기를 띠고 말하는 누나의 눈에서 광기까지 엿보여 동생은 겁을 먹었다. 누나가 정말로 어딘가에 가 버려서 다시는 돌아오지 않을 것 같았다.

동생은 누나에게 가면 안 된다고 말했다. 거울을 그만 보라고 수 없이 부탁했다.

부모님도 걱정해서 누나에게서 거울을 빼앗았다. 그러자 누나는 몹시 낙담하며 먹지도 마시지도 않았다.

딸이 금세 쇠약해져서 부모님은 거울을 돌려줄 수밖에 없었다.

그러던 어느 날. 동생은 거울을 들여다보는 누나가 어딘가 이상하다는 걸 알았다.

누나의 몸이 희미하게 은색으로 빛났다. 거울도 그랬다. 강렬하게 은빛을 내뿜었다. 거울에 비쳐야 할 누나의 모습까지 전부 빛 속에 삼켜졌다.

놀라서 말을 잃은 동생 앞에서 누나가 스르륵 움직였다. 한 걸음 앞으로 내디뎠다. 거울의 빛이 더욱 강해졌다.

"아, 안 돼!"

동생이 달려가기 전에 누나가 손을 뻗어 거울을 만졌다. 그러자 마치 물에 빠지듯이 몸이 거울 속으로 빨려 들어갔다.

누나가 사라졌다.

거울은 한동안 작게 물결치다가 곧 평범한 거울로 돌아왔다.

동생이 엉엉 울기 시작하자 부모님이 달려왔다.

"거울이…… 누나를 삼켰어요!"

동생이 비명을 질러도 부모님은 믿어 주지 않았다. 그러나 아무리 찾아도 딸이 보이지 않자 곧 새파랗게 질렸다.

어떻게 해야 할까, 아이의 말을 믿고 거울을 깨야 할까.

결단을 해야 할 때였다.

다시 거울이 반짝이더니 불쑥 누나가 나왔다.

거울에서 돌아온 누나는 다친 곳도 전혀 없었고, 오히려 더없이 행복한 표정이었다.

손에는 알을 하나 쥐고 있었다.

녹음이 우거진 푸른 숲처럼 반짝이는 은수 알을.

이야기를 들은 지아키는 자기도 모르게 몸을 불쑥 내밀었다.

알고 싶어. 알고 싶어, 알고 싶어!

온몸에 갈망이 차올라 당장이라도 터질 것 같았다.

"그렇다면 은수는…… 거울 속 세계에 있다?"

"거울 속보다는 다른 세계라고 해야겠지요. 거울은 단순한 출입구로 보입니다."

"……그런가. 그래, 그랬군. 이해했어. 역시 은수는 이 세계의 것이 아니었어. ……그래서 그 뒤에는 어떻게 됐지?"

지아키가 이야기를 조르자, 은수 가게 주인은 뜻 모를 미소를 지었다.

"누나는 달라졌습니다. 더 열정적으로 거울을 들여다봤죠. 먹고 자는 것도 잊고 거울 속 세계에 파고들었어요. 다시 그곳에 가고 싶다는 말만 했습니다."

그러는 동안에도 누나는 가지고 온 알을 꼭 쥐고 놓지 않았다.

뭔가에 홀린 거다. 틀림없이 저 알이 원인이다.

그렇게 생각한 부모님은 알을 누나에게서 빼앗으려 했다.

"누나는 맹렬하게 거부했어요. 아버지의 손가락을 물어뜯기까지 했죠."

알이라면 더 가지고 오겠다. 그 대신 이것만은 내 것으로 달라.

반쯤 미쳐서 비명을 지르던 누나는 기어이 칼까지 들었다. 그쯤 되니 아무도 다가가지 못했다. 포기하고 지켜볼 수밖에 없었다.

"한 달이 지나자 알에서 은수가 태어났습니다. 누나가 원하는 모습을 지닌 은수는 누나의 일부가 되고…… 누나는 거울을 쓰지 않고도 자유롭게 다른 세계에 오갈 수 있게 됐죠. 은수의 알을 잔뜩 가지고 오기 시작했어요."

이것이 누나 이야기입니다, 하며 주인이 말을 맺었다.

지아키는 경악하면서도 동경을 담아 소녀를 응시했다.

이토코. 자유롭게 다른 세계에 오가는, 소녀의 모습을 한 알 사냥꾼. 대단한 존재다. 더 알고 싶다.

미지의 세계를 향한 욕망이 커졌다.

한편, 이토코는 열렬하게 자기를 바라보는 청년에게 아무런 관심도 없어 보였다. 텅 빈 눈은 지아키가 모르는 다른 세계를 응시하는 것 같았다.

말을 걸어도 될지 주인에게 물어보려고 했다. 그런데 주인이 없었다. 어느새 지아키 곁을 떠났다.

조금 당황했다. 뭘 어떻게 해야 할지 전혀 모르겠다.

곧 주인이 돌아왔다.

"이런, 실례했습니다. 잠깐 약을 가지러 다녀왔습니다."

"약? 누님 약인가?"

"아니요, 손님을 위한 약입니다."

주인이 손에 쥔 작고 까만 병을 내밀었다. 호리호리하고 우아한 형태여서 얼핏 보면 향수병 같았다.

"이게 뭐지?"

"이걸 한쪽 눈에 한 방울 떨어뜨리세요. 그러면 일시적이지만 한쪽 눈이 안 보일 겁니다."

"한쪽 눈을 망가뜨린다고?"

"네. 다른 세계에 들어가려면 이렇게 해야 합니다."

"……."

"극약이지만 딱 한 번만 쓰면 후유증도 안 남아요. 며칠간 한쪽 눈이 안 보이겠지만……. 어떻게 하겠습니까? 그만두겠습니까?"

주인의 음성이 살짝 도발하듯이 들렸다.

다른 세계에 들어가려면 눈을 망가뜨려야 한다. 그럴 각오가 되어 있는가?

주저한 것은 잠깐이었다. 지아키는 곧 시건방지게 웃었다. 재미있다. 점점 더 재미있어진다.

"그만두다니 말도 안 돼. 얼른 약을 넣어 줘."

"……정말 괜찮으십니까?"

"그래, 괜찮고말고. 이 세계가 아닌 세계를 보는 거야. 이 정도는 각오해야지. 자, 얼른 해."

"그럼 실례하겠습니다."

은수 가게의 손이 지아키의 얼굴에 닿았다. 생각보다 손이 부드러웠다. 살짝 차가워서 기분 좋았다.

자기도 모르게 멍해졌는데, 오른쪽 눈에 무게감 있는 물방울이 떨어졌다. 처음에는 차갑기만 했는데 순식간에 불타듯이 뜨거워지더니 곧이어 안구가 녹는 것만 같은 심한 통증이 찾아왔다.

너무 아파서 지아키는 신음했다. 눈을 비비려 했으나 은수 가게 주인이 손을 단단히 붙들었다.

"가만히. 괜찮습니다. 조금만 있으면 아픔은 가라앉아요. 부디 참으세요."

"으, 으아아악!"

무슨 헛소리야! 지아키는 화가 치밀었다. 그러나 눈이 너무 아프고 뜨거워서 호통도 치지 못하겠다. 등산에 한창 빠졌을 때, 낭떠러지에서 떨어져서 갈비뼈가 두 대나 부러진 적이 있다. 그때도 이 정도로 고통스럽지는 않았다.

영원한 줄 알았던 고통인데 실제로는 아주 짧은 시간이었나 보다. 점차 열기가 가셨다. 떨림과 땀도 잦아들었다.

이제 괜찮다고 판단했는지, 주인이 지아키의 손을 놔주었다. 지아키가 조심스럽게 눈을 떴다. 공기에 닿아도 눈이 아프지 않았다.

그 대신 묘한 위화감이 있었다.

다시 눈에 손을 댔다가 이유를 알았다. 약을 떨어뜨린 눈이 완전히 시력을 잃었다. 어렴풋하게 잿빛 소용돌이가 칠 뿐이다. 제대로 된 형상이 전혀 보이지 않았다.

"하, 하하…… 정말로 눈이 멀었네."

웃어넘기려고 했는데 잔뜩 긴장한 목소리만 나왔다. 일시적이어도 보이지 않으니까 무서웠다. 어리석은 짓을 저질렀다는 생각에 지아키는 아주 잠깐 후회했다.

은수 가게 주인의 목소리가 들렸다. 주인이 부르는 사람은 지아키가 아니었다. 그는 의자에 앉은 소녀에게 말을 걸었다.

"누님, 누님, 들려요?"

"응……."

"지금 손님이 와 계세요. 보여요? 이분이에요. 누님과 함께 알을 가지러 가고 싶다고 하세요. 모시고 가 주세요. 할 수 있죠?"

"……할 수 있어."

"그래요. 정말 대단해요."

가게 주인이 칭찬하듯이 소녀의 머리카락을 부드럽게 쓰다듬었다. 이어서 지아키에게 손짓했다.

"자, 누나 손을 잡으세요."

지아키는 소녀에게 다가가 손을 잡으려고 했다. 그런데 잡지 못했다. 몸이 비틀거려서 제대로 움직일 수 없었다.

한쪽 눈이 안 보일 뿐인데 감각이 이렇게나 어긋나다니. 사람 몸은 신기하다. 다음에는 몸을 연구해도 재미있겠다.

그런 생각을 하며 지아키는 간신히 소녀의 손을 잡았다. 소녀의 손은 연약하고 싸늘했다. 예전에 만져 본 외국산 큰 뱀 같은 감촉이었다. 매끄럽고 차가워서 계속 만지고 싶었다.

지아키는 황홀경에 빠졌는데, 곧 경악했다.

은수 가게 주인이 소녀의 안대를 벗겼다. 드러난 왼쪽 눈에 눈알 대신에 둥글고 커다란 거미가 있었다.

"이게……!"

지아키는 말을 잃었다.

믿을 수 없이 거대한 거미가 마치 거미집 중앙에 도사린 것처럼 소녀의 눈에 자리를 잡았다. 여덟 개의 은색 다리는 몸에 비해 짧고 가늘었다. 커다란 보석을 반지에 고정하는 금속 고리 같았다.

거미의 몸은 정말로 보석 같았다. 녹주석처럼 색이 진하고, 완벽한

투명도를 자랑했다. 손에 쥐어 보고 싶을 만큼 아름다웠다.

굳어진 지아키에게 은수 가게 주인이 속삭였다.

"이 거미는 누나의 은수입니다."

"이, 이게…… 은수?"

"네. 누나가 거울 너머에서 처음으로 가지고 온 알에서 부화한 은수죠. 자, 누나의 은수를 보세요. 눈은 뜬 채로, 보이는 눈이 아니라 보이지 않는 눈으로 보도록 집중하세요. 어렵겠지만 약효가 있으니 할 수 있습니다."

"그, 그래. 해 보지."

지아키는 소녀와 마주 보고, 왼쪽 눈에 도사린 거미를 집요하게 바라보았다. 시키는 대로 보이지 않는 눈으로 보려고 집중했다.

쉬운 일은 아니었다. 오른쪽 눈은 잿빛으로 흐려져서 아무것도 보이지 않는 상태였으니까.

어렴풋한 시야에 집중하려니 몸이 휘청거리고 기분이 나빠졌다.

이런다고 무슨 의미가 있나?

그렇게 말하려고 했을 때다. 갑자기 잿빛만 가득했던 시야에 색이 떠올랐다.

선명한 녹색 점이다. 그것이 순식간에 넓어지더니 은색 다리를 지닌 녹색 거미로 변했다.

지아키는 부르르 떨었다. 다른 것은 여전히 안 보이는데 거미만은 또렷하게 보였다.

뭐지? 이게 무슨 일이지?

거미에게서 시선을 떼지 못하겠다. 보이지 않는 실에 묶여 연결된 것만 같다.

투명한 거미의 배에 사람 얼굴이 나타났다. 얼굴이 마치 유령처럼 붕 떠오르더니, 연기처럼 거미 배에서 빠져나왔다.

남자도 여자도 아닌 중성적인 아름다운 얼굴이 순식간에 다가오더니, 지아키의 입술에 자기 입술을 겹쳤다.

차가운 입맞춤을 받자, 지아키의 온몸에 충격이 왔다. 몸에 흐르는 피가 갑자기 차가운 수은으로 바뀐 듯이 괴상한 충격이었다.

"으아아아악!"

비명을 지른 순간, 지아키는 어둠 속으로 떨어졌다.

정신을 차리기까지 얼마나 시간이 흘렀는지 모르겠다.

눈을 떠 보니 생소한 숲에 서 있었다.

잿빛 낀 은색 숲이었다. 나무도 땅도, 여기저기 자란 버섯도 자잘한 은회색 결정을 뒤집어쓴 듯 뿌연 광택을 내뿜었다.

전부 희미하다. 그러나 괴이하리만큼 아름다웠다.

하늘을 올려다보니 어두컴컴했다. 별도 달도 없는 칠흑 같은 하늘. 왠지 영혼이 빨려 들어가는 기분이어서 얼른 땅으로 눈을 돌렸다.

"여기가…… 은수의 세계인가?"

"네, 맞아요."

맑은 목소리가 들려 지아키가 놀라 돌아보았다.

"당신은……."

"네. 이토코입니다."

한쪽 눈에 은수를 끼운 소녀가 매력적으로 웃었다.

"조금 전에는 죄송했어요. 그쪽에 있을 때는 제가 목각 인형이나 마찬가지여서 마음대로 몸을 움직이거나 목소리를 내기가 힘들답니다. 그래도 여기서는 보시다시피 말할 수 있어요."

후후후, 입에 손을 대고 즐겁게 웃는 이토코. 어려 보이는 모습과 어울리지 않게 몸짓이 성숙했고 말투도 차분했다.

아니, 어울리지 않는 것은 외모다. 은수 가게 주인의 말에 따르면 이 소녀는 마흔을 넘은 여성이다.

지아키는 주인의 말이 사실이었음을 통감했다.

다른 세계에 있는 이토코는 몹시 생기 넘쳐 보였다. 평범했던 얼굴도 아름답게 반짝였다. 마치 이쪽 세계야말로 이토코가 속한 세계라고 주장하는 것만 같다.

특히 눈빛이 달랐다. 이 세계에서 보는 이토코의 눈에는 선명한 지성과 사랑스러움이 넘쳤다.

지아키는 알 것 같았다. 이곳은 자신이 아는 세계가 아니다. 공기까지 이질적이다. 그런데 묘하게 가슴이 뛴다. 이질적인 아름다움이 몸과 영혼을 차츰차츰 휘감는 것을 느꼈다.

약간의 두려움과 그보다 훨씬 깊은 애정. 그런 감정이 미칠 듯한 집착으로 바뀔 때까지 그리 시간이 걸리지 않으리라고 지아키는 예감했다.

지아키의 직감을 알아차리기라도 한 듯이 이토코가 재촉했다.

"자, 이쪽이에요. 너무 오래 있으면 안 돼요. 나는 은수가 있으니까 괜찮은데 당신은 안 돼요. 무슨 일이 생기면 내가 동생에게 혼날 거예요."

이토코가 자기를 따라오라고 하고 숲 안쪽으로 들어갔다. 탄력 있고 가벼운 몸놀림이다. 나무 사이를 비집고 가는 모습이 꼭 도깨비불 같다.

이토코의 움직임에 따라 눈에 들어앉은 은수의 녹색 빛이 공기 중에 끈처럼 흔적을 남겼다. 지아키는 요사스럽게 번뜩이는 인광을 정신없이 쫓아갔다.

곧 길이 험해졌다. 석류석처럼 어두운 홍색 광석이 바닥 여기저기 흐트러져 있다. 안으로 갈수록 많아졌다.

손에 들고 살펴보고 싶은데 이토코가 성큼성큼 가 버려서 지아키도 멈출 수 없었다. 이런 곳에서 길을 잃기는 싫었다. 아직 은수 알도 손에 넣지 못했다.

잠시 뒤, 조금 트인 곳에 도착했다. 고요하기만 했던 숲과 달리 이곳에는 소리가 풍부했다.

찌르르르르. 찌르르르르.

벌레 소리도 종소리도 아닌 맑고 낭랑한 음색이 잔물결 치듯이 들렸다. 공기 중에 작은 파문이 무수히 퍼지는 것 같아서 지아키는 살짝 현기증이 났다.

소리의 근원은 중앙에 우뚝 선 새하얀 거목이었다. 굵직하고 비틀어진 형태에서 알 수 없는 힘과 생명력이 넘실거렸다. 나뭇결이 꼭 뱀의 비늘 같았고 미끈미끈한 점액에 뒤덮였다. 점액에서 나는 냄새인지, 달콤한 꿀 향기가 났다.

부르르, 지아키는 전율했다.

거목에서 싱싱한 기운을 느꼈다. '여자'의 기운이었다.

실제로 거목의 새하얀 나뭇가지에는 색색의 알이 열려 있다. 비틀린 덩굴에 매달려 줄기에 늘어진 알들. 탯줄로 모친과 이어진 태아 같다.

아니, 정말 그랬다. 이 나무는 '여자'이며 '암컷'이며 '어미'였다.

숨을 죽인 지아키에게 이토코가 속삭였다.

"은수의 어미예요. 은수 알은 전부 이 나무가 낳습니다."

"……."

"우리 알 사냥꾼은 여기에서 알을 옮기죠."

잘 보라고 말하고, 이토코가 거목에 다가갔다. 거목을 뒤덮은 점액을 손으로 받더니 기름처럼 번들거리는 그것을 꿀꺽 마셨다.

점액을 마신 이토코의 얼굴은 달콤한 술이라도 마신 듯이 발갛게 달아올라 예뻐 보였다.

"이제 알을 만질 수 있어요. 동족이라고 '어미'가 인정해 준 거죠. 점액 향이 몸에서 사라질 때까지만이지만요."

"……만약 점액을 마시지 않고 알을 따려고 하면?"

"순식간에 몸이 돌로 변해요. 그러면 '어미'의 영양분이 되지도 못해요."

"영양분?"

이토코는 웃으며 땅바닥을 가리켰다.

지아키는 그제야 알아차렸다. 나무 주위에 검붉은 광석이 가득했다. 땅바닥이 보이지 않을 정도다.

"이건…… 혹시 사람이었습니까?"

"네. 저처럼 이 세계에서 알을 가져가는 사람들의 마지막 모습이에요. '어미'의 꿀을 마시면 이렇게 돼요. 새로운 알을 만들 수 있도록 '어미'의 양분이 되죠. 자, 보세요. 뿌리가 돌을 폭 안고 있죠?"

이토코가 즐겁게 말했다.

"언젠가 저도 이렇게 돼요."

"……두렵지는 않나요?"

"전혀요. 오히려 기다려져요. 마침내 여기에 있을 수 있으니까."

이 세계에 와서 처음으로 이토코의 얼굴이 조금 흐려졌다.

"저쪽 세계에서는 늘 위화감이 있었어요. 제가 있을 곳이 아니라는 막연한 불안감과 불쾌함을 항상 느꼈죠. 처음 여기 왔을 때…… 얼마나 마음이 놓였는지 몰라요. 아름다우면서 그리운 세계였거든요. ……당신도 그렇지 않아요?"

아하, 지아키는 갑자기 이해했다. 왜 자신이 다양한 것에 탐구심을 가졌는지를.

줄곧 불안했다. 원래 세계는 자신이 있을 곳이 아니라는 생각이 자꾸 들었다. 그게 싫어서 매달릴 것을 찾았다. 푹 빠질 대상을 통해 원래 세계에 뿌리를 내리려고 했다.

그러나 뭘 해도 부족했다. 몰두하는 동안은 즐겁지만, 반드시 절망과 비슷한 싫증이 찾아왔다. 그러면 불안이 점점 더 고개를 들고…….

그런데 여기, 다른 세계에 오자 가슴에 파고든 불안감이 깔끔하게 사라졌다. 후련한 해방감과 설렘에 휩싸여 마침내 숨을 쉴 수 있는 기분이었다.

또 한 가지를 알았다.

이토코. 소녀 모습을 한 이 여자는 자신과 동류다.

지아키는 조금 전과는 전혀 다른 눈빛으로 이토코를 보았다.

"앞으로 나는…… 어떻게 하면 되죠?"

"먼저 알을 하나 들고 원래 세계로 돌아가세요. 그다음은…… 알이 부화하면 스스로 알게 될 테지요. 자, 어서요."

시키는 대로 지아키는 '어미'에게 다가갔다. 손으로 만지자, 투박한 겉보기와 달리 나무는 촉촉하고 부드러우며 차가움 속에서도 온기가 있었다.

손바닥을 둥글게 모으자, 금세 점액이 고였다. 그것을 입에 넣었다. 걸쭉한 점액은 부드러워서 술술 넘어갔다.

지아키의 눈에 눈물이 맺혔다.

이렇게 맛있는 건 처음 마셔 보았다. 동시에 어긋났던 톱니바퀴가 철커덕 맞물리는 느낌을 받았다.

이거다. 이거야말로 내가 원하던 거다. 너무 멀리 돌아오기는 했으나 마침내 이렇게 손에 넣었다.

깊은 감동과 만족감에 벅차오른 가슴을 안고, 지아키는 가장 가까이 있는 나뭇가지에서 주황색 알을 땄다.

정신을 차리니 은수 가게의 거울 있는 방이었다. 어떻게 원래 세계로 돌아왔는지는 기억이 나지 않았다.

둘러보니 이토코도 있었다. 다른 세계에서는 그토록 반짝였는데, 지금은 완전히 시들어 생기 없는 모습으로 변해 의자에 앉아 있었다.

은수 가게 주인이 이토코의 손에서 몇 개의 알을 억지로 떼어 내고 있었다.

지아키는 퍼뜩 자기 손을 보았다.

있었다.

주황색 알이 손에 쥐어 있었다. 자기 손으로 '어미'에게서 따낸 알.

"내…… 알."

지아키가 중얼거리자 주인이 돌아보았다.

"아, 손님. 정신을 차리셨군요?"

"주인장……."

"은수의 세계는 어떠셨나요?"

"⋯⋯대단했어."

하고 싶은 말은 많은데 말이 제대로 나오지 않았다.

지아키가 입을 다물자, 주인이 알고 있다며 웃었다.

"아무튼 무사히 돌아오셔서 참으로 다행입니다. ⋯⋯일어설 수 있겠습니까?"

그 말을 듣고, 지아키는 자신이 놀랍도록 지친 것을 깨달았다. 온몸이 납처럼 무겁고 피곤했다.

그래도 어떻게든 일어났다. 힘없이 비틀거리는 몸을 주인이 부축해 주었다.

"밖에 마차를 불러 놨습니다."

"미, 미안하군."

"무슨 말씀을. 며칠 지나면 피로나 나른함은 가실 겁니다. 비슷한 시기에 오른쪽 눈도 원래대로 돌아올 테고요. 알을 입수하는 방법은 아무쪼록 비밀로 해 주십시오."

"알고 있어. 신세를 졌군. ⋯⋯이토코 씨에게도."

고맙다고 말하려고 이토코를 봤으나, 인형처럼 의자에 앉아 있기만 했다.

역시 이 사람은 다른 세계에 있어야 한다.

생생한 모습을 본 뒤여서 더 강하게 이런 생각이 들었다.

"안녕히⋯⋯."

이토코의 작은 손을 한 번 붙잡고, 지아키는 주인의 부축을 받아 밖으로 나왔다.

대기하던 마차에 타자마자 졸음이 몰려왔다. 저택에 도착할 때까지 한참 걸릴 테니 잠깐 자야겠다. 저택에 돌아가면 제일 먼저 알에 피를 줘야 한다.

이 알은 열쇠다. 은수 세계로 가는 열쇠.

알을 꼭 쥐고, 지아키는 눈을 감았다.

그런데 곧바로 방해를 받았다.

쿵, 땅이 솟는 듯한 충격에 번쩍 눈을 떴다. 마차가 격렬하게 흔들렸다. 밖에서 말들의 울음소리가 들렸다.

"뭐, 뭐야? 무슨 일이야?"

대답하는 자가 없었다.

안되겠다 싶어 문을 열려던 순간, 다시 엄청난 충격과 함께 마차가 뒤집혔다.

지아키는 세차게 내동댕이쳐져 머리와 등을 쾅 부딪쳤다. 아파서 숨이 막혔다. 일어나려고 해도 꼼짝할 수 없었다.

게다가 뭔가에 얼굴을 다쳤나 보다. 얼굴 왼쪽이 불타듯이 뜨거웠다. 철철 피가 흐르는 것을 느꼈다.

최소한 상황을 파악하고 싶은데 그러지도 못했다. 다친 왼쪽 눈을 뜰 수가 없었다. 무사한 오른쪽 눈은 약을 넣어서 도움이 안 되었다.

정체 모를 공포에 가슴이 쿵쿵 뛰었다.

그때, 우두둑우두둑 요란한 소리가 났다. 무언가가 마차 문을 잡아뜯었다. 차가운 밤공기가 지아키를 확 덮쳤다. 동시에 코가 비뚤어질 정도의 악취가 밀려왔다.

지아키는 잿빛으로 흐리멍덩한 오른쪽 눈으로 어떻게든 앞을 보았다. 어떤 거대한, 추악한 것이 쓰러진 마차에, 이어서 지아키의 몸에 올라탔다. 어찌나 악취가 심한지 폐와 목이 썩을 것 같았다.

그것이 지아키 주변을 킁킁 냄새 맡았다.

축축하고 기분 나쁜 것이 지아키의 손에 닿았다. 그것이 움켜쥔 지아키의 손을 억지로 벌려 은수 알을 빼앗으려 했다.

지아키는 지금까지 느껴 보지 못한 어마어마한 분노에 휩싸였다.

빼앗긴다! 내 알! 내가 손에 넣은 알!

"아, 안 돼애애애애애애!"

모든 힘을 짜내 습격자를 후려치려고 했다. 그러나 주먹이 닿기 전에 습격자는 알을 빼앗아 지아키에게서 떨어졌다. 놈의 기척이 점점 멀어졌다.

멀어진다. 알을 가지고 도망친다. 쫓아야 한다. 되찾아야 한다.

그러나 지아키는 정신을 잃었다.

눈을 떴을 때는 자택 침실에 누워 있었다. 의사의 이야기를 들어 보니, 온몸이 다 상했고 특히 왼쪽 눈은 회복하기 어렵다고 했다.

두 눈이 다 보이지 않아 절망과 통증에 괴로워하며 지아키는 며칠을 누워서 지냈다. 혹시 상처가 다 낫더라도 다시는 예전으로 돌아가지 못한다. 알을 얻어 희망에 찼던 때로 돌아가지 못한다.

지아키는 모든 기력을 잃었다.

오른쪽 눈의 시력이 돌아와도 기쁘지 않았다.

그런데 지아키가 회복하기를 기다렸다는 듯이 뜻밖의 손님이 찾아왔다. 은수 가게 주인이었다. 방에 들어온 자그마한 남자는 손에 작은 상자를 들고 있었다.

누워 있는 지아키를 보고 주인의 서글서글한 얼굴이 안타깝다는 듯이 일그러졌다.

"……하필 이런 일을 겪으시다니요."

"그렇게 아프지는 않아. 하지만…… 주인장, 나는 글렀어. 그, 그걸 빼앗기고 말았어."

은수 알은 이미 은밀히 팔려 새로운 주인의 손에 들어갔을 것이다. 설령 되찾더라도 이제 지아키의 알이 아니다. 태어나는 은수도 지아키가 바라는 은수가 아니다. 정말로 잃고 말았다.

아이처럼 뚝뚝 눈물을 흘리는 지아키에게 주인이 들고 온 상자를 내밀었다.

"자, 부디 이걸 받으세요."

"이, 이게 뭐지?"

"누나가 드리는 선물입니다. 다른 세계에서 한때를 함께 보낸 자에게 주는 것이라고 합니다."

"이토코 씨가?"

상자를 열고 지아키는 놀랐다. 은수 알이 들어 있었다. 진한 호박색 알이다.

놀라는 지아키에게 주인이 상냥하게 말했다.

"잃어버린 은수를 대신하지는 못하겠지요. 그러나 상실감을 달랠 수는 있을 겁니다."

"……정말 받아도 괜찮아?"

"네. 부디. 뭐든 손님이 원하는 대로 하십시오."

알쏭달쏭한 말을 남기고 은수 가게 주인은 떠났다.

혼자 남은 지아키는 알을 가만히 쥐었다. 이 알 역시 아름답다. 잃어버린 주황색 알과는 느낌이 달랐다. 이토코가 일부러 가지고 온 알이다. 그 말은 이토코가 다른 세계에 또 다녀왔다는 소리다.

그러자 감사보다 질투가 앞섰다.

지아키는 마침내 자신의 진정한 소망을 깨달았다.

알이 아까운 것도 아니고 알을 원한 것도 아니었다. 자신은 또 그 세계에 가고 싶었다. '어미'의 점액을 마시고 알을 이쪽 세계로 가지고 오고 싶었다. 그 흥분과 들뜸. 그보다 더 좋은 것이 이 세상에 있겠는가.

나는 이미 어쩔 수 없구나. 지아키는 깨달았다.

그 숲에 들어선 순간 사로잡히고 말았다. '어미'의 꿀을 맛본 자에게 도망칠 길은 없었다.

가야 할 길은 하나뿐이다.

얼굴을 감싼 붕대를 풀고, 지아키는 아직 상처가 시뻘건 왼쪽 눈에 알을 가져갔다.

한 달 뒤, 지아키의 왼쪽 눈이 있던 자리에서 은수가 부화했다.

거미를 닮은 호박색 은수는 그대로 지아키의 새로운 눈이 되었다.

거울을 들여다보며 지아키가 만족스럽게 웃었다.

이것은 눈이자 문이다. 주인이 된 자를 언제든 다른 세계로 데려가는 문.

이름이 저절로 떠올랐다.

"코몬……."(호박으로 된 문이라는 뜻.)

지아키가 이름을 부르자, 코몬이 은색 다리를 살짝 움직였다. 호박색 배에서 벌써 하얗고 투명한 얼굴이 떠올랐다.

데
루
코。

아라모리 데루코를 세간에서는 어떻게 볼까.

부친은 저명한 학자, 모친은 이시와타리 세이잔의 첫 아내의 이복 여동생, 그럭저럭 유명한 귀족 가문의 딸. 이것만으로도 사교계의 꽃이 되기에 부족함이 없었다.

또한 데루코는 다방면에 재능이 있었고, 무엇보다 아름다웠다. 남작과 한 번 결혼했으나, 얼마 지나지 않아 불의의 사고로 남편을 잃은 박복함도 데루코의 매력 중 하나였다.

숱한 사교계 인사들이 여신처럼 추앙하는 젊은 미망인.

아름답고 자선 활동에 힘을 쓰며 교양 있는 숙녀.

세상 사람들은 데루코를 흠잡을 데 없는 여성이라 평했다.

그러나 데루코 본인은 안다. 자신이 얼마나 추악한 인간인지를.

어려서부터 데루코는 욕심이 많았다. 탐욕스러웠다. 남이 가진 거라면 무엇이든지 질투했다. 모든 것을 갖고 싶어 했다.

게다가 워낙 교활해서 자기가 이상하다는 것도 진작에 알았다.

본성을 들키면 부모님이 절대 용서하지 않을 것이다. 그래서 순진무구한 가면을 써 누구에게나 사랑받으려고 노력했다.

귀엽게 웃고 정숙하게 행동하면 다들 속아 넘어갔다. 데루코는 세상살이 참 쉽다고 비웃으며 원하는 것을 전부 얻었다.

나이를 먹을수록 데루코는 점점 더 아름다워졌고, 속임수와 도둑질에 능숙해졌다. 정자 마루 밑에 감춰 둔 장물은 웬만한 컬렉션이었다. 물건이 자꾸 사라져도 데루코는 의심받지 않았다. 참으로 즐거웠다.

데루코는 약삭빠른 자신에 심취했다.

한편으로 초조했다. 진정으로 원하는 물건을 손에 넣을 방법을 아직 찾지 못했다.

데루코는 탐욕스럽게 은수를 원했다. 은수라는 존재를 알게 된 순간부터 탐나서 미칠 것 같았다. 희소성, 개성, 성질, 모든 면에서 대단하다.

그러나 은수만큼은 쉽지 않았다. 알을 손에 넣을 방법도 재력도 없었다. 다른 물건과 달리 어디서 훔쳐 올 수도 없었다. 은수는 오로지 주인 한 명만을 따르므로.

나만의 은수를 갖고 싶다.

데루코는 뭐에 홀린 듯이 은수를 조사했다. 열여덟 살에 스무 살이나 연상인 남작과 결혼한 것도 그가 은수를 설명한 귀중한 서적을 여러 권 갖고 있었기 때문이다.

장서를 손에 넣었으니 남자는 이제 가치가 없었다. 데루코는 연상 남편을 헌신적으로 따르는 동시에 조금씩 독을 먹였고, 일 년 뒤 미망인이 되었다.

처음으로 저지른 살인이었으나 별다른 느낌은 없었다. 이번이 마지막 살인이라고 생각하지도 않았다.

실제로 스물두 살에는 부모님을 저세상으로 보냈다.

다시 어디든 시집을 가거나 우리 곁으로 돌아오는 편이 좋겠구나. 딸을 걱정해 간섭하는 부모님이 귀찮았다. 괴롭지 않게 보낸 것이 최소한의 정이었다.

외부에는 부모님이 불을 허술하게 다루어서 벌어진 사건으로 알려졌다. 사람들은 슬퍼하는 데루코를 보며 눈물을 지으면 지었지, 범인이라고 의심하지 않았다.

세간의 관심이 가라앉자, 데루코는 다시 은수에 집중했다. 아무튼 은수가 가장 중요하다. 은수를 원한다.

스물여덟 살이 된 지금, 마침내 갈망이 이루어질 때가 왔다.

이시와타리 세이잔에게 불려 가 은수 경쟁을 하라는 소리를 들었을 때, 데루코는 기뻐 어쩔 줄 몰랐다. 행운이 넝쿨째 굴러왔다. 그토록 원했던 은수를 이리 쉽게 손에 넣다니.

동시에 또 다른 욕망이 생겼다.

세이잔의 재산도 갖고 싶다. 그 막대한 부를 내 것으로 삼고 싶다.

그러려면 다른 네 후보자는 방해꾼일 뿐이다.

구라바야시 후유쓰구.

가이토 후미코.

구니마루 데루히사.

오후루카와 지아키.

데루코는 네 사람의 약점을 찾아 경쟁에서 잘라 낼 계획을 짰다.

후유쓰구를 처리하는 것은 식은 죽 먹기보다 쉬웠다. 허영심만 넘치는 이 남자는 제일 먼저 은수를 손에 넣고 어리석게도 과시하고 다녔다. 데루코는 딱 한마디, 독이 될 말을 건네기만 하면 그만이었다.

"여기에 달과 닮은 은수가 있다면 쌍을 이뤄서 참으로 보기 좋겠어요."

데루코는 한 사람이 두 마리 은수를 가지지 못하는 것쯤 당연히 알고 있었다. 은수를 조금만 알아봐도 알 수 있는 지식이다. 그러나 후유쓰구는 몰랐다. 은수를 단순한 애완동물로 여기는 남자가 은수를 공부할 리 없었다.

그런 사람의 심리를 진작에 꿰뚫어 보았기에 데루코는 남자의 자존심을 건드렸다.

후유쓰구는 그 말에 넘어가 보기 좋게 함정에 빠졌다. 후유쓰구의 은수들이 동족상잔을 벌이다가 둘 다 죽었다는 소식은 달콤한 술처럼 데루코를 흥분시켰다.

이렇게 첫 번째 경쟁자는 어렵지 않게 없앴다.

두 번째인 후미코에게는 딱히 손을 쓰지 않았다. 불안정한 그 소녀는 가만히 둬도 은수의 매력에 사로잡혀 알아서 자멸할 테니까. 부모의 말을 따르는 능력밖에 없는 한심하고 멍청한 소녀가 제대로 된 은수의 주인이 될 리가 없었다.

그래도 만약을 위해 부모를 부채질했다. 연회에서 만난 부부에게 우연인 척 말을 걸어 "따님의 은수가 부화하면 우리나 새장에 넣어 두세요. 도망칠지도 모르잖아요?" 하고 친절하게 조언했다.

부모가 시키는 대로 따르는 후미코는 사실 자유를 원하고 '우리'에 갇히는 것을 혐오했다. 그걸 알고 한 말이다.

역시 가이토 집안에서 큰 소동이 벌어졌다고 들었다. 미쳐 버린 후미코를 상상하며 데루코는 며칠이나 즐거워했다.

한편, 세 번째인 데루히사는 쉽지 않았다. 일에도 가정에도 충실한 자긍심 높은 남자다. 세이잔의 재산에도 흥미가 없어 보여서 무너뜨릴 틈이 보이지 않았다.

재산 경쟁에 뛰어들지 않는다면 굳이 손 쓸 필요는 없겠지만, 방심하면 안 된다.

아무튼 세이잔의 재산은 막대하다. 그 가치는 사람의 마음을 뒤흔든다. 견실한 데루히사라도 언제 마음이 바뀌어 욕심을 낼지 모른다.

역시 무너뜨려야 한다.

방법을 고민하다가, 데루코는 슬슬 자기 은수를 가져야 할 때가 왔음을 깨달았다.

데루코는 '은숲'을 찾아가 흑진주가 연상되는 알을 골랐다.

자신의 욕망을 이루어 줄 괴물을 원했다.

아름다운 용모는 필요 없었다. 교활하고, 탄력 있어서 소리 없이 어둠에 녹아들어 재앙을 가져오는 괴물을 원했다. 데루코의 적을 없애고 명령에 절대복종하는 충실한 노예.

데루코는 검은 알에 피를 주며 명확한 바람을 계속 속삭였다.

알은 데루코의 악의와 집착을 실컷 빨아들이고 부화했다.

껍질이 깨지자 지독한 악취가 훅 났다. 아무도 접근하지 못하도록 지하실에서 알을 키워 다행이었다. 그러지 않았다면 저택은 물론이고 외부인까지 놀라서 달려왔을 것이다.

물론 데루코는 두려워하지 않았다. 물고기 썩은 내에 독성 강한 꽃의 꿀 냄새가 섞인 듯한 악취를 맡으며 부화를 지켜보았다.

가장 처음 보인 것은 갈고리발톱이 자란 손이었다. 손가락은 세 개인데, 하나하나가 괴이하게 길쭉했다. 피부는 언뜻 매끈매끈해 보이는데, 자세히 보면 잔비늘로 잔뜩 뒤덮였다. 새까만 비늘이다.

손이 다시 알 안으로 들어가더니, 이번에는 머리가 쑥 나왔다.

점액 묻은 검은 짐승은 외국의 옛 서적에 나오는 사악한 용처럼 생겼다. 울퉁불퉁 불거진 골격 위에 새까만 막을 뒤집어쓴 듯한 도마뱀 같은 몸. 채찍처럼 길고 동글게 말린 꼬리.

날개는 꼭 나비 같았다. 다만 제대로 부화하지 못해 썩어 일그러진 나비의 날개다. 악마의 눈동자 같은 흑자색 무늬가 있어서 징그러웠다.

특히 오싹하게도 그것은 사람 얼굴을 가졌다. 가느다란 목 위에 새하얀 여자의 얼굴이 있었다. 달걀형에 아름다운 이목구비. 그러나 교활하고 사악하게 웃었다.

데루코였다. 데루코의 본성이 고스란히 은수의 얼굴로 나타났다.

자신의 어두운 부분이 현실로 이루어진 은수를 보고 데루코는 전율했다. 바로 이름이 떠올랐다.

반카. 갖은 재앙을 불러일으키는 자라는 뜻이다.

일단 피를 준 뒤, 데루코는 은수를 상자에 넣어 저택에서 가지고 나왔다. 자신이 소유한 별장에 감추고 은밀히 드나들며 소중히 돌봤다. 누구나 꺼릴 썩은 냄새도 무시무시한 용모도 데루코에게는 사랑스러웠다. 실로 자신의 반쪽이었다.

반카는 하루하루 크고 사악하게 자랐다.

데루코의 성질을 고스란히 물려받았는지, 이 은수는 동물을 괴롭히며 놀기 좋아했다. 닭이나 개를 주면 신나게 갈기갈기 찢어 내장을 가지고 놀았다.

은수는 타고난 성질 때문에 인간에게 직접 해를 끼치지 못한다. 그래도 데루코가 명령하면 기쁘게 그늘에 숨어 어둠을 틈타 인간을 위협했다. 덕분에 별장 주변에 괴물이 나온다는 소문이 돌았다.

슬슬 때가 왔다. 듣자 하니, 재산 경쟁에 흥미 없어 보였던 구니마

루 데루히사도 결국 은수 알을 얻을 마음이 들었다고 한다. 심경이 왜 바뀌었는지는 모르나, 당장 그의 마음을 무너뜨려야 한다.

"반카."

데루코가 부르자, 반카가 고개를 들었다. 반쯤 죽은 고양이를 가지고 놀던 중이었으나 내버려 두고 느릿느릿 데루코에게 다가왔다. 데루코와 똑같이 생긴 하얀 얼굴이 잔인한 기쁨에 들떴다.

데루코는 자기 마음대로 행동하는 반카가 조금 부러웠다. 자신은 외부에 있을 때면 품위 있고 배려심 넘치는 숙녀라는 가면을 써야 했다.

반카의 뺨에 묻은 피를 닦아 주고, 데루코가 속삭였다.

"가자꾸나. 오늘 밤은 초승달이 떠서 어두우니 움직이기 좋겠어."

반카가 히죽 웃었다.

괴물이 나온다는 소문 때문에 비밀 별장 근처엔 사람이 다니지 않았다. 덕분에 오가기 더욱 편했다.

그날 밤도 반카는 쉽게 밖에 나올 수 있었다. 몸집이 커도 온몸을 뒤덮은 기름 같은 점액 덕분에 작은 출입구나 틈도 어렵지 않게 지났다.

데루코는 반카의 품에 안겨 어두운 하늘을 날았다. 마녀가 된 듯한 해방감이 들었다.

이윽고 데루히사의 저택 지붕에 내려선 데루코는 먼저 분위기를 살폈다. 데루히사는 집을 비운 것 같았다. 저택에서 여자들의 즐거운 목소리만 들렸다.

이거 잘됐군. 데루코는 웃었다.

목표는 데루히사의 아내 유미코다. 데루히사가 아내를 얼마나 사랑하는지는 유명했다. 아내의 몸이 약하다고 들었다. 그 심장은 공포를 버티지 못할 것이다.

은수는 사람에게 해를 끼치지 못한다. 단, 은수를 보고 겁을 먹는 것은 본 사람의 자유다.

데루코는 반카를 유미코의 방으로 들여보냈다. 반카는 사악한 뱀처럼 방 안으로 기어 들어갔다.

잠시 뒤, 찢어질 듯한 비명이 들렸다. 지붕 위에서 비명을 들은 데루코는 오싹한 쾌감이 들었다.

곧 반카가 나왔다. 한 건 해냈다는 듯이 웃으면서. 데루코는 자기역시 똑같은 표정이라는 걸 부정하지 않았다.

쌍둥이 같은 얼굴을 마주 보고 주인과 은수가 웃었다.

"잘했다, 반카. 정말 착하구나."

데루코는 반카에게 입을 맞췄다. 반카의 입에서 달콤한 죽음의 맛이 났다.

이렇게 데루코는 가장 번거로운 상대였던 데루히사를 해결했다. 아내를 잃은 데루히사는 미쳐 버릴 것이다. 설령 제정신을 차려 은수를 부화시키더라도 걱정 없다고 짐작했다.

그 남자는 넘치는 애정을 견디지 못하고 아내의 흔적을 찾을 것이다. 은수는 그의 아내와 똑같은 모습, 평범한 인간의 모습을 지니고 태어나리라. 그런 은수는 이시와타리 세이잔의 안목을 만족시키지 못한다.

이제 남은 적은 오후루카와 지아키다.

이 청년은 집요한 면이 있어서 은수를 철저하게 조사할 것이다. 후유쓰구나 후미코처럼 쉽게 함정에 빠지지도 않는다. 성격도 호방하고 몸도 튼튼하니까 반카를 보고 심장 발작을 일으키지도 않을 것이다.

어쩌지? 도대체 어떻게 한담?

고민하던 차였다. 바로 그 지아키가 데루코의 저택을 찾았다.

속으로 동요하면서도 데루코는 지아키를 반갑게 맞이했다. 그의 목적은 데루코의 장서였다.

"은수에 관해서 더 알고 싶어요. 번거로우시겠지만, 데루코 님이 소장한 아카마쓰 겐이치로의 『은수 전서』를 부디 빌려주세요. 아, 가능하면 요시나가 교수의 『머나먼 은수』와 『광물은 살아 있다』도요."

전부 데루코의 죽은 전남편이 고생해서 모은 귀중한 서적이다. 책이 여기 있는 것을 잘도 알아냈다고 감탄하며, 데루코는 지아키의 왕성한 탐구심에 주목했다.

지식에 굶주려 보이는 청년. 이 갈증을 어떻게 이용할 수 있을까?

데루코는 의문으로 여겼던 수수께끼를 청년에게 넘기기로 했다.

"물론 괜찮고말고요. 지금 꺼내 올게요."

"고맙습니다. 은혜를 잊지 않을게요."

"아니에요. 남편이 한때 열심히 모은 책이 이렇게 도움이 된다면 기쁠 따름이죠. 아, 그런데 오후루카와 님. 은수는 어디에서 태어날까요?"

"네? 그야 알이죠?"

"아니요. 제 말은, 그 알이 어디서 오는지예요. 은수끼리 교배할 리도 없는데 알이 도대체 어떻게 이 세계에 오는 걸까요? 조금 궁금해서요."

"그건…… 음. 듣고 보니 궁금하네요. 어디에서 올까요?"

지아키는 눈을 감고 생각에 잠겼다.

미끼를 물었다. 데루코는 웃었다. 이제 청년은 수수께끼에 푹 빠질 것이다. 탐구심이 왕성한 청년이다. 반드시 알의 출처를 알아내 자기 손으로 입수하고 싶어 할 테지. 그러다가 실패해서 크게 다치면 더할 나위 없다. 만약 정말로 알을 손에 넣으면, 그때는…….

지아키가 서적을 안고 저택을 떠나자, 데루코는 서둘러 반카를 찾아갔다. 지아키의 옷에서 몰래 훔친 손수건을 반카에게 줘 냄새를 기억하게 한 뒤에 명령했다.

"잘 들으렴, 반카. 지금부터 이 남자 곁에 붙어서 상태를 살펴 줘. 만약 그가 알을 손에 넣으면 빼앗아서 내게 가져오너라. 자, 가라. 알을 얻기 전에는 돌아오면 안 된다."

반카가 서둘러 떠났다.

이후 한 달 넘게 반카가 돌아오지 않았다.

아마도 지아키가 은수를 조사하느라 은수 가게에 안 간 모양이다. 집요한 지아키답지만, 슬슬 알을 손에 넣으면 좋겠다. 그러지 않으면 반카가 영원히 돌아오지 못한다.

데루코도 슬슬 불안해졌을 때였다.

드디어 반카가 돌아왔다. 입에 주황색 알을 물고서.

"반카, 정말 잘했다."

데루코는 손뼉을 치고 기뻐하며 알을 받았다. 반카의 알을 처음 봤을 때와 같은 흡입력은 없지만 역시 아름다웠다.

데루코는 기쁨에 들떠 반카를 보았다. 순간, 이때껏 느껴 본 적 없는 아픔을 느꼈다.

반카. 사랑스러운 어둠의 아이. 나의 반쪽. 가능하면 이대로 살려서 영원히 곁에 두고 싶었다.

그러나 은수는 두 마리를 가질 수 없다. 세이잔의 재산을 손에 넣으려면 어디까지나 정당한 방법으로 이겨야 한다.

세이잔은 '가장 빼어난 은수를 데려온 자'를 승자로 삼겠다고 했다. 어떤 기준으로 빼어남을 가리는지는 모르지만, 추악한 반카는 절대 선택받지 못할 것이다.

데루코는 새로운 은수가 필요했다. 반카는 이미 용도가 끝났다.

안타까웠지만 데루코는 잔인한 명령을 했다.

"이제 너는 필요 없구나. ……그만 죽으렴."

명령의 효과는 무시무시했다.

반카는 순간 얼어붙어 눈을 부릅뜨더니, 목을 움켜쥐고 괴로워했다. 그 크고 까만 몸이 얼음 녹듯이 썩었다.

데루코는 꾸르륵꾸르륵 소리를 내며 썩어 가는 은수를 끝까지 지켜보았다. 자기 죽음을 보는 듯한 기묘한 느낌이 들었다.

그 뒤 데루코는 미리 준비해 둔 기름을 별장 전체에 뿌리고 불을 질렀다.

순식간에 화염에 휩싸인 별장을 두고 데루코는 돌아섰다. 얼굴은 약간 창백했으나 입가는 미소를 띠었다.

이제 됐다. 반카가 존재한 흔적이 남김없이 사라졌다. 어둠의 괴물이 사라지고 성녀 같은 데루코만 남았다. 늘 그랬듯이 데루코를 의심할 자는 없을 것이다. 이제 반카가 훔쳐 온 알을 건강하게 키우기만 하면 된다.

이번에는 직접 키우지 않을 생각이었다. 마음이 추악한 자신이 키우면 틀림없이 추악한 은수가 나올 것이다. 자칫하면 또 반카와 똑같은 은수가 태어날지도 모른다. 그러니 다른 사람에게 부화를 맡겨야 한다.

맡길 상대도 이미 정했다. 열여섯 살 먹은 하녀 오타마. 멍청하지만 마음이 순수해서, 일을 시키면 열심히 해낸다. 아름다운 것을 좋아해서 데루코를 마치 여신처럼 숭배하고, 데루코의 말이라면 뭐든 따른다. 딱 적합한 인물이었다.

저택에 돌아오자마자 오타마를 방으로 불러 은수 알을 맡겼다.

"오타마, 이걸 가지고 있으렴."

"네. 오타마, 가지고 있을게요."

"그래. 아주 소중히 가지고 있어야 한다. 그리고 부탁이 있어. 이 알에 매일 네 피를 주렴. 아주 조금이면 돼. 딱 한 방울."

"……피. 아파요, 무서워요."

"괜찮아. 만약 피를 주면 나도 너한테 매일 사탕을 줄게."

"정말요?"

오타마의 눈이 어린아이처럼 반짝였다.

"빨간 사탕을 주실래요?"

"빨간 사탕도, 노란 사탕도, 파란 사탕도 줄게. 그러니까 해 줄래?"

"네, 할게요."

"그리고 알을 잘 어루만져 줘. 예쁘고 귀여운 아이가 태어나길 바라며 노래도 불러 줘."

"아이, 태어나요? 알에서?"

"그래. 네가 바라면. 전에 그림책을 줬지? 거기 나오는 눈 정령 같은 아이가 태어날 거야."

오타마는 순한 얼굴 가득 미소를 지었다.

"할게요. 사모님, 오타마, 열심히 할게요."

"그래, 열심히 하렴. 알은 매일 나한테만 보여 줘야 한다. 다른 사람한테 보여 주면 안 돼. 말해도 안 돼. 지켜 줄래? 지킬 수 있지?"

"네."

오타마에게 알을 맡기는 것에 전혀 불안함을 느끼지 않았다. 우둔하고 충실한 소녀는 데루코가 시킨 대로 알을 소중하게 키울 것이다. 아름다움을 사랑하고 동경하는 오타마라면 틀림없이 멋진 은수를 만들어 낼 것이다.

알은 누가 키우든 상관없다. 은수는 부화한 뒤 처음 마신 피의 주인을 자기 주인으로 인정한다. 데루코는 그저 부화를 기다리면 된다.

오타마는 시킨 대로 매일 알을 데루코에게 보여 주었다. 볼 때마다 알 안의 핵이 커졌다. 핵은 매일매일 달라졌고, 이윽고 태아 같은 모양으로 변했다.

새하얀 태아였다. 데루코가 눈 정령 같은 아이라고 한 말이 오타마의 머리에 입력됐나 보다. 고작해야 콩 정도 크기였으나, 본 순간 알았다. 이 은수는 아름다울 것이다.

서서히 성장하는 태아를 보며 데루코는 가슴이 뛰었다.

마침내 때가 왔다. 이른 아침, 오타마가 "알에 금이 갔어요."라며 침실로 뛰어왔다.

데루코는 잽싸게 달려들어 오타마에게서 알을 빼앗았다. 정말로 금이 갔다. 곧 부화한다.

알 곁에 있고 싶어 하는 오타마를 억지로 방에서 쫓아낸 뒤, 데루코는 차분히 부화를 지켜보았다.

설탕 가루처럼 달콤한 냄새를 풍기며 은수가 알에서 나왔다.

손바닥에 올라갈 정도로 작은 소녀였다. 하반신은 하얗게 반짝이는 결정에 폭신폭신 뒤덮여 마치 양모를 걸친 것처럼 보였다. 그래서 허리 아래가 볼록했는데, 덕분에 마른 상반신이 더 아름다워 보였다.

은백색 피부에 은백색 머리카락. 전부 다 하얀데 눈은 루비처럼 빨갛고, 양처럼 말린 뿔이 자랐다.

데루코는 대단히 만족했다.

좋다. 참으로 무구하고 신성하게까지 보이는 은수다. 데루코의 취향은 아니지만, 이 정도라면 세이잔도 좋아할 것이다.

데루코는 칼로 손가락을 살짝 그어 하얀 은수에게 내밀었다. 아기가 젖을 원하듯이, 은수가 데루코의 손가락에 매달렸다.

그런데 데루코의 피를 마시자마자 은수의 사랑스러운 얼굴이 일그러지더니 새된 비명을 질렀다. 갓 내린 눈처럼 새하얗던 얼굴이, 손발이, 순식간에 거무튀튀한 파란색으로 썩었다.

"안 돼! 안 돼!"

쓰러지는 은수를 데루코가 두 손으로 붙잡았다. 그러나 부식을 막을 수 없었다.

순식간에 데루코의 손에는 끈적끈적하게 변한 검푸른 덩어리만 남았다.

데루코는 덜덜 떨며 손에 붙은 썩은 살점을 떨어뜨렸다. 온몸의 피가 차갑게 식었다.

"이건 아니야. 말도 안 돼. 내가…… 무슨 실수를 한 거지? 어째서……."

정신이 나가 중얼거린 그때, 갑자기 머리에 엄청난 충격을 느꼈다.

눈이 튀어나올 정도로 아팠다.

반사적으로 몸을 웅크리자, 살점이 섞인 피가 후두둑 바닥에 떨어졌다. 이어서 타는 듯한 통증이 덮쳤다. 거대한 짐승이 뒤통수를 물어뜯은 것 같았다.

데루코는 간신히 힘을 짜내 뒤를 돌아보았다.

오타마가 서 있었다. 눈물과 콧물로 얼굴이 흠뻑 젖은 채, 손에는 두꺼운 방망이를 들었다.

"그 애를 죽였어! 괴물! 사모님은 괴물이야!"

오타마가 침과 콧물을 튀기며 외쳤다.

아하, 오타마가 공격했구나.

데루코는 몽롱한 정신으로 생각했다.

우직함만이 장점인 둔한 소녀인 줄 알았는데. 알을 맡아 키우는 동안 이 소녀는 '어미'가 됐다. 데루코는 '어미'에게서 알을 빼앗고 개 쫓듯이 방에서 내보냈다.

오타마는 가지 않았다. 알이 걱정된 나머지 명령을 듣지 않고 방을 살폈을 것이다. 열쇠 구멍을 통해 모든 것을 지켜보았다. 데루코의 피를 먹은 은수가 괴로워하며 썩어 가는 모습을.

분노한 오타마가 문을 부수고 들어와서 자신을 공격하는 광경을 머릿속으로 생생하게 상상할 수 있었다.

동시에 불타오르는 분노와 후회를 느꼈다.

조금만 있으면 전부 손에 넣을 수 있었는데. 이런 멍청한 소녀의 손에 죽는 건가? 분하다. 아직 갖고 싶은 게 많은데. 하지만 왜? 왜 내 피를 마신 은수가 죽었지? 모르겠어. 아아, 머리가 너무 아파. 뜨거워, 전부 녹아 버릴 것 같아. 뜨, 거워⋯⋯.

엔
딩.

이시와타리 세이잔의 침실에 모인 모두가 데루코를 바라보았다.

힘없이 휠체어에 앉은 데루코. 방에 들어온 뒤로 한마디도 하지 않았다. 반쯤 벌어진 입에서 침이 흐르고 눈은 몽롱해서, 반짝였던 미모가 흔적도 없이 시들었다.

세이잔이 감정 없는 목소리로 말했다.

"하녀가 덮쳐서 머리를 강하게 때렸다는군. 간신히 목숨은 건졌으나 보는 대로 온몸이 마비되어 말도 못 한다고 해."

"끔찍하군요……. 한데 어째서? 하녀가 왜 공격한 겁니까?"

데루히사가 묻자, 세이잔이 코웃음을 쳤다.

"이유를 말해 줄 자가 있지. 은수 가게, 들어오게."

안쪽 문이 열리고, '은숲' 주인이 조용히 들어왔다.

놀라는 사람들에게 가볍게 인사한 뒤, 은수 가게 주인이 담담히 설명을 시작했다.

"이번 일에 은수가 연관됐을지도 모르니 급히 조사하라는 어르신의 연락을 받고, 아라모리 님 댁으로 달려갔습니다. 어르신께 명을 받았다고 하니 감사하게도 헌병들이 순순히 들여보내 주더군요. 아라모리 님은 병원에 가신 뒤여서 저는 일단 그 하녀와 대화를 나눴습니다."

"직접 만났나?"

"그렇습니다, 구니마루 님. 만나고 조금 맥이 풀렸습니다. 왜냐하면 그런 엄청난 일을 저지를 소녀로는 보이지 않았기 때문입니다."

조금 둔하지만 타고나기를 얌전하고 부지런하며 착하다는 평판인 하녀. 원래 데루코를 잘 따랐다고 한다.

"그렇다면 더욱 이상한데. 그 소녀는 결백한데 누명을 쓴 것인가? 어쩌면 다른 사람이 저지른 짓일지도?"

"아닙니다, 오후루카와 님. 범인은 분명 그 하녀입니다. 하녀 본인이 그렇게 말했습니다. 울기만 하는 하녀에게 저는 참을성 있게 물었습니다. 왜 그런 짓을 했는지."

단편적인 대답만 들을 수 있었는데, 연결해 보니 문장이 하나씩 만들어졌다.

"하얗고 예쁜 그 아이를 죽였으니까. 사모님이 괴물인 걸 알았으니까. 그 말만 반복했습니다. 더 물어도 의미 없겠다고 판단해 사건이 벌어진 침실로 갔습니다. 그리고 생각지 못한 것을 발견했습니다.

하나는 녹아 버린 살점. 쪽빛 액체와 독특한 썩은 냄새로 보아 틀림없이 은수였습니다. 그리고 또 하나, 이것이 책상 위에 널려 있었죠."

은수 가게가 품에서 하얀 손수건을 꺼내 펼쳐 보여 주었다. 거기에는 얇은 유리 조각처럼 보이는 물체가 몇 개 있었다. 독특한 광택과 선명한 주황색이 시선을 끌었다.

오후루카와 지아키가 작게 외쳤다.

"이건…… 내가 처음에 얻은 알인데!"

"네. 저도 알아보았습니다."

"내, 내 알이 왜……? 마차 사고가 났을 때 도둑맞았는데. 왜 데루코 씨 침실에 있지……?"

"……."

은수 가게는 입을 다물었다. 다른 자들도 입을 열지 않았다. 말하지 않아도 그 답은 명백했다.

은수 가게가 잠시 침묵한 뒤에 말했다.

"마음에 걸리는 것은 그보다 전, 오후루카와 님이 습격받기 전에 아라모리 님이 본인의 알을 가져갔다는 점입니다. 이 알과 다르게 광택이 나는 까만 알이었죠. 꼼꼼히 찾았으나 어디에도 보이지 않았습니다."

"……데루코 님은 알을 부화시켰을까?"

"네. 이건 어디까지나 제 추측입니다만…… 아라모리 데루코 님은 처음 알에서 태어난 은수를 좋지 않은 일에 쓴 것 같습니다. 어쩌면 오후루카와 님을 덮쳐 알을 훔쳐 간 자가 아라모리의 은수가 아닐까 싶습니다."

"말도 안 돼! 은수는 사람을 공격하지 못해!"

"발톱이나 이빨로 공격하지 못할 뿐입니다. 말을 죽이고 마차를 망가뜨리는 정도라면 은수도 할 수 있습니다. 오후루카와 님의 말은 두 마리 다 목이 뜯겨 나갔지요? 사람은 물론이고 북쪽에 사는 흑곰도 그렇게는 못 합니다."

"그, 그렇지만…… 하지만 데루코 님이, 그런……."

믿을 수 없다며 지아키가 고개를 저었다.

그때까지 가만히 있던 구라바야시 후유쓰구가 핏발이 선 눈으로 은수 가게에게 물었다.

"어이. 데루코 님이 까만 알 은수를 부렸다고 치면, 그놈은 어디에 있지?"

"……저택 어디에도 흔적이 없었습니다. 그러니 아마도 처분했겠지요."

"처, 처분이라니…… 데루코 님이 그랬다고? 모처럼 부화시킨 은수를?"

"아마도 쓸모가 없어졌겠지요."

"나도 같은 생각이야."

세이잔이 말했다.

"데루코는 겉보기에는 정숙하고 상냥하지만 속으로는 탐욕스럽고 냉혹한 악마를 키우는 여자야. 경쟁 상대인 너희를 없애려고 수를 썼겠지. 지아키는 말할 것도 없고 데루히사, 자네 저택에서 벌어진 비극도 나는 데루코가 저질렀다고 믿네."

순간 데루히사의 얼굴빛이 달라졌다. 그러나 창백하게 질렸으면서도 견뎌 냈다. 품에 안은 은수, 마유미가 "아빠……." 하고 걱정스럽게 말을 걸었기 때문일까.

"괜찮단다."

마유미를 꼭 안는 데루히사에게서 시선을 떼고, 세이잔은 후미코와 후유쓰구를 보았다.

"데루히사와 지아키만이 아니야. 다른 두 사람도 데루코가 어떻든 방해했을 거다. 후미코. 짐작 가는 게 없느냐?"

후미코는 대답하지 않았다. 들리지 않나 보다. 새장 속 은수를 응시하며 다시 자기만의 세계에 갇혔다.

한편, 후유쓰구는 "아!" 하고 소리쳤다.

"그러고 보니 기, 긴카와 쌍을 이루는 은수가 있으면 좋겠다고 말한 사람이 데루코였습니다."

"과연. 그렇게 너를 부추겼구나."

"그래요, 그, 그랬습니다. 그 말만 아니었다면…… 저는 긴카로 만족했을 텐데. 은수를 한 마리 더 얻으려는 생각을 안 했을 텐데……. 데, 데루코! 이 못된 것이!"

후유쓰구가 미친개처럼 데루코에게 덤벼들려고 했다. 지아키와 데루히사가 그를 막았으나, 두 사람 다 이미 데루코를 보는 시선이 달라졌다.

괴물.

당장이라도 그 말이 튀어나올 기세다.

공포와 경멸, 증오가 뒤섞인 시선을 받아도 데루코의 태도는 똑같았다. 반쯤 죽은 눈을 하고 힘없이 앉아 있을 뿐이다.

한편, 세이잔과 은수 가게 주인은 둘이서 대화를 이어갔다.

"어르신. 아라모리 님은 왜 새로운 알을 원했을까요? 오후루카와 님을 방해하는 것이 목적이라면 알을 빼앗은 시점에서 달성했을 텐데요. 그런데도 아라모리 님은 빼앗은 알을 부화시켰습니다. 그것도 원래 은수를 처분한 뒤에요."

"이해가 안 되느냐? 나는 훤히 보이는데. 아마 데루코는 이렇게 생각했겠지. 먼저 자기 뜻대로 움직이는 은수를 손에 넣어 경쟁 상대를 마음껏 휘두른 다음에 사람들의 시선을 사로잡을 보기 좋은 은수를 가지면 된다고."

"아하, 그래서 오후루카와 님의 알을……."

"그래. 데루코는 당연히 알고 있었어. 한 번에 은수를 두 마리 가질 수 없다는걸. 그러니 데루코는 지아키의 알을 빼앗았지. 용도가 다한 은수를 죽이고 새로운 은수를 가지려고 했을 거야. 그러나 나도 이건 모르겠군. 왜 두 번째 은수도 죽었지? 데루코는 머리가 좋아. 분명 탈 없이 부화에 성공했을 텐데."

이해가 안 된다며 노인이 고개를 갸웃거리차, 은수 가게가 말했다.

"그 점은 제가 설명할 수 있습니다."

"그래? 뭔가 알고 있나?"

"네, 어르신. 자기 은수의 목숨을 빼앗은 자는 두 번 다시 은수를 소유하지 못합니다."

"……."

어느새 방이 고요해졌다. 데루코를 욕하던 후유쓰구까지 숨을 멈추고 은수 가게를 응시했다.

"최근에 알아낸 사실이라 저도 어떤 이유에서 그런지는 모릅니다. 그러나 자기 은수를 죽게 한 인간은 그 피가 더러워지는 모양입니다. 그 피를 주면 알이 깨집니다. 다른 자의 도움을 받아 부화시켜도 계약의 피를 주면 은수는 금세 죽어 버립니다."

"……."

"은수는 인간의 영혼을 나눠 받아 태어난다고 합니다. 즉, 주인의 마음에 깃든 분신이죠. 그 분신을 죽이는 것은 자기 존재를 없애는 것과 다름없습니다."

"그렇군. 은수 살해는 가장 큰 금기겠어. 데루코는 저주를 받았군. 자기 독니에 물려서. 뭐, 됐다."

세이잔이 일동을 둘러보았다.

"늦었지만 슬슬 본론으로 들어가지. 내 전 재산을 넘길 자를 정해야겠다. 일단 데루코와 후유쓰구는 실격이야. 가장 중요한 은수를 데려오지 못했으니까."

후유쓰구는 펄떡 몸을 떨었다. 그대로 바닥에 쓰러져, 세이잔에게 매달리듯이 애원했다.

"어, 어르신, 부디 자비를! 따지고 보면 데루코가 나쁩니다. 저, 저는……."

"닥쳐라, 후유쓰구. 꼴 보기 싫구나. 흥, 걱정 안 해도 된다. 네가 파멸에 이른 이야기는 제법 재미있었으니. 길바닥에 나앉게 하지는 않겠다."

"가, 감사합니다!"

"인사는 됐으니 썩 꺼져라. 데루코도 데리고 가. 단, 함부로 다루면 안 된다. 저런 여자라도 내 아내의 친척이니까."

"네, 네."

얼굴을 찌푸리면서도 후유쓰구는 데루코의 휠체어를 밀고 방에서 나갔다.

"이어서 후미코. 너는 은수를 다치게 했지. 안타깝지만 역시 실격이다. 남은 건 데루히사와 지아키인데…… 둘 다 이색적인 은수로군. 그게 또 재미있어. 내 부를 둘 중 누구에게 줄까."

"됐소이다."

데루히사가 욕설을 내뱉듯이 말했다.

"당신에게서 한 푼도 받을 생각이 없으니까. 솔직히 나는 당신이 싫습니다. 이야기를 전부 들은 지금은 증오한다고 해도 좋아."

"나를 증오한다고? 어째서지?"

"데루코 님이 한 짓은 용서할 수 없지만, 결국 당신이 악의 근원 아닙니까. 당신이 이런 촌극을 꾸미지 않았다면 모두 불행해지지 않았을 겁니다. 아내도…… 죽지 않았을 테고."

"대신 딸을 얻지 않았나."

"……말이 안 통하는군. 앞으로 다시는 나와 내 가족에게 접근하지 마십시오."

구니마루 데루히사는 딸을 단단히 품에 안고, 성큼성큼 걸어 당당하게 방에서 나갔다.

세이잔은 화를 내지도 않고 지아키를 보았다.

"그럼 지아키."

"공교롭게도 어르신, 저도 필요 없습니다."

왼쪽 눈에 거미 모양 은수를 지닌 지아키가 웃으며 거절했다.

"너도? 오후루카와 가문이 그렇게 부유했던가? 대체 언제부터 이이시와타리 세이잔의 재산이 필요 없을 정도가 됐지?"

"하하. 예전의 저라면 받을 수 있는 건 기쁘게 받았겠죠. 돈만 있으면 얼마든지 취미에 몰두할 수 있으니까요. 하지만 지금 제게는 이세상의 부 따위 아무 가치도 없어요. 저는 이미 충족됐고, 나중에는 결국 다른 세계의 흙이 될 운명이니까."

"……알 사냥꾼이 될 생각인가?"

"네. 지금 거기 은수 가게 주인과 누님에게 여러모로 가르침을 받는 중입니다. 아직 몸이 익숙하지 않아 자주 가지는 못하지만요. 그래도 이 코몬이 있는 한, 저는 항상 다른 세계에 한 발을 걸친 셈입니다. 그게 정말 기쁘고 즐겁지요…….”

이렇게 행복할 수 없다고 웃는 지아키.

세이잔은 멋대로 하라며 불쾌하다는 듯이 외쳤다.

“다른 세계에 매혹되다니 어리석군……. 가라. 후미코도 데리고 가거라.”

“네. 말씀대로 하지요. 자, 갈까요, 후미코 님? 주인장, 조만간 또 가게에 찾아갈게.”

지아키는 후미코를 데리고 떠났다.

세
이
잔。

"제법 재미있었구나, 유키히코."

둘만 남자, 세이잔이 웃으며 은수 가게의 이름을 불렀다. 한편, 은수 가게는 고개를 숙였다.

"어르신 덕분에 무사히 새로운 알 사냥꾼을 찾았습니다. 누나도 슬슬 한계이니 정말 다행입니다."

"후후후. 네 제안을 받아들이기 잘했어. 어설픈 연극보다 훨씬 재미있었다. 다음에 또 하자꾸나. 내 재산을 미끼로 쓰면 얼마든지 물고기를 낚을 수 있어. 대부분 잔챙이겠지만 그중에는 지아키처럼 다른 세계에 매력을 느껴 사냥꾼이 되려는 자도 있겠지."

"지당한 말씀입니다. 다만 사냥꾼의 수가 너무 늘어도 그렇지요. 알이 희소성을 잃으면 어르신 재산에도 지장이……."

"상관없다. 재산이라면 충분히 모았어. 이제 즐기는 데 써야지. 다음엔 언제 하겠느냐?"

장난치는 아이처럼 눈이 반짝이는 세이잔. 졌다는 듯이 은수 가게가 웃었다.

"알겠습니다. 그럼 조만간 또……. 미끼와 낚을 물고기의 선별은 이번에도 어르신께 부탁드리겠습니다."

"그래, 맡겨다오. 이미 몇 명쯤 생각해 두었어. 결정하면 편지로 알려 주마."

"네. 기다리겠습니다. 그럼 저는 이만."

은수 가게가 조용히 침실에서 물러났다. 그를 배웅하며 세이잔은 가만히 웃었다.

"저 녀석도 잘 자랐군."

유키히코와 그의 누나를 만난 것은 지금으로부터 삼십 년이나 전이다. 둘 다 아직 어렸고, 세이잔 역시 한창때인 마흔 중반이었다.

"누나가 이상해요."

그렇게 울던 남자아이가 이제는 알 사냥꾼이 된 누나를 챙기고 누나가 따 온 알을 돌보며 지낸다. 세이잔이 보호해 준 덕분이라지만 눈부신 성장이다.

이토코와 유키히코. 자식 없는 세이잔에게 이 오누이는 유일하게 가족의 인연을 느끼게 한다. 은수 덕분에 맺어진 인연이다.

세이잔은 눈을 감고 옛일을 회상했다. 오누이와 만나기 훨씬 전, 아직 애송이에 불과했던 시절의 기억을 더듬어 올라갔다.

곧 머릿속에 작은 시골 마을의 풍경이 떠올랐다. 초라한 오두막이 열 몇 채 있을 뿐이고 논밭도 쩍쩍 메말랐다.

떠올릴 수 있는 기억 중에 가장 오래된 풍경이다. 어린 세이잔은 언제나 증오와 허기를 느끼며 마을을 바라보았다. 그때 이름은 이시로쿠였다. '이시'는 돌이라는 뜻으로, 돌처럼 버려진 아이여서 받은 이름이다.

이시로쿠는 날 때부터 눈엣가시였다. 버림받은 아이라는 이유로 마을 사람들은 이시로쿠를 받아들이려 하지 않았다.

이시로쿠는 묽은 미음 한 그릇을 얻기 위해 아주 어릴 때부터 밭에서 일해야 했다. 흙탕물을 걸으며 허리를 숙여 잡초를 뽑았다. 잠깐이라도 쉬면 호되게 얻어맞았다. 잠은 촌장 집의 창고에서 잤다. 여름에는 벌레에 물렸고 겨울에는 얼어붙을 정도로 추웠다. 지금 생각해도 어떻게 안 죽었는지 의문이었다.

건강하게 타고난 덕분에 이시로쿠는 살아남았다. 나이를 먹을수록 거친 기질과 교활함, 야심도 강해졌다.

이대로 이 마을의 돌멩이 같은 존재로 끝나지 않겠다. 이렇게 살 것 같으냐.

열여섯 살 때, 촌장 일가를 곤봉으로 때려눕히고 금품을 훔쳐 도망쳤다. 금붙이는 도망치던 도중에 떨어뜨렸지만, 그래도 이시로쿠는 잔뜩 들떴다.

두 번 다시 그 마을로 돌아가지 않겠다.

마을 밖으로 나오자 다시 태어난 기분이었다.

계절은 가을이어서 산에 열매가 가득 맺혔다. 으름덩굴 열매나 밤을 닥치는 대로 먹으며 오로지 동쪽으로, 수도로 향했다.

가끔 마을을 찾은 행상인에게 수도 이야기를 들었다. 수도는 밤에도 환하고, 돌로 만든 건물이 많으며, 화사하게 꾸민 사람들이 즐겁게 길을 돌아다닌다고 했다. 깡시골에서 밑바닥 인생을 사는 이시로쿠에게는 동화처럼 눈부신 세계였다.

수도에 가면 뭔가 좋은 일이 생길 것이다. 겨울이 되기 전에 수도에 가야겠다.

희망과 기대를 품고 산을 걷기를 엿새.

이시로쿠는 동굴을 발견했다.

쉬려고 안에 들어갔다가 깜짝 놀랐다. 동굴에 어떤 남자가 쓰러져 있었다.

처음에는 죽은 줄 알았다. 남자는 비쩍 말랐고 옷 사이로 보이는 피부에 핏기가 하나도 없었다.

혹시 푼돈이라도 갖고 있을지 모른다. 입은 옷도 그렇게 상하지 않았으니 고맙게 받아 가야겠다.

좋은 기회다 싶어 이시로쿠는 남자에게 다가가 가진 것을 전부 훔치려고 했다. 그런데 옷에 손을 댄 순간, 남자가 숨을 내쉬었다.

남자가 놀란 이시로쿠의 손을 움켜쥐고 눈을 떴다. 이시로쿠는 비명을 질렀다. 남자의 한쪽 눈에 파란 보석 같은 거미가 자리 잡아 짧은 다리를 바스락바스락 움직이고 있었다.

　오줌을 지릴 정도로 겁을 먹은 이시로쿠를 보며 남자가 힘없이 웃었다.

　"잘됐군. 이렇게 사람과 만나다니. 슬슬 때가 다 돼서 어떻게 해야 하나 불안하던 참인데."

　"뭐, 뭐, 뭐야, 네놈……."

　"겁먹지 말아라. 하하, 이거 기분이 이상하군. 이쪽에 있으면서 이렇게 머리가 또렷하다니 오랜만이야……. 오래 버티지 못하겠지만 그래도 다행이군. 네게 사정을 설명할 수 있겠어."

　남자가 빠르게 설명했다. 자신은 다른 세계를 오가는 자로, 그 세계에서 알을 이쪽으로 가져온다. 그 대가로 다른 세계에 서서히 몸이 적응하는데, 결국 동화가 시작됐다. 이제 이쪽 세계에 있을 수 없다.

　비현실적인 이야기였는데, 무엇보다 남자가 실로 기뻐하며 말한다는 점이 두려웠다.

　"나는 이제부터 그쪽의 영양분이 될 거야. 그 세계의 흙이 되어 '어미'에게 흡수되겠지. 그러려면 마지막 의식을 치러야 해. 그걸 네게 부탁하고 싶다."

　사례는 충분히 하겠다며, 남자가 옷을 헤쳐 보여 주었다. 품 안에 작은 알이 열 개쯤 있었다. 보석에서 깎아 낸 것처럼 아름다운 알이었다.

　놀라는 이시로쿠에게 남자가 속삭였다.

"이게 알이야. 피를 주면 은수라는 짐승이 태어나지. 이걸 전부 네게 줄 테니 도시로 가지고 가서 팔아라. 단, 싸게 팔면 안 돼. 그것만은 주의해라. 알 하나로 금광을 살 수 있으니까. 그래, 너도 하나를 골라 은수를 부화시켜도 좋겠지. 네 소중한 짝이 되어 널 지켜 줄 테니까."

아아, 하고 남자가 신음했다. 멀쩡한 눈이 하얗게 흐려졌다.

"이, 이제 때가 됐어. 머리가…… 나를 부른다. '어미'가 나를 불러."

꿈결처럼 불분명한 목소리로, 남자가 이시로쿠에게 부탁했다.

"내가…… 사라, 사라지면, 이 파란 거미만 남을, 거야. 거미를 죽여 줘……. 다른 세계에, 무사히, 도, 돌아갈 수 있도록. 여기, 에 남으면, 내 몸은, 여기에 묶여서 '어미'의 것이 되지, 못해. 거미는 문이고, 다리이고, 연결 고리니까."

거미를 죽여다오.

연결 고리를 끊어다오.

이 말을 남기고 남자가 갑자기 사라졌다. 품에 있었던 알, 그리고 옷만이 그곳에 남았다.

이시로쿠는 맥없이 쭈그러든 옷을 멍하니 바라보았다.

환상인가? 여우한테 홀렸나?

그러다가 질겁했다. 남자의 눈에 있던 파란 거미도 남았다. 투명한 몸통에 새하얀 얼굴이 떠올랐다.

다름 아닌 아까 그 남자의 얼굴이다. 애원하듯이 이시로쿠를 보며 입을 움직였다.

죽, 여, 줘.

입이 움직이는 것을 읽고, 이시로쿠는 겁에 질렸다. 옆에 있던 돌을 들어 정신없이 거미를 향해 후려쳤다.

으적.

첫 일격으로 거미가 힘없이 뭉개졌다. 그 순간, 거미 몸속의 남자가 웃은 것처럼 보였다. 쪽빛에 끈적끈적한 액체가 튀어, 돌을 쥔 이시로쿠의 손가락에도 튀었다. 그래도 안심이 안 돼 열 번쯤 신중하게 후려친 뒤, 이시로쿠는 돌을 내려놓았다.

온몸이 땀으로 흠뻑 젖었다. 다른 세계의 것을 엿본 공포가 쉽게 가시지 않았다.

그래도 남아 있는 아름다운 알을 보자, 두려움도 서서히 가라앉는 것 같았다.

특히 알 하나에 마음이 끌렸다. 이글거리는 불꽃처럼 붉은색 알이었다.

이걸 갖고 싶다. 이것만큼은 팔지 말고 내 것으로 삼고 싶다.

"피를 주라고 했지."

손가락 끝을 조금 깨물어 알에 피를 떨어뜨렸다. 알이 피를 빨아들이자, 내부의 불꽃이 더욱 선명하게 타올랐다. 내 것이 되었다. 이시로쿠는 만족했다.

그 알은 소중히 품에 넣고, 나머지 알은 남자의 옷으로 잘 싸 단단히 안았다.

이렇게 이시로쿠는 은수의 알을 손에 넣었다. 산길을 걷는 동안에도 잊지 않고 붉은 알에 피를 주었다.

이윽고 알에서 고대의 반인반수 신처럼 아름답고 용맹한 은수가 태어났다. 오우키(왕의 기린이라는 뜻. 기린은 중국 신화에서 유래한 성스러운 상상 속 동물이다.)라고 이름 붙인 은수를 타고, 이시로쿠는 수도로 갔다.

수도에서도 손꼽히는 부자의 저택을 찾아가 은수 알 하나를 주고 광산 네 곳을 손에 넣었다. 그중 하나는 이미 은 매장량이 바닥이 났다고 여겨졌는데, 이시로쿠가 주의 깊게 조사하자 은보다 더 귀중한 광석이 풍부하게 묻혀 있었다.

광산에서 얻는 부를 밑천으로 삼아 무역을 시작했다.

돈 감각을 타고났나 보다. 재미있게도 장사가 잘 풀려서 몇 가지 사업으로 크게 확장했다.

그때부터 이시와타리 세이잔이라는 이름을 썼다. 하찮은 돌멩이 같았던 자신이 산을 건너와 마침내 산을 정복했다는 의미를 담은 이름이었다.

사람들은 갑자기 나타난 정체 모를 젊은이가 순식간에 재력을 손에 쥐는 모습을 경탄하고 선망하며 지켜보았다.

도대체 어떤 사람일까?

소문에 따르면 고귀한 집안 출신이래.

하지만 수도에 왔을 때는 꼴이 형편없었다는데.

그게 일부러 그런 거래. 비천한 모습으로 꾸며서 세상 공부를 했다나. 그 사람 곁에 늘 은수가 있잖아, 그게 그 증거야.

그래. 은수가 있다. 그러니 역시 이시와타리 세이잔은 은수에 걸맞은 자가 틀림없다.

오우키를 데리고 있으면, 세이잔은 귀족보다 귀한 대접을 받았다. 유쾌했다. 가난한 마을에서 고아로 자라며 얻어맞고 혼났던 자신에게 지체 높은 분들이 주눅이 들어 인사하고 아양을 떤다. 참으로 우습고도 가소롭다.

세이잔은 인간 자체를 경멸했다. 더 큰 힘을 얻으려고 결혼한 두 아내에게도 일절 정을 주지 않았다. 세이잔은 오로지 오우키만을 사랑했다.

남에게 마음을 주지 않고 오로지 부를 쌓으며 지내기를 삼십 년 남짓. 세이잔은 유키히코와 이토코를 만났다.

당시 세이잔은 새로 광산을 살 계획이었다. 산을 시찰하러 갔다 돌아오는 길에 우연히 묵은 여관에서 한 남자아이가 울고 있었다. 이야기를 들어 보니 여관집 아이였다.

"누나가 이상해요. 원래 이상했는데, 눈에 거미가 들어간 뒤로는 더 이상해졌어요."

그 말에 호기심을 느껴 아이의 누나를 보러 갔다.

이토코를 본 순간 알았다. 이 소녀는 알을 준 남자와 같다. 그 남자처럼 다른 세계에 갈 수 있는 사람이다.

　남자에게 받은 알은 이미 다 떨어졌다. 부를 이룰 발판을 마련하려고 황족에게 선물하고 폭력 조직 사람들과 연줄을 맺을 때 썼다. 이 소녀를 잘 이용하면 다시 알을 가질 수 있다. 두 번 없을 기회다.

　세이잔은 소녀의 부모를 설득해 소녀를 수도로 데리고 왔다. 동생인 유키히코도 함께. 같이 가겠다고 하도 고집을 부려서 이토코를 돌보라고 데리고 온 것이다.

　이렇게 손에 넣은 오누이는 세이잔에게 큰 도움이 되었다. 이토코가 가지고 오는 알의 개수를 늘려 비밀 재산으로 은밀히 쌓아 두었다. 유키히코는 누나만이 아니라 알도 세심하게 보살폈다.

　욕망 때문에 돌본 아이들이지만, 세이잔도 어느새 정을 느꼈다. 다만 오우키에게 주는 정에 비하면 보잘것없었다.

　오우키!

　세이잔은 슬퍼하며 윗옷을 활짝 풀어헤쳤다. 노인치고 매끈매끈한 피부에 검푸른 손자국이 나 있다. 심장 바로 위에 새겨진 그 자국은 오우키가 남긴 각인이다.

　세이잔은 오우키의 손자국을 애정과 고통을 담아 어루만졌다. 아무리 만져도 오우키의 기척을 느낄 수 없었다. 오우키의 존재를 느낄 수 없었다.

　"오우키……."

　이름을 불러도 대답이 없다.

절망이 시커먼 파도처럼 밀려와 세이잔은 얼굴을 감싸고 신음했다. 다른 누구에게도, 유키히코에게도 보여 주지 않는 약한 모습이다. 그러나 이것이 진짜 세이잔이다. 소중한 존재를 잃고 슬퍼하는 노인이다.

이렇게 될 줄 알았다면 그때 죽는 편이 나았다. 이 생각은 처음 하는 것도 아니고 마지막으로 하는 것도 아니다. 살아 있는 한, 이 고통은 계속된다.

이 년 전, 세이잔은 큰 병을 앓아 죽을 뻔했다. 심장병이었는데 명의라고 불리는 의사들 모두 포기했다.

살아남지 못하겠군.

침대에 누워 괴로워하는 세이잔에게 오우키가 스르륵 다가왔다. 흑사자 같은 하반신에 늠름한 청년의 상반신을 지닌 은수는 슬프게 주인을 바라보았다. 그러더니 세이잔의 가슴에 손을 올렸다.

그다음 일은 기억이 나지 않는다. 다시 눈을 뜨자 오우키는 보이지 않았고, 그 대신 거짓말처럼 몸이 편해졌다.

이렇게 세이잔은 죽음에서 소생했다. 의사들은 기적적인 부활이라고 놀랐으나, 세이잔은 침울했다. 그날 이후로 오우키가 행방불명이었다.

남은 것은 가슴에 새겨진 검푸른 손자국뿐이다.

유키히코가 열심히 조사한 끝에 이렇게 추측했다.

오우키는 사라진 것이 아니라 병든 세이잔의 심장을 대신해 온몸에 피를 통하게 하고 있다고.

추측을 뒷받침하듯이 세이잔의 피에 쪽빛이 섞였다. 은수의 피와 같은 색이다.

세이잔은 유키히코의 말을 믿었다. 오우키는 충직했다. 주인을 구하기 위해 희생도 마다하지 않았을 것이다. 그래도 결코 이런 걸 원하지는 않았다. 오우키로서 곁에 있어 주기를 원했다.

결국 세이잔은 은수를 잃었다. 다만 완전한 소실이 아니어서 새로운 은수를 가질 수 없었다. 물론 가질 수 있더라도 그럴 마음은 들지 않았을 것이다. 오우키는 유일무이한 존재다. 설령 똑같은 은수가 태어나더라도 세이잔의 마음을 달래지 못한다.

반쪽을 잃은 고통에 세이잔은 사나워졌다. 고통 속에서 어두운 욕망이 하나 꿈틀거렸다.

미칠 듯이 사랑하는 마음, 만나고 싶은데 만나지 못하는 절망, 이 고통을 다른 사람에게도 겪게 하고 싶었다. 은수 때문에 인생이 무너져 괴로워하는 인간을 보고 싶다. 그걸 보면 이 끝없는 상실감을 조금은 달랠 수 있을 것이다.

처음에는 소유한 알을 적당히 뿌릴 생각이었다. 그런데 세이잔의 이야기를 들은 유키히코가 다른 방식을 제안했다. 세이잔과 인연이 있는 다섯 명을 선별해 재산을 주겠다며 알을 건네면 어떻겠는가.

"누나의 알 사냥도 앞으로 몇 년을 못 갈 겁니다. 곧 누나는 다른 세계로 가 버려 돌아오지 못할 거예요. 그러니 새로운 알 사냥꾼을 찾고 싶습니다. 다섯 명쯤이라면 감시하기도 쉽죠. 어쩌면 그들 중에 은수가 아니라 은수의 세계에 매혹되는 자가 있을지도 모릅니다."

담담한 설명을 듣고 세이잔도 동의했다.

계획을 세워 알들을 몰래 구시가지로 옮겼다. 그곳에 '은숲'이라는 가게를 짓고, 유키히코를 주인으로 삼아 무대를 완성했다. 세이잔은 다섯 명의 연기자를 뽑았고, 마침내 은수 연극의 막이 올랐다.

연극은 계획대로 흘러갔다. 예상을 벗어난 많은 일이 생겼으나, 전부 세이잔을 즐겁게 해 주었다.

그러나 완전히 만족했다고는 할 수 없었다.

선택받은 다섯 명은 제각각 한 번은 은수를 손에 넣었다. 은수를 잃고 절망한 자도 있으나, 영혼의 반려라 해도 좋을 은수를 온전히 소유한 자도 있었다.

그 사실에 미칠 듯이 질투했다.

다음번에는 다들 더 괴로워하고 미쳤으면 좋겠다.

악귀처럼 히죽거리며, 세이잔은 다음 배역을 어떻게 고를지 생각했다.

분장실。

세이잔의 침실에서 나온 은수 가게 주인 유키히코는 길게 숨을 내쉬었다.

"어르신의 모습을 보아하니 조만간 새로운 연극이 시작될 것 같군. 또 소란스러워지려나?"

이번에는 오후루카와 지아키라는 새로운 알 사냥꾼을 찾았다. 다음 연극 때는 몇 명이나 찾을 수 있을까.

세이잔 앞에서는 내키지 않는 척했으나, 사실 유키히코는 알 사냥꾼이 늘어나기를 간절히 바랐다.

유키히코는 은수 알 자체에 반했다.

다른 세계에서 온 개성 넘치는 알들. 알을 돌볼 때 유키히코는 최고의 기쁨을 느꼈다. 자신만의 은수는 필요 없었다. 원하지 않았다. 단 하나라도 더 많은 알을 눈으로 보고 싶다는 욕망뿐이다.

유키히코는 누나가 사라지는 것보다 새로운 알을 가지고 오지 못하는 것이 더 두려웠다. 누나가 다른 세계에 흡수되기 전에 알 사냥꾼을 한 명이라도 더 확보하려고 안달이 났다.

스스로 생각하기에도 자신은 비틀어졌다. 누나보다 알을 더 소중히 여기게 된 게 언제부터더라. 대체 언제 이렇게까지 어긋나고 말았을까.

"은수는 인간의 속마음을 드러내게 하지……. 은수와 만난 자는 모두…… 미쳤을지도 몰라."

킬킬 웃으며, 은수 가게는 출구를 향해 느릿느릿 걸었다.

히나와 히나 ——

1

시커먼 암초 섬이었다.

주위는 전부 망망대해였다. 저 멀리까지 이어지는 수면이 마치 평평한 거울처럼 보였다. 그 중앙에 새까만 새싹처럼 섬이 불쑥 튀어나왔다.

그 섬만 남겨 둘 수 없다는 듯이 바다가 거친 파도로 수없이 섬을 때렸으나, 가라앉히거나 휩쓸어 가지 못했다. 하얀 물보라가 되어 패배할 뿐이었다.

바다와의 싸움을 보여 주는 것처럼 섬은 사납게도 울퉁불퉁한 모습이었다. 어떤 곳은 깊이 패었고 어떤 곳은 비틀린 손가락처럼 튀어나왔으며, 딱딱한 바위 표면은 닿기만 해도 상처가 날 것 같았다.

딱 한 곳, 기적처럼 완만한 곳이 있었다. 모래가 조금 쌓여 그리 넓지 않은 모래사장을 이루었다.

그 모래사장에 배 한 척이 도착한 것은 여름이 막 시작한 어느 날이었다. 배에 탄 자들 대부분 뱃사람의 옷차림이다. 그들은 묵묵히 짐을 섬에 내려놓았다.

그 짐 중 하나는 인간이었다.

모래사장에 내린 요키는 크게 숨을 들이마셨다. 계속 갑판 아래 어두컴컴한 짐칸에 갇혀 있어서 신선한 공기에 굶주렸다.

섬의 공기는 바다 그 자체였다. 피부에 스며들 정도로 강렬한 바닷물 냄새. 불어 드는 바람도 바닷물을 머금어 입술에 금세 짠맛이 들러붙었다. 어부였던 요키에게는 익숙한 맛이어서 순간 고향에 돌아왔나 착각했다.

물론 이곳은 고향 어촌이 아니다. 요키도 이미 어부가 아니다.

"죄인 요키."

붉은 옷을 입은 나이 든 관리가 요키를 불렀다.

요키는 느릿느릿 관리에게 걸어갔다. 움직임이 둔한 이유는 양 손목에 무거운 수갑을 찼기 때문이다. 나무와 철로 만든 수갑은 자유를 빼앗을 뿐 아니라, 손목을 마구 비벼 불쾌한 통증까지 일으켰다.

관리는 가까이 온 요키에게 고개를 끄덕인 뒤, 체구가 듬직한 선원에게 말했다.

"자쿠, 따라오너라. 나머지는 짐을 전부 내리도록."

"예."

관리와 선원 사이에 긴 채로 요키는 절벽 같은 오르막길을 올랐다.

양손을 쓰지 못하는 요키는 물보라가 튀어 미끈거리는 바위를 오르기가 벅찼다. 넘어질 것처럼 비틀거릴 때마다 뒤에 선 자쿠가 잡아 주었다. 요키는 고맙다고 인사하고 싶었으나, 그때마다 자쿠가 고개를 돌려 말하지 못했다. 죄인에게 인사를 받는 것은 자긍심 높은 선원에게 굴욕이었다.

요키는 자쿠의 태도에 조금 상처받았다. 자신이 얼마나 밑바닥에 떨어졌는지 알려 주는 것 같아서…….

간신히 오르막길을 다 오르자, 섬이 한눈에 보였다.

상당히 큰 섬이었다. 상선 서른 척쯤 늘어놓은 크기쯤 될 성싶었다. 새까만 바위 투성이여서 나무는 단 한 그루도 없었다. 풀도 없었다. 파도가 칠 때마다 빨갛고 노랗고 갈색인 해초가 철썩 들러붙을 뿐이었다. 움푹 파인 구덩이에 바닷물이 고여 웅덩이처럼 된 곳이 여기저기 많았다.

요키는 게가 있을 것 같다고 무심히 생각했다.

'히나가 게를 좋아했는데.'

그 순간 가슴에 예리한 통증이 지나갔다. 히나를 생각할 때마다 이렇게 아팠다.

요키는 이를 악물고 아픔을 견뎠다. 약한 모습을 남에게 보이기 싫었다.

"저게 네 등대다."

관리의 말에 요키는 뒤를 돌아보고, 숨을 들이켰다.

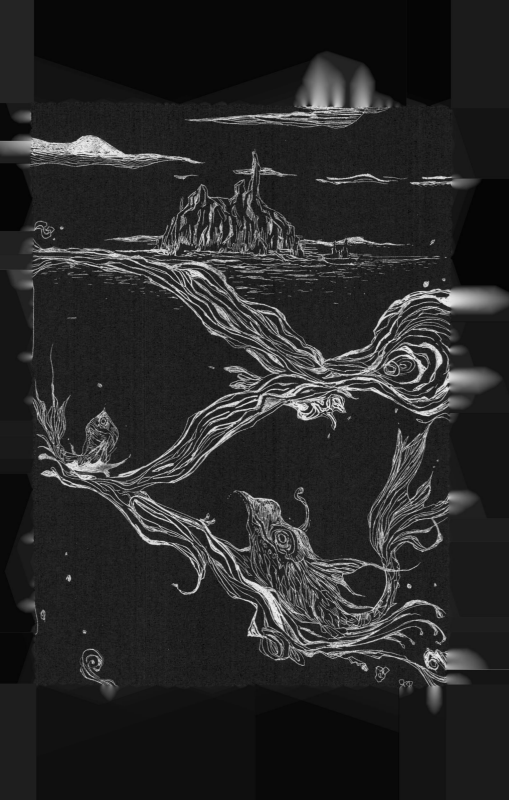

조금 떨어진 곳에 탑처럼 호리호리한 건물이 있었다. 잿빛을 띠는 돌로 지어졌는데, 창문이 작게 났고 높이가 대충 사 층 건물쯤 돼 보였다. 탑 꼭대기에 유리가 둘려 햇빛을 반사했다.

처음 본 등대 모습에 요키는 멍하니 눈을 깜박였다.

'저게…… 내 등대.'

이렇게 보니 등대에서 독특한 위압감이 전해졌다. 요키를 거부하는 동시에 환영하는 것처럼 보였다.

자쿠에게 떠밀려 요키는 비틀비틀 등대로 걸음을 옮겼다. 관리가 열쇠를 꺼내 문을 열었다.

안은 어스레했고, 정체된 공기가 꽉 찼다. 의자와 작은 탁자가 하나씩 있었고, 밥을 지을 수 있는 작은 부뚜막이 있었다.

"식사는 여기에서 만들면 돼. 위로 가지."

관리가 무뚝뚝하게 말하며 건물 안에 설치된 나선 계단을 가리켰다. 요키는 관리를 따라 계단을 올라갔다.

이 층 역시 어두웠고, 빈 상자가 하나 놓여 있을 뿐 텅 비었다. 그래도 커다란 창과 밖으로 난간뜰이 나 있었다. 난간뜰 끝에는 권양기(밧줄, 쇠사슬 등을 도르래에 달아 무거운 물건을 들어올리거나 끌어당기는 기계.)가 달렸다.

"여기는 저장실이다. 저기 난간뜰로 나가 아래를 봐라."

요키는 시키는 대로 했다. 난간뜰 바로 아래가 아까 그 모래사장이었다. 타고 온 배와 짐을 내리는 선원들 모습이 작게 보였다.

"거기 권양기에 그물이 달려 있지? 그걸 아래로 떨어뜨려. 그러면 짐을 그물에 실어 여기까지 끌어올릴 수 있어."

과연, 요키는 이해했다. 식료와 연료를 등대까지 어떻게 옮겨야 할지 아까부터 불안했다.

삼 층에는 침대 하나가 아무렇게나 놓여 있었다. 침대 이불이 꾸깃꾸깃해서 조금 전까지 누가 자다 나간 것처럼 보였다.

이걸 썼던 지난 등대지기는 지금 어디에 있을까?

요키는 가만히 생각했다.

그 생각을 읽었는지, 관리가 차분하게 설명했다.

"지난 등대지기는 죽었다. 해역을 지나는 배가 등대 불빛이 보이지 않는다고 알려 줬어. 서둘러 와 봤더니 역시나 죽었더군. 제정신을 잃고 이 층 난간뜰에서 뛰어내린 모양이야."

"……."

"흔한 일이지. 오랜 고독을 버티지 못해 미쳐서 자살하는 자가 적지 않아. 너도 마음을 단단히 먹어라."

죄인이 등대지기가 되는 것은 그만큼 가혹한 일이기 때문이다. 지키는 자가 사라진 등대에는 곧바로 새로운 등대지기가 온다.

요키는 역시 이건 형벌이라고 새삼스럽게 생각했다.

"가지고 온 짐 중에 새 이불도 있다. 낡은 이불은 태워서 버리거라. 자, 위로 가자."

세 사람은 사 층에 도착했다. 이곳은 다른 방보다 좁고, 벽 중간쯤

부터 위가 유리였다.

방 중앙에 굵은 기둥이 있고, 기둥 위에 요키의 몸 절반쯤은 될 커다란 은색 돌이 놓였다. 달걀처럼 생겼고 반질반질했다.

"이게 월린석이다. 충격을 주면 빛을 발산하는 돌이지. 이 돌이 이 등대의 생명이자 핵심이다. 이걸 봐라."

관리가 기둥에 달린, 배의 키처럼 생긴 바퀴를 가리켰다.

"등대의 권양기다. 이걸 오른쪽으로 돌리면 기둥 안의 추가 감겨 올라오지. 해 봐라."

요키는 시키는 대로 권양기의 바퀴를 잡았다. 돌려 보고 놀랐다. 수갑이 걸리적거려서 힘을 주기 어려운 점을 고려해도 보기보다 몹시 무거웠다.

그래도 어떻게든 네 번쯤 돌렸다.

"좋아. 손을 놔라."

요키가 손을 놓자, 바퀴가 아주 천천히 왼쪽으로 돌아갔다. 원래대로 돌아가는 것이다.

곧 드드득 드드득 둔탁한 소리가 울리더니 머리 위로 빛이 드리워졌다.

고개를 든 요키의 눈이 휘둥그레졌다.

월린석이 빛을 내뿜었다. 부드러운 무지갯빛이 물결처럼 퍼졌다. 자세히 보니 가느다란 은빛 알갱이가 비늘 가루처럼 가득 뿌려졌다.

"보는 대로다. 기둥 안의 추가 천천히 아래로 내려가면 안에 달린 작은 망치가 돌면서 월린석에 일정하게 충격을 줘. 멈추려면 여기 밑에 빨간 손잡이를 오른쪽으로 돌리면 된다. 이렇게.”

관리가 손잡이를 돌리자, 움직이던 바퀴가 멈추고 소리가 멈추더니 마지막으로 빛도 꺼졌다.

“손잡이를 왼쪽으로 돌리면 다시 원래대로 움직인다. 저녁이 되기 전에 최대한 감은 다음에 멈춰 둬. 끝까지 감으면 추가 떨어지기까지 네 시간쯤 걸린다.”

“네 시간…….”

“그래. 즉, 등대 불빛을 꺼트리지 않으려면 네 시간마다 추를 감아 올려야 한다는 말이다. 또 돌도 청소해야 해. 빛을 뿜을 때마다 월린석에서 가루가 나오거든. 하룻밤 동안 빛나면 다음 날에는 가루에 뒤덮여서 뽀얗게 잿빛이 된다. 짐에 수세미가 있을 테니 매일 네 얼굴이 비칠 정도로 깨끗이 닦아라.”

갑자기 관리의 표정이 바뀌었다.

“죄인 요키. 사람을 다치게 한 죄로 너를 이 섬의 등대지기로 명하노라. 해넘이부터 다음 날 동틀녘까지 등대 불빛을 밝힌다면 너의 죄를 사해 주마. 오늘부터 오 년간 이 근처 바다에서 사고가 나지 않으면 너는 죗값을 다 치른 것이니 고향으로 보내 주마. 단, 네가 등대지기로서 임무를 소홀히 해 사고가 나면 형기는 오 년 더 추가된다. 이를 가슴에 새겨 두어라.”

“…….”

"반년마다 보급선이 식량을 싣고 올 것이다. 다만 선원들과 대화를 나눌 수는 없다. 오늘 내 말을 마지막으로 오 년간 네 귀에 사람 목소리가 들릴 일은 없다. 지금부터 속죄의 시간이 시작된다. 사람 없는 이 섬에서 고독과 후회를 벗 삼아 네 몸과 마음을 바쳐 속죄하도록."

요키는 아무 말 없이 그저 고개를 숙였다.

그런 요키에게 관리가 엄숙하게 물었다.

"마지막으로 희망 사항을 하나 묻겠다. 이뤄 줄 수 있는 것이라면 물건을 하나 줄 수 있다. 뭔가 갖고 싶은 게 있느냐?"

잠시 생각한 뒤, 요키는 조용히 대답했다.

"저, 낚싯대와 낚싯바늘을 부탁드립니다. 물고기를 잡아먹고 싶습니다."

"낚싯대와 낚싯바늘이라. 지금은 가진 게 없으니 다음 보급선까지 기다려야겠구나."

요키는 실망했다. 반년이나 물고기를 잡지 못하다니.

그때 선원 자쿠가 처음으로 입을 열었다.

"나리. 제 것이 있습니다. 이놈에게 줘도 됩니다."

"괜찮겠는가?"

"예."

"그럼 다른 짐과 함께 해변에 놓아두게."

"예."

요키는 감사하는 마음으로 자쿠를 바라보았다. 자쿠는 요키를 보지 않았으나 느꼈을 것이다. 적어도 요키는 그렇게 생각하고 싶었다.

"그럼 수갑을 풀겠다, 자쿠."

"예."

자쿠가 허리춤에서 곤봉을 뽑아 들고 자세를 잡았다. 그 뒤에야 관리는 열쇠를 꺼내 요키에게 다가왔다. 관리의 얼굴이 창백했다.

등대지기 형을 받은 죄인은 수갑을 푸는 순간, 이렇게 생각한다.

지금이라면 혹시 도망칠 수 있을지도 몰라.

관리를 인질로 삼으면 배를 타고 고향에 돌아갈 수 있을지도 몰라.

관리는 지금껏 여러 명의 죄인을 등대로 옮겼는데, 공격하려 들거나 최소한 그 비슷한 태도를 보이지 않는 자는 단 한 명도 없었다. 그래서 수갑을 푸는 순간이 가장 긴장되었다.

괜찮겠지. 관리는 속으로 생각했다.

이 죄인은 아직 열여덟 살이다. 게다가 비쩍 말랐고 체구도 그리 크지 않다. 바로 뒤에는 덩치 좋은 자쿠가 있다. 죄인이 조금이라도 이상한 태도를 보이면 바로 후려치라고 일러두었다. 그러니 괜찮다.

관리는 수갑을 풀자마자 뒤로 잽싸게 물러섰다.

예상과 달리 이번 죄인은 전혀 날뛰지 않았다. 그저 멍하니, 살갗이 벗겨진 손목을 쓰다듬을 뿐이었다.

맥이 탁 풀렸으나 관리는 얼른 마음을 다잡았다. 방심하면 안 된다. 상대는 흉악한 죄인이다.

자쿠 뒤에 숨어 관리가 속사포로 말했다.

"이제 우리는 섬을 떠나겠다. 충분히 떨어진 뒤에 뿔피리를 불 테니 그 뒤에는 등대에서 나와도 된다. 단, 그 전에 등대에서 나오면, 잘 들어라. 배에 탄 궁수들이 네게 일제히 화살을 쏠 것이다. 무슨 일이 있어도 뿔피리 소리가 들리기 전에 등대에서 나오지 말아라. 궁수가 너를 겨냥하는 것을 잊지 마. 알겠나?"

"네."

요키는 얌전히 고개를 끄덕였다. 순종적인 태도에 관리는 아주 조금이나마 친절한 마음이 우러났다. 그래서 말했다.

"뿔피리 소리가 들리면 너는 이 섬의 주인이야. 밤까지 하고 싶은 대로 하면 된다. 다만 나라면 먼저 짐을 옮기겠다. 저녁이 되면 밀물이야. 그러면 해변의 짐이 전부 파도에 쓸려 갈 테니까."

"네. 일러 주셔서 감사합니다. 자쿠 님도. 낚싯대와 낚싯바늘을 주셔서 감사합니다. 소중히 쓰겠습니다."

요키는 관리인과 자쿠를 향해 깊이 허리를 숙였다.

"그럼, 여기 있거라. 뿔피리 소리가 들릴 때까지."

요키가 움직이지 않는 것을 확인하고, 관리와 자쿠는 서둘러 계단을 내려와 등대 밖으로 나왔다. 그대로 비탈길을 내려가 배로 향했다. 몇 번이고 뒤를 돌아봤으나 죄인이 쫓아오는 기척은 없었다.

배가 가까이 보이자 관리는 안심했다. 이번에도 임무를 잘 마쳤다.

부디 무사히 배까지 돌아갈 수 있기를.

조금 전까지는 배에 돌아가려는 생각으로 머리가 꽉 찼다. 이제 배가 보이자, 다른 생각도 할 수 있었다.

당연히 남겨 두고 온 죄인이 생각났다.

청년은 원래 어부였다고 한다. 어려서부터 바다에 들어가 물고기처럼 헤엄쳤을 것이다. 체구는 작아도 몸이 탄탄했다. 생김새도 순박하고, 피부는 자쿠 못지않게 볕에 타 까맣다. 눈빛은 음울했으나 시종일관 얌전하게 입을 다물었다.

문득 가져서는 안 될 동정심이 내면에서 술렁였다.

"오 년이라……. 길군."

자기도 모르게 중얼거리자, 자쿠가 고개를 끄덕였다.

"말씀대로 길죠. 게다가 아직 젊은 녀석이."

"그래. 아직 열여덟 살이라더군. 운 나쁘게도 때린 상대가 열두 제도 군주의 먼 친척이라던데. ……저 청년은 버틸 수 있을까?"

등대지기 형벌은 가혹하다. 몇 년이나 섬에 갇혀 있으면 죄수 대부분 정신이 이상해진다. 제 몸을 해치거나 미쳐 날뛴다. 견디지 못하고 바다에 뛰어드는 자도 많다.

걱정하는 관리인에게 자쿠가 힘주어 말했다.

"아니요. 저놈은 괜찮습니다. 바다에 뛰어들거나 허튼짓은 하지 않을 겁니다."

"그런가?"

"예. 저놈 눈에는 뭔가 타는 게 있었습니다. 그 빛이 꺼지지 않는 한, 오 년은 견딜 겁니다."

자쿠의 말에 관리는 왠지 마음이 놓였다.

"낚싯대와 낚싯바늘, 잊지 말고 남겨 두게."

"그럼요. 말씀하지 않아도 그리하겠습니다."

둘은 대화를 나누며 배로 돌아갔다.

2

홀로 남은 요키는 눈을 감고 가만히 귀를 기울였다.

밖에 나갈 마음은 없었다. 관리는 거짓을 말하지 않는다. 뿔피리 신호가 들리기 전에 나가면 배에 탄 궁수들이 일제히 화살을 쏠 것이다.

궁수의 실력이 얼마나 대단한지는 가난한 어촌에서 자란 요키도 잘 안다. 열두 제도 군주를 모시는 그들은 삼백 보 떨어진 곳에 있는 작은 새의 눈동자도 정확하게 맞춘다고 한다. 요키의 심장을 꿰뚫는 정도는 손쉬운 일이다. 요키는 아직 죽고 싶지 않았다.

아직은 죽을 수 없다. 죽지 못한다.

그래서 요키는 꼼짝하지 않았다.

관리와 선원이 나가고 한참 시간이 지난 뒤, 드디어 뿔피리 소리가 들렸다. 파도 소리에 지지 않게 울리는 낮은 소리. 이별을 고하는 짐승의 울부짖음 같은 소리.

요키는 눈을 번쩍 뜨고 계단을 뛰어 내려가 밖으로 나왔다.

아래를 보니, 배는 이미 저 먼바다까지 나갔다. 빠른 조류를 타고 섬에서 점점 멀어졌다.

순간 격렬한 감정이 몰려와 큰소리로 비명을 지르고 싶었다.

오로지 혼자 이 외딴 섬에 남겨진 공포. 살아남을 수 있을지 모르는 불안. 그리고 고독.

요키는 이번에도 견뎠다. 형벌은 이제 막 시작됐다. 지금 마음이 흐트러지면 앞으로 오 년을 어떻게 견디겠는가.

"오 년이라……."

긴 시간이다. 그래도 버티지 못할 것은 없다. 반드시 고향에 돌아가겠다. 그러기 위해서 지금은 할 일을 해야 한다.

요키는 일단 등대로 돌아가 이 층 난간뜰로 갔다. 권양기에 달린 그물을 아래로 던지자, 휘우웅 소리를 내며 그물이 모래사장으로 떨어졌다.

제대로 떨어졌는지 확인하고 모래사장으로 나갔다. 절벽 같은 비탈길은 여전히 미끄러웠지만, 양손이 자유로워서 전혀 고생스럽지 않았다.

순식간에 모래사장에 도착했다. 꺼칠꺼칠한 모래 위에 상자와 통이 몇 개 놓였고, 낚싯대와 낚싯바늘과 낚싯줄 한 뭉치가 있었다.

요키는 낚싯대를 들었다. 손때가 묻었으나 잘 휘어지고 튼튼하다.

이거라면 대물도 낚을 수 있겠다.

낚싯바늘은 잔고기용인 작은 것부터 큰 것까지 세 종류나 있었다. 모두 바다짐승의 송곳니를 깎아 만든 바늘이어서 절대 싸구려가 아니다.

이걸 써서 살아남아라.

선원 자쿠의 말이 들리는 기분이었다.

요키의 눈에 갑자기 눈물이 맺혔다. 의아한 일이다. 붙잡혔을 때도 옥에 갇혔을 때도 재판장에서 형을 받았을 때도 절대 울지 않았는데.

눈물을 대충 훔치고 남은 짐을 살폈다.

식량은 알감자 가루였다. 바닷물과 섞어 반죽하면 점성과 탄력이 생겨서 경단처럼 된다. 그대로 먹어도 되고 구워도 된다. 물을 많이 넣으면 죽처럼 먹을 수도 있다. 맛은 별로여도 배는 채울 수 있고, 보존성이 좋아서 뱃길을 떠날 때면 반드시 챙기는 식량이다.

알감자 가루가 나무 상자로 총 여섯 개. 반년간 먹고 살기에는 아슬아슬한 양이다. 낚싯대를 달라고 하길 잘했다고 내심 생각했다.

통은 크고 작은 것 두 종류가 각각 여섯 개씩 있었다.

커다란 통에는 수석이 들었다.

반투명하고 탄력 있는 수석은 입에 넣거나 열을 가하면 금세 녹아 물이 된다. 외딴섬에 샘물은 없을 테니 이곳에 사는 동안은 이 수석이 목숨 줄이다. 만약을 위해 빗물을 받아 둬야겠다.

작은 통에는 연료로 쓰는 바다짐승의 배설물이 들었다. 냄새는 심하나 기름기가 있어 젖어도 불이 잘 붙고 나무보다 훨씬 오래 탄다.

큰 자루도 있었다. 날이 잘 선 단도, 작은 냄비, 밥그릇, 놋쇠 잔, 긴 숟가락, 부싯돌, 갈아입을 옷 두 벌, 새 이불, 등불, 커다란 수세미가 세 개 들었다.

짐은 이게 전부였다.

요키는 아까 내려놓은 그물을 보았다. 이 짐을 한꺼번에 끌어올리기는 어렵겠다.

잠시 생각한 뒤, 제일 먼저 수석이 든 통부터 올리기로 했다. 물이 무엇보다 소중하다. 가장 먼저 안전한 곳에 옮기고 싶었다.

그물에 수석 통을 넣고 밧줄로 단단히 고정한 뒤, 단도를 허리춤에 차고 소중한 낚싯대와 낚싯바늘을 들고 등대로 돌아갔다.

권양기 손잡이를 돌리자, 무게가 상당해서 돌출된 굵은 장대가 휘었다. 그물이 찢어지거나 장대가 부러지면 어쩌나 싶어 오싹했다.

다행히 불상사 없이 짐이 무사히 등대 이 층까지 올라왔다.

같은 작업을 두 번 더 반복한 끝에 짐을 전부 등대로 옮겼다.

잠깐 쉬었다가 사 층으로 올라갔다. 첫날부터 할 일을 소홀히 하기 싫었다.

먼저 추와 연결된 권양기의 바퀴를 움직이지 않을 때까지 돌렸다. 수갑을 풀고 해도 꽤 힘들었다. 끝까지 돌리자 땀이 살짝 났다.

땀을 닦을 겨를도 없이 다음 일을 시작했다. 짐에서 찾은 수세미로 기둥 위에 있는 월린석을 문질렀다.

그러자 은회색 막에 뒤덮였던 돌이 투명한 진주색으로 바뀌었다. 돌을 깨끗하게 닦는 작업이 왠지 만족스러웠다. 재를 전부 닦아 내자 벌써 저녁이었다.

요키는 유리 너머로 바다를 보았다. 바다 위로 불그스레한 황금 태양이 서서히 가라앉았다. 하루 할 일을 마치고 이글거리는 빛을 잃은 태양. 어딘지 애처로우면서 아름답다. 황혼이 내려앉은 하늘과 바다도 아름답다.

이번에는 섬을 보았다. 시커먼 바위섬이다. 울퉁불퉁해서 다정함이나 아름다움이라곤 없다.

그래도 이 섬은 내 섬이다. 요키는 곰곰이 생각했다.

이 섬과 사이좋게 지내야 한다. 이 섬을 사랑스럽게 여기겠다. 그러면 오 년이라는 세월도 견딜 수 있을 것이다.

"나는 이 섬의 주인이야."

소리 내어 말하자 갑자기 용기가 솟구쳤다. 내면에서 삶의 의지가 샘솟는 기분이었다.

바다를 돌아보니 마침 해가 가라앉기 직전이었다. 아직은 하늘이 밝으나 금세 밤이 될 것이다.

요키는 기둥으로 다가가 붉은 손잡이를 돌렸다. 권양기의 바퀴가 천천히 돌아가고, 드득드득 하는 소리와 함께 월린석이 빛을 내뿜었다. 은은한 은색 빛이 잔물결처럼 퍼졌다.

이 빛은 아주 멀리까지 닿는다. 빛을 본 배는 바로 진로를 바꿀 것이다. 빛에 가까이 가지 않으려고. 좌초하기 쉬운 해역을 알리는 것이 등대의 역할이다.

요키는 월린석의 빛을 한참 바라보다가 문득 허기를 느꼈다.

살아 있다. 나는 살아 있고 앞으로도 살기를 원한다.

허기를 느끼는 사실에 만족하며 이 층으로 내려갔다. 바다에서 끌어올린 짐을 둘러보고, 바다짐승의 배설물이 담긴 통 하나를 일 층으로 내렸다. 다시 이 층으로 올라가 수석 한 줌과 알감자 가루 한 자루를 꺼냈다.

수석을 잔에 넣고 부싯돌과 냄비, 밥그릇, 숟가락, 알감자 자루를 안고 일 층으로 돌아왔다. 탁자에 짐을 내려놓고, 이번에는 냄비를 들고 밖으로 나갔다. 관리는 언급하지 않았으나 아까 위에서 밖을 내다보니 등대 옆에 우물처럼 보이는 곳이 있었다.

가서 보니 역시 우물이었다. 정확하게 말하면, 암벽 돌출부에 뚫린 구멍이다. 구멍 아래로 바다의 거친 파도가 소용돌이쳤다. 구멍 옆에는 쇠사슬 달린 통이 있었고, 쇠사슬 끝은 쐐기로 단단하게 지면에 고정해 놓았다.

요키는 통을 구멍 아래로 떨어뜨렸다. 자르륵 소리가 나며 쇠사슬이 풀리더니 곧 팽팽해졌다.

요키는 쇠사슬을 움켜쥐고 천천히 끌어올렸다. 꽤 무거웠다. 가는 쇠사슬이 손바닥을 파고들었다. 바람이 세차게 불어서 매달린 통이 좌우로 크게 흔들렸다.

너무 흔들려서 물이 다 쏟아질까 봐 걱정했는데, 끌어올려 보니 절반쯤은 남았다. 일단은 충분한 양이다.

냄비에 바닷물을 부어 등대로 돌아왔다.

문을 닫기 전에 한 번 더 바다를 보았다. 수면에 새하얗게 파도가 일기 시작했다. 이 근처 바다는 밤이 되면 더욱 거칠어지나 보다. 배가 서둘러 돌아간 이유를 알겠다.

게다가 바람이 점점 거세고 차가워졌다. 여름인데도 쌀쌀하다. 겨울이면 얼마나 혹독할까.

요키는 부르르 떨며 등대 안으로 도망쳤다.

바로 식사 준비를 시작했다. 먼저 바다짐승의 배설물 통의 뚜껑을 열었다. 썩은 해초에 기름을 섞은 듯한 악취가 풍겼다. 평범한 사람이라면 재채기를 하거나 눈물을 흘릴 것이다.

요키는 아무렇지 않았다. 이런 냄새쯤은 익숙했다. 어려서부터 아침 일찍 해안가에 나가 떠밀려 온 바다짐승의 배설물을 모아 왔다.

잔뜩 모으면 어머니가 칭찬해 주었다. 집에서 다 쓰지 못하면 섬에 들르는 상선에 팔았다. 아아, 지금도 기억했다. 반짝이는 동전을 쥐고 의기양양하게 집에 돌아가던 그 기분을.

고향에 돌아간 것만 같아 애틋했다. 그러자 자연스럽게 히나도 생각났다.

히나는 바다짐승의 배설물을 싫어했다. "손에 냄새가 밴단 말이야."라며 울먹이는 눈으로 요키를 보았다. 그래서 요키는 남들보다 일찍 일어나 히나의 집에 줄 것까지 모았다.

'그러면 그 녀석이 웃었으니까……'

요키는 번들번들 빛나는 까만 덩어리 하나를 들어 부뚜막에 던졌다. 거기에 부싯돌을 맞부딪치자 금세 불이 붙었다. 초록기가 도는 불이 춤추면서 좁은 방에 따뜻한 온기가 퍼졌다.

불 위에 바닷물을 담은 냄비를 올렸다. 물이 보글거리기를 기다려 냄비에 알감자 가루를 넣었다. 숟가락으로 몇 번 젓자 걸쭉한 죽이 완성됐다.

요키는 따뜻한 죽을 냄비째 놓고 먹었다. 너무 짜고 끈적거렸지만 배는 불렀다. 따뜻한 음식으로 위를 채우자 기분도 좋아졌다.

새로 바닷물을 퍼 와 냄비를 헹군 뒤, 할 일이 없어서 창가에 의자를 놓고 앉았다.

유리 너머로 내다보니 어둠 속에 가느다란 빛이 쭉 뻗었다. 등대 불빛이다. 저 은은한 빛은 먼 곳에서 알아보는 표식은 되지만, 이곳에서 먼 곳을 보게 해 주지는 않는다.

요키는 자신이 진정한 어둠에 갇혔다고 곰곰이 생각했다. 어둠 저편에서 으르렁거리는 파도 소리가 들렸다. 파도 소리를 자장가 삼아 요키는 잠들었다.

꿈에 히나가 나왔다.

하얀 이를 반짝이며 환하게 웃는 히나.

원하는 물건을 가지지 못하자 삐져서 볼을 부풀린 히나.

섬에서 나가고 싶다며 탐욕스러운 눈으로 바다를 바라보던 히나.

갑자기 히나의 모습이 사라지더니, 어둠 저편에서 새된 웃음소리가 들렸다.

"내가 너랑 놀아 준 건 이용하기 편해서였어. 착각하다니 너 정말 멍청하구나? 예전부터 몇 번이나 말했잖아. 섬에서 나가고 싶다고. 그런데 비린내나 풍기는 어부의 아내가 되라고? 말도 안 돼. 차라리 죽는 게 낫다!"

히나!

요키는 입 안에서 피 맛이 느껴졌다.

그만둬! 그런 말은 듣고 싶지 않아!

어둠의 목소리는 끝나지 않았다. 오히려 점점 더 독기를 띠었다. 달콤하고 끈적거리는 강렬한 독을.

"그래도 요키, 네가 좀 부럽긴 해. 나보다 먼저 섬을 나가잖아. 두고 봐. 나도 곧 섬을 떠날 거야. 이런 곳에 미련 따위 없어. 널 함정에 빠뜨렸다고 섬사람들이 날 욕한단 말이지. 젠 님의 배에 태워 달라고 했어. 그게 무슨 의미인지 알지? 후후, 당연히 알겠지."

그게 뭐 어떠냐며, 히나의 목소리가 우쭐거렸다.

"섬에서 나가려면 누구나 대가를 치러야 해. 나는 날 바쳤어. 가장 가치가 있으니까. 젠 님은 변덕스러운 분이니까 나한테 금방 질릴지도 몰라. 그 전에 좋은 사람을 또 찾아내겠어. 기대해, 요키. 나는 너나 섬사람들이 상상도 못 할 높은 곳에 갈 테니까!"

그 말을 끝으로 히나의 기척이 옅어졌다.

요키는 정신없이 쫓아갔다.

하고 싶은 말만 지껄이고 사라지게 둘 것 같아? 한마디라도 받아치고 싶어! 아니, 무엇보다 묻고 싶은 것이 있어!

"너는 죄책감도 없이 그런 짓을 할 정도로 나를 미워했어?"

그 말을 하기 전에 잠에서 깼다.

땀이 뻘뻘 났다. 숨도 거칠었다. 요키는 몸을 숙여 머리를 부여잡았다.

눈을 뜬 순간, 히나를 본 것 같았다. 이쪽을 힐끔 돌아본 하얀 얼굴이 노골적으로 비웃고 있었다.

히나와는 어려서부터 함께 자랐다. 내가 지켜야 한다고 마음속으로 맹세한 소녀였다. 그러나 혼자만의 생각이었다. 히나는 요키를 적당히 부려 먹을 하인처럼 여겼다.

재판이 끝난 뒤, 히나는 옥으로 찾아와 제 속내를 전부 밝혔다. 그 말이 가시처럼 요키의 심장에 박혀 이렇게 밤마다 꿈에 나왔다. 히나의 기억이 마치 망령처럼 요키에게 달라붙었다.

두려웠다. 너무 생생했다. 슬프고 원망스러워서 온몸이 찢어질 것 같았다.

"제기랄⋯⋯."

그때 끼익 끼익 삐걱거리는 소리가 들렸다. 위층에서다.

뭐지? 요키는 서둘러 일어나 계단을 뛰어 올라갔다.

월린석이 올라간 기둥에서 나는 소리였다. 내부에서부터 끼익 끼익 불길한 소리가 들렸다.

요키는 당황했으나 금방 무슨 일인지 알았다.

"아하, 이제 곧 추가 떨어지나 보군."

그걸 알려 주는 소리가 분명했다.

요키는 권양기를 잡고 느릿느릿 돌렸다. 움직이지 않을 때까지 돌리고 손을 뗐다. 그러자 불길한 소리가 멈추고, 월린석이 다시 얌전히 빛을 뿜었다.

요키는 숨을 길게 내쉬었다. 추가 떨어지려 할 때마다 이런 소리가 난다면 다행이다. 자다가 때를 놓칠 일도 없겠다.

요키는 월린석을 바라보았다. 어둠을 뚫고 돌이 내뿜는 빛이 아름다웠다. 마음속 어둠이 조금은 밝아지는 것 같아서 오랫동안 빛을 응시했다.

3

다음 날 아침, 요키는 섬을 탐색하러 나섰다. 잠이 모자라 몸이 찌뿌듯했다. 어제는 히나의 꿈을 꿀까 봐 두려워서 더 자지 못했다.

밖으로 나오자, 이른 아침의 차가운 바닷바람이 신선해서 기분이 조금 나아졌다.

섬 여기저기 길게 팬 홈에 바닷물이 적당하게 고여 있었다. 들여다보니 예상대로 게가 우글거렸다. 잡아먹는 사람이 없어서 전부 큼지막했다.

어부였던 요키는 흥분해 자기도 모르게 환성을 질렀다.

이걸 항구에 가지고 가면 썩 괜찮은 가격을 받을 것이다. 그러면 히나에게 귀여운 장신구나 달콤한 과자를…….

"그만!"

억지로 생각을 지웠다.

예전에는 뭐든 히나와 연결해 생각하는 게 당연했다. 이제부터는 죽어도 '히나를 위해서' 같은 생각을 하면 안 된다. 용납할 수 없다.

들뜬 마음은 가라앉았지만, 옷을 벗고 웅덩이로 들어가 큼지막한 게를 두 마리 잡았다. 집게발을 휘두르는 게는 힘도 제법 셌다. 단도로 찔러 처리했다.

"게라……."

요키가 살던 섬에서 어부들은 게를 잡아도 웬만해서는 먹지 않았다. 자기들이 먹는 것보다 파는 편이 훨씬 이득이었다.

게는 부자들의 음식이다. 그래서 히나는 유난히 게에 집착했다.

"게를 먹으면 행복해져. 얘, 요키. 게를 잡아 줘. 부탁이야, 요키."

히나가 하도 졸라서, 요키는 밤에 몰래 바다로 가서 게를 잡아다 줬다. 그때마다 히나는 "요키! 정말 좋아해!"라며 와락 끌어안았다.

하지만 게를 나눠 준 적은 없었다. 단 한 입도 요키에게 먹여 주지 않았다. 지금 생각해 보면, 몰래 숨어서 비열한 짐승처럼 눈을 빛내며 자주 못 먹는 진수성찬을 혼자 허겁지겁 먹어 치웠을 것이다. 그런 모습을 상상하자 기분이 나빠졌다.

그런 여자한테 헌신했었다니. 멍청했던 자신에게 화가 났다.

오늘부터는 다르다. 이 섬의 게는 전부 요키 것이다. 요키는 왕처럼 게를 우걱우걱 먹어도 된다.

"나는 이 섬의 왕이다!"

요키가 외쳤다.

이곳에서는 내가 왕이다. 무슨 짓을 해도 된다.

겁도 없이 대담해져서 요키는 알몸인 채 등대로 돌아갔다.

게를 불에 구워 등딱지를 부수고 육즙이 줄줄 흐르는 하얀 살을 마음껏 먹었다. 맛있다. 이 세상의 그 어떤 음식보다 맛있었다.

"봐라, 히나. 지금 내가 게를 먹고 있다고!"

요키는 여기 없는 히나에게 자랑했다. 그렇게라도 하지 않으면 감정을 억누를 수 없었다.

맛있게 식사를 마치고, 다시 알몸으로 섬을 걸었다. 신기하게도 마음이 느긋했다. 몸을 어루만지는 바닷바람이 차가운데 그게 또 좋았다. 조금만 더 이대로 있고 싶었다.

산책이 금방 끝났으나, 고기를 잡기에 좋은 바위틈을 두 군데나 발견해서 만족했다.

몸이 덜덜 떨려서 등대로 돌아왔다. 윌린석을 닦고 권양기를 끝까지 감아올린 뒤, 잠깐 잤다. 낮잠 덕에 기분이 좋았다.

저녁 무렵에 잠에서 깼다. 이번에는 낚싯대를 들고 바위로 갔다.

남은 게살을 미끼로 삼아 바다에 낚싯대를 드리우자, 금방 입질이 있었다. 게토라는 물고기 두 마리와 비늘이 빨간 유게와라는 물고기를 한 마리 잡았다.

게토는 냄새가 심하지만 말려서 끓이면 맛있는 국물을 낼 수 있다.

유게와는 지금이 제철인 흰살 생선이다. 삶아도 맛있고 구워도 맛있다.

요키는 그 자리에서 물고기를 손질해 내장을 바다에 던졌다.

그날 저녁 식사는 호화로웠다. 구운 유게와를 뼈까지 남김없이 먹고 만족스럽게 한숨을 내쉬었다.

이렇게 신선한 물고기와 게를 먹을 수 있다니 행복했다. 알감자 가루를 절약할 수도 있었다. 요키는 물고기를 바닷물로 씻어 그대로 밖에 널어 두었다. 나중에 국물을 내 알감자 경단을 넣어 먹을 생각이었다. 겨울철에 먹으면 몸이 따뜻해질 것이다.

"그렇지. 겨울을 날 생각을 해야지."

언젠가 겨울이 올 테니 말린 생선은 많을수록 좋았다. 내일부터 열심히 낚시하러 다녀야겠다.

할 일이 있어서 다행이다. 살아남기 위해 할 일이 있으면 다른 생각을 안 할 수 있다.

고향에서 살 때와 크게 다르지 않았다.

요키가 태어난 아와섬은 열두 제도의 가장 끄트머리에 있는 한적한 섬이다. 섬사람 대부분이 어부여서 부지런히 물고기를 잡아, 가끔 오는 상선에 말린 생선이나 진귀한 물고기 비늘, 그물에 걸린 바다짐승의 뼈나 송곳니를 팔며 살았다.

풍족하지는 않아도 바다 자원이 풍부해서 그럭저럭 살 만했다.

그래서 요키는 행복하다고 믿었다. 몸은 건강했고 이미 자기 그물과 배도 소유했다. 무엇보다 장래를 함께할 상대가 있었다.

소꿉친구인 히나. 어부의 딸답지 않게 피부가 하얗고 섬에서 알아

주는 미인이다.

히나는 언젠가 요키의 아내가 된다. 누구나 그렇게 생각하고 인정했다.

요키는 행복해서 히나에게 더욱 헌신했다. 히나가 끝도 없이 무언가 갖고 싶다고 조르고 부탁하는 것은 그만큼 자신을 의지하는 증거라고 믿었다.

그러나 전혀 아니었다. 히나는 요키의 진심에는 손톱만큼도 관심이 없었다.

왜 좀 더 일찍 알아차리지 못했을까. 왜 내가 히나를 지켜야 한다고 생각했을까.

히나는 어려서부터 가진 것보다 더 많은 것을 바랐다. 그런 성격인 줄 알았는데도. 제멋대로인 점이 귀엽다고 생각했다니.

요키는 주먹을 꽉 움켜쥐었다.

잊자. 생각하면 괴로울 뿐이다. 히나를 생각하지 마. 그냥 잊어. 오년 뒤에 고향에 돌아갈 생각만 하자.

요키는 답답한 마음을 까맣게 칠해 덮어 버리려 했다.

그러나 아무리 어둠을 상상해도 히나의 새하얀 얼굴이 동동 떠올랐다. 마치 등대의 불빛처럼.

4

두 달이 지났다.

요키는 살아 있다.

하루도 빠짐없이 월린석을 닦고 밤마다 등대를 밝혔다. 한가한 낮에는 게를 잡고 낚시를 했다. 수석과 알감자의 양이 충분해서 넉 달 뒤 보급선이 올 때까지 큰 문제는 없을 것이다.

다만 요키의 마음은 점점 썩어 갔다. 고독을 견디기 힘들었다.

사람과 대화하고 싶어 미치겠다. 누군가의 목소리를 듣고 싶었다. 그러나 귀를 기울이면 히나의 목소리만 들렸다.

아무리 잊으려 해도 히나의 기억이 망령처럼 나타났다. 요키에게 달라붙어 저주해 죽이려는 것만 같았다.

망령을 쫓아내려고 혼잣말이 점점 늘었다. 하늘에, 바다에, 자기 자신에게 자꾸만 말을 걸었다. 바위 위에서 구르며 무슨 말인지 모를 소리를 지껄이다가 정신을 차린 적도 있었다.

요키는 초조했다.

이대로 가다가는 곧 실성하겠다. 신경을 분산해야 한다.

낚시나 게 잡기만으로는 한계가 있다. 월린석을 아무리 정성껏 닦아도 두 시간이면 끝난다.

남아도는 시간이 무서워서 섬을 돌아다녔다. 위험한 바위를 타고 오를 때만은 히나가 생각나지 않았다.

특히 마음에 드는 곳은 섬의 유일한 모래사장이었다.

요키는 매일 모래사장에 내려갔다.

깨진 조개껍데기가 잔뜩 섞여 모래가 거칠거칠했다. 요키는 맨발로 굵은 모래를 밟으며 감촉을 즐겼다.

이곳은 섬에서 가장 특별한 곳이다. 만 같은 구조여서 파도 소리도 시끄럽지 않고 잔잔했다.

무엇보다 이곳은 외부 세계로 이어진다. 이 섬에서 유일하게 배를 댈 수 있는 곳이다.

요키는 바닷바람이 고향 냄새를 실어다 주는 것만 같아서 여러 번크게 심호흡했다. 바람은 차갑고 짭짤했다.

가끔 모래사장에 진귀한 물건이 밀려올 때도 있었다.

깨지지 않은 조개나 바다 용의 비늘, 짐승의 뼈나 떠내려온 나무.

전부 바다가 주는 선물이다. 그런 물건을 찾는 게 소소한 즐거움이었다. 어린 시절, 혹시 보물이 있을지 모른다고 기대하며 해안가를 걷던 마음이 되살아났다.

주운 물건은 모래사장 안쪽 동굴에 보관했다. 제법 널찍한 동굴이어서 말하자면 섬의 위장 같았다. 안쪽까지 깊어서 해일이 높게 일어도 바닷물이 들이치지 않는다. 보물을 보관하기에 좋은 곳이다. 보물로 채워진 동굴을 보면 신기하게도 만족스러웠다.

물론 아무것도 찾지 못할 때도 있었다. 그럴 때면 히나가 미리 와서 좋은 물건을 전부 쓸어 갔다고 생각했다.

"젠장. 히나, 이 못된 것."

투덜거리며 바다를 바라보았다.

헤엄치기에는 물이 차갑고 파도가 너무 거세다. 요 두 달 동안 파도가 잔잔한 때를 본 적이 없었다. 이 부근은 그런 바다다. 조류의 흐름은 빠르고 파도는 높고 바람은 거세다. 게다가 암초 해역이다. 그러니 등대가 필요하고, 등대의 불을 켤 사람이 필요했다.

"나는…… 정말 중요한 역할을 맡았구나."

새삼스럽게 깨달았다.

죄인이지만 등대지기의 역할은 중요하다. 절대 불빛을 꺼트리지 않겠다. 자신보다 먼저 섬에 머물렀던 죄인처럼 스스로 목숨을 버리고 역할을 포기하지 않겠다. 그러려면 제정신을 유지해야 한다.

"나는 괜찮아. 괜찮을 거야."

혼자 중얼거린 그 순간, 바람에 섞여 히나가 깔깔 웃는 소리가 들렸다. 밝고 가벼우며 경멸이 가득했다.

요키는 몸에 들러붙는 바람을 헤치듯이 파도 앞까지 걸었다. 문득 바닷속에 하얀 물체가 보였다.

놀라서 옷을 입은 채 바다에 뛰어들었다. 첨벙첨벙 물을 헤치며 팔을 힘차게 뻗었다.

붙잡은 것은 놀랄 만큼 커다란 바다짐승의 송곳니였다. 아이의 팔뚝 정도로 굵고 길었다. 우유처럼 하얗고 미끈미끈했다. 어디 하나 이지러진 곳 없이 완벽하게 아름다웠다.

요키는 송곳니를 품에 안았다.

기뻤다. 미칠 듯이 기뻤다. 이 송곳니는 정말 특별했다. 이 정도로 멋진 송곳니가 해변까지 흘러오다니 기적이나 마찬가지다. 아니다, 이건 선물이다. 요키를 위해 바다가 준 것이다.

"바다여! 고맙다!"

요키는 송곳니를 가지고 돌아와 차분히 살폈다. 보면 볼수록 멋졌다. 다만 이 송곳니는 아직 진정한 모습이 아니다. 그러니까 요키 품에 온 것이다.

요키는 바다짐승의 송곳니나 뼈로 그럴싸한 세공품을 만드는 재주가 있었다. 바다가 거칠어 고기를 못 잡는 시기에는 집에 틀어박혀 목걸이 구슬이나 작은 장식품을 만들었다. 상인에게 가지고 가면 제법 좋은 가격에 팔 수 있었다.

가장 좋은 물건은 언제나 히나 차지였다.

요키가 조각할 때면 히나는 뒤에서 살금살금 다가와 "와, 정말 예

쁘다. 요키, 그거 완성하면 나 줘야 해!" 하고 당연하게 졸랐다. 요키
는 언제나 응석을 순순히 받아 주었다.

지금도 히나의 달콤한 목소리가 들렸다.

"송곳니가 참 멋있다. 요키, 뭐 만들 거야? 이번에는 장식 띠가 좋
겠어. 파도와 바람 무늬를 넣은 멋진 것으로. 요키, 만들어 줄 거지?"

"시끄러워! 누, 누가 너 같은 애한테!"

"어머, 요키. 왜 화를 내? 후후후. 그렇게 화내도 소용없어. 내가 웃
어 주기만 하면 넌 뭐든지 하잖아. 내가 널 얼마나 잘 아는데."

깔깔 웃는 히나의 모습까지 보였다.

이대로는 정말로 미쳐 버리겠다.

요키는 환상을 떨치려고 정신없이 바다짐승의 송곳니를 쥐었다.

"꺼져!"

히나를 향해 송곳니를 들이밀었다.

푹, 송곳니가 히나의 가슴 깊이 파고들었다. 히나의 얼굴이 놀란
듯 굳어지더니 곧 아파서 일그러졌다. 그리고…….

사라졌다.

요키는 헉헉 거칠게 숨을 몰아쉬며 손에 든 송곳니를 보았다. 두
껍고 살짝 휜 아름다운 송곳니. 히나를 찌른 감촉까지 느껴지는 것
같았다.

"아하, 그렇군……."

갑자기 마음이 차분해졌다.

이때껏 고향에 돌아가고 싶은 줄 알았다. 그러기 위해서 어떻게든 오 년간 견뎌 내겠다고 다짐했다.

지금, 간신히 진정한 욕망을 알았다. 섬에 돌아가고 싶은 것이 아니다. 부모님도 이미 돌아가셨고, 집이나 배 같은 재산은 전부 몰수당했다. 친구와 친척 정도는 남아 있으나 그들과도 별로 만나고 싶지 않았다.

고향 섬에는 아무 미련 없었다. 그저 히나와 만나고 싶었다. 어디에 있든 찾아내 마지막 선물을 내 손으로 전해 주고 싶었다.

동시에 이 바다짐승 송곳니로 무엇을 만들지 정했다.

요키는 송곳니를 거의 입 맞출 듯이 입술에 바싹 붙이고 속삭였다.

"아름답게 만들어 주마. 아름답고 날카롭게…… 히나에게 어울릴 칼로 만들어 주겠어."

요키가 히죽 웃었다.

5

바다짐승의 송곳니를 주운 날부터 요키는 달라졌다. 섬을 돌아다니지도 않았고 모래사장에 가지도 않았다. 등대 불빛만은 꺼트리지 않았으나 그 외에는 낚시도 거의 안 하고, 한시가 아깝다는 듯이 오로지 송곳니를 깎고 가는 데 몰두했다.

송곳니는 몹시 단단하고 미끄러워 말을 잘 안 듣는 재료다. 그래도 요키는 끈기 있게, 뭔가에 홀린 듯이 작업에 몰두했다.

마침내 송곳니가 길쭉한 칼 모양을 갖추었다.

대충 형태를 잡은 다음, 먼저 자루부터 만들기 시작했다. 요키는 세상에 둘도 없이 아름다운 칼을 만들 생각이다. 그러니 자루에도 어울리는 세공을 해야 한다.

요키는 시간을 들여 자루를 조각했다. '가쿠와 세아' 설화를 새길 생각이다.

연인에게 배신당해 조각배에서 컴컴한 바다로 밀려 떨어진 젊은 신 가쿠. 물에 빠져 죽은 그는 안개가 되어 배신자인 연인이 길을 잃게 해 굶주려 죽게 한다.

자루 한쪽에는 조각배에서 밀려 떨어지는 가쿠의 모습과 가쿠를 떠미는 세아를 새겼다. 신기하게도 가쿠의 얼굴이 요키와 닮아 보였다. 세아의 얼굴은 당연히 히나였다. 환하게 웃으며 가쿠가 된 요키를 떠민다.

너무 괴로워서 도중에 조각을 그만두고 싶을 정도였다.

다른 쪽을 조각할 때는 즐거웠다. 안개를 두른 가쿠가 조각배를 혼자 차지해 살아남으려는 세아를 에워싼다. 세아는 공포에 질려 비명을 지르려고 입을 크게 벌린다.

"얼마 안 남았어. 이제 곧 너도 이렇게 될 거야."

요키는 열에 들떠 중얼거리며 세아를, 아니 히나를 조각했다.

꼬박 반년이 걸려 자루 조각을 완성했다.

이제 얼마 안 남았다. 요키는 칼을 갈기 시작했다. 겉보기에 아름다워도 칼이 무디면 의미가 없었다. 칼은 날카로워야 가치가 있었다.

칼을 연마하는 데는 암초에 달라붙은 해초를 사용했다. 해초를 한 움큼 모아 말리면 딱딱하고 까끌까끌한 덩어리가 된다.

요키는 그 해초 덩어리로 심혈을 기울여 칼을 갈았다. 칼을 가는 동안에는 신기하게도 마음이 잔잔했다. 아름다운 물건을 만들어 낸다는 흥분이 죄인이라는 사실을 잊게 했다.

히나는 틀림없이 이 선물을 기뻐할 것이다. 그렇지, 말없이 건네주면 시시하다. 뭐든 재치 있는 말을 하고 싶다.

"이 칼에는 아직 칼집이 없어. 네가 칼집이 되어 줘…….' 아니지, 이건 너무 거창해. 흠. '내 마지막 선물을 받아 줘.'는 어떨까."

이렇게 머리를 굴리는 것도 즐거웠다.

히나에게 줄 선물을 만드는 동안, 순식간에 일 년이 지났다. 그사이 식량과 연료를 보충하려고 섬에 배가 두 번 왔다.

처음과 마찬가지로 선원들은 모래사장에 수석이 든 통과 알감자 상자를 던졌다. 요키도 가까이 다가가 선원들이 일하는 모습을 지켜보았다. 도망칠 생각은 추호도 없었다. 그저 오랜만에 사람을 봐서 신선했다.

선원들은 절대 요키에게 말을 걸지 않았으나 내심 놀랐다.

그들이 아는 등대지기 죄인은 대부분 제정신이 아니었다. 긴 고독에 몸과 마음이 상해 불쌍한 짐승처럼 이상한 소리를 내며 흐느끼거나 비명을 질렀다.

이 청년은 전혀 그러지 않았다. 고독이나 절망에 좀먹은 티가 안 났다. 조금 살이 빠졌으나 건강해 보였다. 그래서 오히려 불길했다.

훗날 선원 중 한 사람이 이렇게 말했다.

"눈이야. 그놈의 눈이 신경 쓰이던데. 번들거리던데. 겉은 멀끔한데 영혼이 일그러지기 시작한 것처럼……. 그 눈이 빤히 쳐다보니까 허리 아래에 핏기가 싹 가시는 것 같았어. 솔직히 미친 사람보다 더 오싹하더라고."

불길한 섬 주인에게서 한시라도 빨리 멀어지려고 선원들은 돌풍처럼 작업을 마치더니 배를 타고 돌아갔다.

그들이 떠난 뒤, 요키도 등대로 돌아와 다시 칼을 갈기 시작했다.

요키가 섬에서 맞이한 두 번째 여름이 끝날 무렵, 마침내 칼이 완성됐다. 요키는 완성한 칼을 앞에 두고 만족스럽게 숨을 내쉬었다.

반질반질 순백의 칼. 길쭉한 칼날이 부드럽게 곡선을 이루며 자루로 이어졌다. 정밀하게 조각을 새긴 자루는 보기에도 아름답고 손에 쥐는 감촉도 훌륭했다. 이 정도라면 땀이 나도 미끄러져서 떨어뜨릴 염려가 없었다.

무엇보다 자르는 맛이 좋았다. 시험 삼아 며칠 전에 낚은 운타라는 물고기를 찔러 보았다. 운타는 가죽을 몇 겹이나 겹친 것처럼 딱딱하고 탄력 있는 물고기인데, 아주 쉽게 꿰뚫을 수 있었다.

요키는 몹시 흡족했다. 오랫동안 끈질기게 간 보람이 있다. 이것이다. 이거라면 히나에게 잘 어울린다.

요키는 칼을 움켜쥐고 눈을 감았다.

"히나, 히나. 나와 봐. 선물이 있어."

히나가 곧 나왔다. 익히 봤던 토라진 표정이다.

"뭐야, 요키. 지금까지 나를 계속 무시했으면서?"

"미안해. 네게 줄 선물을 준비하느라 시간이 걸렸어. 드디어 완성했어. 이걸 받아 줘."

요키는 이렇게 말하며 날쌔게 히나에게 칼을 휘둘렀다. 환상 속에서 새빨간 피가 하얀 칼을 황홀하게 물들였다.

히나는 비명을 지를 새도 없이 사라졌다.

요키는 내면에서 광기 어린 기쁨이 차오르는 것을 느꼈다.

이거다. 바로 이거야. 히나, 기다려. 앞으로 삼 년이야. 삼 년이 지나면 네게 이 선물을 주러 갈게. 그러면 너는 웃어 주겠지? 이 칼을 아름다운 붉은색으로 물들여 주겠지?

웃음을 억누르지 못해 요키는 으하하 웃었다.

삼 년! 절대 긴 세월이 아니었다. 지루하거나 고독하면 히나의 환상을 불러내 이 칼로 놀아 주면 된다.

좋은 소일거리가 생겼다 싶어 행복에 취했다.

그때였다.

끽끽, 그 소리가 요키의 웃음을 가로막았다.

윌린석이 요키를 불렀다. 이제 곧 빛이 끊어진다고 알렸다.

요키는 칼을 탁자에 놓고 사 층에 가려고 했다. 다만 너무 서두른 탓에 칼을 제대로 놓지 못했다.

칼이 탁자에서 떨어지는 광경이 유난히 느리게 눈에 보였다.

잡아야 해.

얼른 손을 뻗었으나 허둥거린 나머지 헛손질을 했다.

요키의 손끝에 튕겨 칼의 방향이 휙 바뀌었다. 칼이 빙글빙글 회전하며 요키의 오른쪽 발등에 푹 파고들었다.

"으, 으악!"

갑작스럽고 무지막지한 통증에 눈 안쪽에서 불꽃이 튀었다.

거의 칼날 절반까지 깊숙이 박혔다. 발을 꿰뚫고 바닥에까지 닿은 것 같았다.

멍청했다. 서두르지 말았어야지, 아니 애초에 탁자에 제대로 놓았어야지. 젠장. 날카롭게 벼린 칼이 이런 재앙을 몰고 올 줄이야.

요키는 이를 악물고 간신히 칼을 뽑았다. 순간 피가 줄줄 쏟아졌다. 예상보다 출혈이 심했다. 지혈하려고 얼른 천을 둘렀으나, 새빨간 얼룩이 물씬물씬 뿜어 나와 짙게 퍼졌다.

녹슨 쇳내 같은 냄새가 나 어지러웠다. 몸에서 힘이 빠져나가고 차갑게 식어 가는 것을 느꼈다. 너무 아팠고 그 이상으로 두려웠다.

누가, 나를 좀 도와줘. 죽고 싶지 않아.

그러나 도움의 손길은 없었다. 이곳에는 아무도 없으므로.

외톨이인 것을 처음으로 뼈저리게 느꼈다. 의사가 아니라도 좋았다. 누구든 곁에 있어 주면 얼마나 마음이 든든할까.

어느새 윌린석의 소리도 들리지 않았다. 들리는 것은 얕고 가쁜 자신의 숨소리와 밖에서 들리는 파도 소리, 매서운 바람 소리뿐이었다. 그 소리도 점차 멀어졌다.

정적과 어둠에 빨려 들어가는 순간, 요키는 하나의 웃음소리를 얼핏 들었다.

6

요키는 따가운 빛을 느끼며 눈을 떴다.

아침이다. 창으로 내리쬐는 햇빛이 아침 색을 띠었다.

일어나다가 깜짝 놀랐다. 바닥이 온통 피바다였다. 피가 이미 말라 기분 나쁜 적갈색으로 변했다.

목숨 한번 질기다 싶어 부르르 떨며 발을 보았다. 콸콸 흐르던 피도 일단 멈췄다. 요키는 상처가 다시 벌어지지 않도록 주의하며 천으로 발을 단단히 묶었다. 꽉꽉 천을 두를 때마다 뇌가 후벼 파이는 듯이 아팠으나 어쩔 수 없었다.

드디어 처치가 끝났다. 이제 곪지 않도록 상처 위에 바닷물을 잘 뿌려야 한다.

일어나자 신음이 저절로 나왔다. 욱신욱신 너무 아팠다. 이대로는 한동안 계단을 오르내리기도 힘들겠다.

그러다가 퍼뜩 깨달았다.

월린석!

다쳤을 때, 마침 월린석이 울렸다. 곧 빛이 끊긴다고 알리려고. 그런데 요키는 정신을 잃고 아침까지 여기 쓰러져 있었다.

어젯밤에 등대 불빛이 꺼졌다는 소리다.

쿵쿵, 심장이 요란하게 뛰었다.

아니, 진정해. 괜찮아. 어제는 분명 날도 어둡고 바람과 파도도 거칠었다. 그런 날에는 배도 자중한다. 맑은 날에도 위험한 해역을 일부러 지날 리 없었다. 그래, 고작 하룻밤 실수했을 뿐이다. 어제 배가 침몰했을 리 없었다. 괜찮다. 틀림없이 괜찮다.

아무리 괜찮다고 생각하려 해도 불안이 가시지 않았다. 헛구역질까지 났다.

요키는 바람을 맞으려고 발을 질질 끌며 밖으로 나갔다. 세찬 바닷바람이 불었다. 차갑고 짭짤한 바람을 맞자, 불길한 기분도 날아갔다.

그래, 괜찮아. 괜찮다니까.

천천히 걸어 경사면 끄트머리로 갔다. 그곳에서 무심한 척 평소처럼 모래사장을 내려다보았다.

그 순간, 온몸에서 핏기가 싹 가셨다.

하얀 모래사장이 새까만 목재로 뒤덮였다. 쪼개진 널빤지에 부러진 기둥, 찢어진 천 조각과 밧줄 같은 것도 보였다.

보자마자 알았다. 저것은 배의 잔해였다.

"거짓마아아아아알!"

요키는 절규했다.

거짓말이야! 환상이야! 히나의 목소리와 모습처럼. 보기 싫은 것을 환상으로 보는 거야. 그래, 이건 꿈이 분명해. 전부, 모든 게 다 꿈이야. 눈을 떠! 꿈에서 깨, 깨라고, 잠을 깨란 말이야!

아무리 비명을 지르고 머리를 때려도 눈 앞에 펼쳐진 광경은 여전했다.

요키는 견디지 못하고 등대로 도망쳤다.

안 본 거야. 나는 아무것도 못 봤어.

바닥에 주저앉아 바들바들 떨었다. 텅 빈 위에서 시큼한 액체가 올라왔다. 토하자 노랗고 끈적한 덩어리가 바닥에 쫙 퍼졌다.

나 때문에, 내가 등대에 불을 밝히지 않아서 저 배가 가라앉았다. 아아, 이를 어쩌지. 배에 탄 사람들은 어떻게 됐지? 시커먼 바다에 휩쓸려 갔을까.

요키는 벌떡 몸을 일으켰다.

"살아 있는 사람이…… 있을지도 몰라."

그럴 리 없다고 머릿속에서 외치는 목소리가 있었다. 이 바다는 거칠고 탐욕스럽다. 제 앞에 던져진 따끈따끈한 생명을 절대 놓치지 않고 먹어 치울 것이다.

그래도 만약 운 좋게 해안가에 닿은 사람이 있다면……. 구하고 싶었다. 어떻게든 구하고 싶었다.

요키는 비틀비틀 등대에서 나와 모래사장으로 내려갔다. 다친 다리로 울퉁불퉁한 바위 경사로를 내려가기가 쉽지 않아 평소보다 세 배나 시간이 걸렸다. 상처도 터져서 모래사장에 도착했을 때는 발에 감은 천에 붉은 얼룩이 생겼다.

그래도 계속 걸었다.

모래사장 사방에 배의 잔해가 굴러다녔다. 물을 머금어 거뭇거뭇하게 젖은 목재가 마치 사람 사체처럼 보여서 속이 안 좋아졌다.

구역질이 나서 토하려고 몸을 굽히자, 발에서 엄청난 통증이 느껴졌다. 너무 아파서 웅크리는데, 금이 간 큰 널빤지 아래로 작고 하얀 무언가가 언뜻 보였다.

사람의 손이라고 인식하자마자 요키는 통증이고 뭐고 잊고 널빤지로 뛰어갔다.

널빤지를 들어 올리자, 한 소녀가 모래에 반쯤 파묻혀 누워 있었다. 서둘러 모래에서 파내자, 놀랍게도 아직 숨이 있었다. 다만 몸이 너무 차가웠다.

요키는 얼른 입은 옷을 벗어 소녀를 둘둘 말았다. 깨지는 물건을 다루듯이 조심스럽게 소녀를 안았다.

제일 먼저 든 생각은 '차갑다'였다. 젖은 피부가 어찌나 차가운지 요키까지 얼어붙겠다. 소녀의 무게가 더해지자 발의 상처가 비명을 질렀다.

그래도 요키는 이를 악물고 소녀를 절대 놓지 않았다. 비탈길을 어떻게든 올라 등대로 돌아왔다.

부뚜막 앞에 소녀를 눕히고 젖은 옷을 벗겼다.

빼빼 말라 자그마한 소녀였다. 까만 머리카락이 얼굴에 달라붙어 이목구비는 잘 보이지 않는데, 대충 열 살 정도인 듯했다. 입술은 파랗고 피부에도 전혀 핏기가 없으며 온몸에 멍이 들었다. 그래도 크게 다친 곳은 없었다.

여기저기 만져 봤는데 역시 뼈가 부러진 감촉은 없었다. 이 정도라면 살아남을 수 있겠다.

먼저 불이다.

요키는 바다짐승의 배설물을 부뚜막에 던져 불을 지폈다. 곧 닥칠 겨울을 대비해 평소에는 바다짐승의 배설물을 최대한 아껴 썼는데, 지금은 그럴 상황이 아니었다. 계속해서 부뚜막에 집어넣었다.

곧 방이 한여름처럼 더워졌다. 이 열기가 약해진 소녀의 목숨을 다시 이 세상으로 불러올 것이다.

담요로 부뚜막 앞에 잘 곳을 만들어 소녀를 눕힌 뒤, 아슈라는 물고기 뼈를 부숴 만든 약을 뜨거운 물에 녹여 마시게 했다.

아슈의 뼈는 열을 내리는 효과와 몸 안에 들어간 과다 염분을 희석해 주는 효과가 있었다. 소녀는 바닷물을 잔뜩 들이켰을 것이다. 염분이 너무 많으면 독이 된다. 가슴을 눌러 뱉게 해도 되지만, 자칫 소녀의 가느다란 뼈가 부러질지도 모른다.

요키는 아슈의 효력을 믿어 보기로 했다.

방이 점점 더 더워져서 요키는 땀을 주르륵 흘렸다. 특히 다친 곳이 뜨거워져서 꿈틀꿈틀 맥박쳤다.

그래도 소녀의 하얀 몸에는 땀이 흐르지 않았다. 혈색이 아주 조금 돌아왔을 뿐이다.

그때 소녀가 오줌을 쌌다.

요키는 안심했다. 아슈의 효력이 나타나기 시작했다. 바닷물이 들어가 마비된 내장이 다시 움직이기 시작했다는 증거였다.

요키는 담요를 갈아 주고 소녀를 가만히 지켜보았다.

소녀는 반나절이 지난 뒤에 눈을 떴다. 콜록, 작게 기침을 하더니 천천히 눈을 떴다.

또렷해서 묘하게 인상적인 눈이었다. 요키는 박쥐 고양이 같다고 생각했다.

어두운 밤처럼 까만 털과 박쥐 같은 날개를 가진 짐승. 고향 섬에 많이 살았다. 둥지가 해안 절벽에 있어서 밤마다 바다로 날아왔다. 가끔은 어부들이 실수로 떨어뜨린 물고기를 노리고 마을 근처 포구까지 온 적도 있었다. 쫓아내려고 하면 캬악 소리를 내며 노려보았다. 날카로운 금빛 눈이 노려보면 왠지 무서웠다.

소녀의 눈은 까맸지만 박쥐 고양이와 닮았다. 눈빛이 날카롭고 적의가 가득했다. 그러고도 남았다. 어젯밤 지옥을 봤을 테니.

207

'……이 아이의 부모나 형제가 그 배에 탔을까.'

가슴이 아팠다.

지금 소녀를 혼란스럽게 하면 안 되었다. 요키는 최대한 다정하게 말을 걸었다.

"괜찮, 니?"

사람과 말하는 게 오랜만이어서 혀가 잘 움직이지 않았다. 히나의 환상과는 자연스럽게 말했는데.

요키는 자기 모습에 내심 당황하며 느릿느릿 말을 이었다.

"여, 기는 외딴 섬이야. 나 혼자 살아. 너는 해안에 밀려, 왔어. 아, 아마 타고 있던 배가 가라앉았, 을 거야……. 기억하니?"

소녀는 담요를 몸에 말고 꼼짝하지 않았다. 눈이 새까맣고 깊었다. 뭔가 소름 끼치는 어둠이 있었다.

요키는 주눅이 들었지만 이름을 댔다.

"나는, 요키. 너, 너는?"

이 질문에도 소녀는 대답하려 하지 않았다. 고집스럽게 요키를 노려보았다.

요키는 포기했다.

"알았어. 말, 하고 싶어지면 해. ……일단은 편히 쉬어. 수석, 여기 두고 갈게. 나는 물고기를 잡아 올게."

자신이 옆에 없어야 소녀도 마음이 놓일 것이다.

요키는 소녀를 두고 등대를 나왔다. 늘 가던 바위로 가 낚싯대를 드리웠다. 입질이 별로 없었으나 참을성 있게 기다려 세 마리를 낚았다. 그 자리에서 다듬어 생선 토막을 들고 등대로 돌아갔다.

이걸로 따뜻한 국물을 만들 생각이다. 소녀의 위도 국물이라면 받아들일 것이다.

"다, 다녀왔어."

말을 걸며 등대로 들어갔다.

소녀는 보이지 않았다. 순간 환상처럼 사라졌나 싶었다.

아니지, 그럴 리 없지.

요키는 별로 넓지 않은 방을 둘러보았다.

'있다……'

소녀는 통 뒤에 숨어 있었다. 숨을 죽이고, 몸을 조금이라도 감추려는 모습이 정말로 짐승 같았다.

그 심정을 충분히 이해하겠다. 지금 이 아이는 완전히 겁을 먹었고, 그렇기에 약한 모습을 보이지 않으려고 필사적이다.

요키는 조금 웃었다.

"나는 너한테, 나쁜 일, 안 할 거야."

소녀의 눈에서 적의와 경계가 사라지지 않았으나 요키는 더는 신경 쓰지 않았다.

"지금 맛있는 걸, 만들게. 그거, 먹고 다시 자는 게 좋아."

일부러 소녀에게 등을 보이고 요리를 시작했다. 생선 토막만 넣어 끓이면 그만인 국물은 금방 완성됐다. 요키는 국물을 밥그릇에 퍼서 소녀 앞에 놓아 주었다.

"먹어. 맛있어."

"……."

"뜨거울 때 먹어. 안 먹으면, 히, 힘이 안 생겨."

소녀는 꼼짝하지 않고 요키를 노려보기만 했다.

요키는 그냥 포기하고 밥그릇를 둔 채 삼 층으로 올라갔다. 발의 상처가 불에 타는 듯이 아팠다. 동시에 피로가 우르르 몰려왔다.

신경 쓰지 않겠다. 소녀가 식사하거나 말거나, 저대로 약해져서 기절하거나 말거나 내 알 바 아니다.

요키는 침대에 쓰러지듯이 누웠다. 그대로 시체처럼 잠들었다.

깊게 잠들었으나 감각은 깨어 있었다. 누군가 자신을 들여다보는 것 같았고 목에 차가운 것이 닿는 느낌이 들었다. 눈을 감았는데도 칼날인 줄 알아차렸다.

그 순간, 뭐라 말하기 어려운 불쾌함과 공포가 차올랐으나, 도저히 눈을 뜰 수 없었고 손가락도 까딱할 수 없었다.

잠시 뒤, 차가운 것이 목에서 떨어지더니 작은 발소리가 멀어졌다. 요키는 꿈이라고 안심하고 다시 깊은 잠에 빠졌다.

눈을 떴을 때는 이미 저녁이었다. 제일 먼저 월린석이 떠올랐다.

불을 켜야 한다!

허둥지둥 일어났더니 발이 욱신욱신 아팠다. 상처를 깜박했다. 신음하면서도 필사적으로 계단을 올라갔다.

간신히 월린석에 도착했다. 안간힘을 다해 손잡이를 돌렸다. 다친 발을 세게 디딜 수 없어 힘이 잘 들어가지 않았다. 손잡이 바퀴가 이 정도로 무거운 적은 처음이었다.

지금 쉬면 금방 밤이 된다. 이틀 밤 연속으로 등대가 꺼지는 일이 생기면 안 된다.

요키는 죽을힘을 다해 장치를 감았다. 끝까지 감고 손을 뗐다. 마침 해가 다 기울었다.

월린석이 반짝이며 빛의 파도로 옅은 어둠을 밀어냈다.

요키는 그걸 확인하고 그대로 쓰러졌다. 손가락 하나 꼼짝 못 하겠다. 오늘 밤에는 계속 여기 있어야겠다. 월린석의 빛은 네 시간만 가고, 그때마다 계단을 오르락내리락하기는 불가능했다.

이럴 줄 알았으면 아까 뭘 좀 먹어 둘 걸 그랬다.

후회하던 요키는 놀랐다. 계단 쪽에서 반짝이는 눈이 이쪽을 보고 있었다.

그 소녀였다. 언제부터 있었는지, 계단에 몸을 감추고 머리 위쪽만 내밀어 이쪽을 살피고 있었다.

눈이 마주치자 머리가 쏙 숨었다. 그래도 발소리가 들리지 않았으니까 도망치지는 않았나 보다.

요키는 유쾌했다.

소녀는 요키가 뭘 하는지 궁금해서 참을 수 없었나 보다. 그러니 무서워도 꾹 참고 여기까지 온 것이다.

요키는 눈을 감고 말했다.

"나는 등대지기야. 매일 밤 장치를 움직여서 이 월린석을 빛나게, 해, 해야 해……. 그래서 밤에 깊이 잘 수 없어. 몇 번이나 깨야 하니까. 그래도…… 참 예쁘긴 해. 이 빛은…… 정말 예뻐."

소녀는 대답이 없었다. 그래도 그 자리에서 떠나지 않았다.

요키와 소녀는 그날 밤을 월린석 아래에서 보냈다. 둘 다 입을 열지 않고, 묵묵히 아침을 맞이했다.

7

요키는 고민했다. 다름 아닌 소녀 때문이었다.

구한 지도 여드레가 지났으나 소녀는 여전히 입을 꼭 다물고 이름도 말해 주지 않았다. 일어나 있는 동안에는 요키에게서 일정한 거리를 두고 그 이상 다가오지 않았다. 정말로 야생 동물 같았다.

특히 곤란하게도 소녀는 요키가 만든 하얀 칼을 유난히 마음에 들어 했다.

요키가 알아차렸을 때는 이미 소녀가 칼을 쥐고 있었다. 아무리 위험하다고 달래도 들은 척도 안 했다. 잘 때도 놓지 않으니 몰래 빼내 어디 감춰 두지도 못했다. 빼앗으려고 하면 눈을 번뜩이며 칼날을 요키에게 겨누기 때문이다.

왜 하필 칼에 집착하나 의아했는데, 생각해 보면 그 칼에는 위험한 아름다움이 깃들었다. 생사의 갈림길에서 헤맸던 만큼 소녀의 눈에 아름답게 세공된 하얀 칼이 위험에서 지켜 주는 부적처럼 보였을지도 몰랐다.

어쩔 수 없이 그냥 갖고 있게 됐다. 단, 만에 하나라도 다치지 않도록 생선 껍질로 칼집을 만들어 줬다.

"이거. 칼을 여기 넣어 둬. 그래야 덜 위험하지."

소녀에게 계속 말을 건 덕분에 혀가 매끄럽게 움직였다. 이제 소녀가 한마디라도 좋으니 대답을 해 주면 좋겠는데.

요키는 오랜만에 평범한 대화를 나누고 싶었다.

아무튼 소녀는 요키가 내민 칼집을 잡아채듯이 받았다. 의심스럽게 칼집과 요키를 번갈아 보더니 뭔가 이해했나 보다. 칼을 천천히 칼집에 넣었다.

요키는 그쯤에서 만족하고 칼을 두고 더는 뭐라고 하지 않았다.

그 일이 큰 변화의 시작이었다.

그날부터 소녀의 경계가 조금씩 누그러지기 시작했다.

먼저 요키가 주는 밥을 그 자리에서 허겁지겁 먹었다. 왕성한 식욕 덕분에 얼굴빛도 훨씬 좋아졌고 온몸에 있는 멍도 흐려졌다.

요키가 낚시터에 갈 때도 따라오기 시작했다. 요키는 조금 멀리 떨어져서 물끄러미 바라보는 소녀 때문에 웃음이 나왔다.

아직 말을 걸어 주지는 않아도 확실히 요키에게 익숙해졌나 보다. 조만간 웃어 줄지도 모른다. 기대된다.

다만 어린 소녀에게 섬 생활은 너무 가혹했다. 요키도 제정신을 잃을 뻔했다. 다음 보급선이 오면 소녀를 맡겨야 한다. 사정을 설명하면 배는 소녀를 태우고…….

거기까지 생각했다가 낚싯대를 떨어뜨릴 뻔했다.

처음에는 소녀를 구하느라 필사적이었다. 그 뒤에는 소녀의 존재에 익숙해지느라 바빠 다른 생각을 할 여유가 없었다. 지금 마침내 깨달았다.

사정. 내가 그 사실을 말하면 어떻게 되겠나?

소녀는 무수한 선박 잔해와 함께 이 섬에 흘러왔다. 사고가 생겨서. 아마도 요키 탓이다. 요키가 등댓불을 밝히지 않았기 때문에.

그 부분을 얼버무려도 관리는 속지 않을 것이다. 요키의 거짓말을 금세 알아차릴 테지.

그러면 요키는 배를 바다에 먹히게 한 죗값을 치러야 했다. 이 섬의 등대지기 역할을 추가로 오 년 더 해야 한다. 간신히 이 년이 지나 앞으로 삼 년이면 나갈 수 있다고 믿었는데.

싫다. 오 년이었으니까 견뎠다. 더 연장된다는 생각만 해도 죽고 싶었다.

차라리…… 차라리 저 아이가 없으면.

요키는 바람 방향을 확인하는 척하며 힐끔 소녀를 보았다. 털썩 주저앉아 요키를 신경 쓰면서도 바닥에 널린 조개껍데기를 건드리고 있었다. 거리는 멀지 않았다. 뒤로 돌면서 낚싯대로 후려치면 소녀는 쉽게 쓰러질 것이다. 기절시키지는 못하더라도 넘어트릴 수는 있었다.

소녀가 놀란 사이 다가가 붙들면 그다음은 쉽다. 바다에 던지면 끝이다.

요키의 죄를 아는 산 증인은 소녀뿐이다. 원래 소녀는 바다에 먹혔을 생명이다. 바다에 돌려준다고 누가 뭐라고 하겠는가. 불쌍하지만 내게는 목적이 있다. 모르는 소녀를 위해 목적을 포기할 수 없다.

할까. 지금 해 버릴까.

광기 어린 욕망에 몸이 뜨거워져서 자기도 모르게 일어나려고 한 그때.

"물고기, 잡혔어."

작은 목소리가 들렸다.

"엇……."

요키는 꿈에서 깬 듯한 눈으로 소녀를 보았다.

소녀가 이쪽을 바라보며 한 번 더 입을 열었다.

"낚싯대, 휘었어."

어린 나이에 비해 목소리가 야무졌다. 천진한 아이의 목소리가 아니었다. 그래도 오랜만에 듣는 살아 있는 인간의 목소리에 요키는 심장이 떨리도록 감동했다.

요키는 부들거리는 손으로 낚싯대를 고쳐 잡고 울었다. 눈물이 멈추지 않았다.

인간이다. 이 아이는 인간이다. 나는 이 아이를 죽이지 못한다. 죽일 수 없다. 절대로. 나는 죄인이다. 그러나 살인자는 아니다.

요키는 살인자가 되지 않은 것에 바다 신과 바람 신에게 감사하며 한참을 울었다.

그날 밤, 요키는 생선국을 소녀에게 주며 조용히 말을 꺼냈다.

"앞으로 한 달만 지나면 이 섬에 배가 와."

소녀가 놀라서 눈을 크게 떴다. 눈치를 살피는 소녀에게 차근차근 설명했다.

"관리가 탄 배야. 사정을 설명하면 너를 고향에 데려다줄 거야. 이런 데서 지내기 지루하겠지만 그때까지 참아."

이 말을 들으면 눈을 빛내며 기뻐할 줄 알았다.

그런데 소녀의 반응은 둔했다. 한참 고개를 숙이고 입술을 떠나 싶더니 쥐어짜듯이 말했다.

"……그 배는 안 탈래. 여기 더 있고 싶어."

"안 돼."

요키는 단호하게 거절했다.

내심 놀랐다. 이렇게 쓸쓸한 섬에 있고 싶다니 제정신이 아니었다. 아니, 잠깐. 이 아이는 바다에 빠져 죽을 뻔했다. 다시 바다에 나가는 게 무서울 수도 있었다.

그렇게 생각해 요키는 최대한 다정하게 설명했다.

"괜찮아. 관리의 배는 어떤 배보다 튼튼하고 빨라. 순식간에 고향에 데려다줄 거야. 바다에 있는 건 잠깐이야. 위험한 일은 없어."

"……아니야."

"응?"

"그게 아니야……. 바다나 배는 무섭지 않아."

"그럼 뭐가 무서워? 뭐가 싫은데?"

소녀는 이 질문에는 고집스럽게 입을 다물었다. 요키도 소녀의 태도에 질려서 조금 거칠게 말했다.

"어쨌든 배가 오면 너는 나가야 해. 이곳은 죄를 범한 인간을 가두는 섬이야. 너 같은 아이가 나와 함께 있으면 안 돼. 나는…… 죄인이니까."

"……무슨 짓을 했어?"

"……사람을 죽일 뻔했어."

이제 됐지, 하며 요키는 고개를 돌렸다.

그 뒤로 며칠이 지났다. 소녀는 다시 입을 다물고 요키와 눈을 마주치지 않았다.

당연한 일이지만 요키는 서운했다. 죄인이라고 밝히지 말 걸 그랬다고 후회했다. 이미 말해 버렸으니 어쩔 수 없는 일이었다.

필요한 말만 하고 그냥 두기로 했다.

빨리 배가 오면 좋겠다. 소녀를 내 앞에서 데리고 가 줬으면.

진심으로 바랐으나, 배는 한참 더 있어야 온다.

함께 있는 사람이 나를 무시한다. 이것은 참으로 견디기 힘든 고통이었다.

요키는 낮에 될 수 있는 한 밖에 있으려고 했다. 뻔한 섬이지만 몸을 잘 감추면 소녀와 마주치지 않을 수 있었다. 마음이 너무 불편했다. 이래서야 혼자 있을 때가 훨씬 나았다.

절망하며 모래사장을 걷던 때였다. 요키는 또 바다짐승의 송곳니를 발견했다. 전에 본 것보다 작고, 물속에서 바위에 부딪혔는지 여기저기 이지러졌다. 그래도 충분히 윤기 있고 하얗다.

이거라면 괜찮은 세공품을 몇 개나 만들 수 있겠다.

이렇게 생각하자, 오랜만에 히나의 환영이 나타났다. 소녀를 발견한 이후 처음이었다.

요키는 알 수 없는 반가움과 익숙한 증오를 느꼈다. 히나는 애교를 부리며 몸을 비스듬히 기댔다.

"어머, 또 좋은 걸 주웠네? 요키, 이번에는 뭘 만들 거야? 구슬 목걸이? 조각을 새긴 머리 장식? 이 정도 크기면 작은 빗도 만들 수 있겠는데? 응, 빗이 좋겠어. 이번에는 나한테 줄 거지?"

"누가 너한테 줄 것 같아? 꺼져."

요키는 팔을 휘둘러 환상을 없애고 송곳니를 바라보았다. 머릿속에 떠오른 사람은 히나가 아니라 소녀였다.

그 아이는 아마도 겁에 질렸을 것이다. 배에서 떨어져 이런 섬에 혼자 남겨지다니. 게다가 같이 있는 사람은 죄인이다.

사과하고 싶었다. 배가 가라앉은 원인을 제공한 것에 대한 사과를.

그런 짓을 저지른 자신이 곁에 있어야 하는 것에 대한 사과를. 저 또래 아이라면 어떤 물건을 좋아할까? 인형. 그래, 인형이 좋겠다. 저 아이도 칼 대신 인형을 안고 자는 편이 나을 것이다.

모래 위에 주저앉은 요키는 단도를 꺼내 천천히 송곳니를 깎기 시작했다.

사흘에 걸쳐 바다짐승 송곳니를 갓난아기 주먹 정도의 머리 모양으로 조각했다. 남은 송곳니로 두 쌍의 손과 발을 만들었다.

다음으로 몸통을 만들었다. 가는 밧줄을 모아 인간의 몸처럼 보이게 엮었다. 팔과 다리 쪽에는 먼저 만든 송곳니 손발을, 목에는 머리를 달았다.

이 정도만 해도 인형처럼 보이지만 아직 멀었다.

요키는 붉은 해조를 으깨 낸 즙으로 인형의 입술과 뺨을 살짝 칠하고, 눈동자에는 까만 돌을 능숙하게 끼웠다. 모래사장에 흘러온 천 중에서 손상이 덜한 포도주색 천 자투리를 써서 옷을 만들었다.

인형에 옷을 입히고, 마무리로 말린 해조로 만든 까만 머리를 씌웠다.

귀여운 소녀 인형이 완성되었다. 까만 눈은 생생하고 살포시 웃고 있어서 보는 사람까지 같이 웃게 했다. 몸이 밧줄이어서 굽힐 수 있고, 손발도 움직였다. 직접 만들었지만 제법 괜찮았다. 예전에 만든 인형보다 훨씬 잘 만들었다.

예전에도 인형을 만든 적이 있었다. 히나가 갖고 싶다고 해서 바다에 밀려온 나무를 깎아 만들어 줬다. 그땐 어리고 솜씨도 미숙해서 완성도는 별로였으나 히나는 기뻐했다. 한동안 어디에 가든 들고 다녔다.

생각해 보면 기뻐서가 아니라 다른 아이들한테는 없는 인형이니까 자랑하려고 그랬을 것이다. 자기 아버지가 예쁜 도자기 인형을 사오자 요키의 인형은 거들떠보지도 않았다. 예전부터 그런 면이 있었다. 히나는 본성이 그랬다. 좀 더 좋은 것이 생기면 그때까지 소중히 아낀 것을 아무렇지 않게 버렸다.

저 아이도 그럴까? 애초에 정상적인 아이가 나 같은 죄인이 주는 선물을 받아 줄까.

조금 두려웠으나 이미 만들었으니 없던 일로 할 수도 없었다.

요키는 완성한 인형을 들고 소녀에게 갔다.

소녀는 밖에 나와 물웅덩이를 들여다보고 있었는데, 다가오는 요키를 보자 긴장했다. 소녀가 칼자루를 움켜쥐었으나 요키는 모르는 척했다.

가까이 다가가 무뚝뚝하게 인형을 내밀었다.

"이거, 주마."

소녀는 믿을 수 없는 것을 본 듯이 요키와 인형을 번갈아 바라보았다. 표정이 멍해서 처음으로 제 나이처럼 어리게 보였다.

이 아이가 이런 표정을 보이다니.

요키는 속으로 재미있어하며 인형을 바닥에 놓았다. 더 가까이 갈 생각은 없었다.

"괜찮다면 받아 줘."

그 말만 남기고 돌아섰다.

늦은 오후, 물고기를 낚아 등대로 돌아오자 소녀가 문 앞에 서 있었다. 여전히 허리에 칼을 찼으나 손에는 인형을 쥐고 있었다.

"고마워……."

소녀가 고맙다고 말했다. 머뭇머뭇 거의 속삭이는 목소리였으나 까만 눈이 분명 요키를 바라보았다. 적개심은 없었다.

요키는 자기도 모르게 비틀거릴 정도로 충격을 받았다. 이렇게 인간다운 눈빛은 고향을 떠난 이래 처음 받아 보았다. 순간적으로 어부 요키로 돌아간 기분이었다.

요키는 쿵쿵 격렬하게 뛰는 심장을 진정시키고 어색하게 웃었다.

"마음에 들어?"

"응. 엄청."

"그래, 다행이네……. 배고프지? 지금 물고기를 구울게."

소녀는 문 앞에서 비키지 않았다. 망설이면서도 요키를 빤히 응시했다.

"왜 그래?"

"우리 집은…… 선물을 받으면 반드시 보답하는 게 관습이야. 뭐든 내가 해 줬으면 하는 게 있어?"

요키는 감동했다.

정말 성실한 아이다. 이렇게 어린데 히나보다도 사람을 대하는 예의를 알았다. 히나가 조금이라도 이런 배려를 알았다면, 자신은 지금 여기 있지 않았을 것이다.

요키는 북받치는 씁쓸함을 허둥지둥 삼키고, 고개를 끄덕였다.

"그럼 이름을 알려 줘."

"이름······."

"한동안은 같이 섬에서 지내야 하잖아. 최소한 이름은 알고 싶어. 기억할지 모르겠는데 나는 요키야."

이름을 묻자, 소녀는 잠깐 망설이다가 작게 입을 벌렸다.

"히나······. 내 이름은 히나."

요키가 정신을 차렸을 때는 이미 소녀의 목에 손을 뻗고 있었다.

가늘디가는 목이 볕에 탄 요키의 손아귀에 들어왔다. 살짝 힘을 주자 부드러운 피부 아래에서 피가 뛰는 맥박이 느껴졌다.

이대로 으스러뜨리면 얼마나 기분 좋을까.

요키의 전신에 미묘한 황홀감이 흘렀다.

그러나······.

"으윽······."

소녀의 괴로운 신음에 요키는 정신을 차렸다.

불에 덴 듯이 화들짝 놀라 손을 떼고 소녀에게서 떨어졌다. 경악한 소녀의 눈빛을 받자, 요키는 울고 말았다.

요키는 악몽을 꾼 아이처럼 엉엉 소리를 내며 울었다. 소녀는 그저 당황해서 요키를 바라볼 뿐이었다.

"정말 미안해!"

요키는 흐느끼며 바닥에 납작 엎드려 사과했다. 당연히 용서는 바라지 않았다. 그저 어떻게든 사과하고 싶었다.

"이름이…… 네가 히나와 이름이 같아서…… 정신이 나가 버렸어. 미안해. 저, 정말 미안해."

잠시 뒤, 작은 속삭임이 들렸다.

"요키가 아는 히나는 어떤 사람이야? 그 사람이 요키한테 무슨 짓을 했어?"

무슨 짓을 했느냐고? 히나가 무슨 짓을 했느냐고!

"나를 이곳에 보냈어."

요키는 오장육부를 쏟아 내는 기분으로 모든 것을 털어놓았다.

열두 제도 군주의 먼 친척인 젠이 선단을 이끌고 아와섬에 온다. 바다짐승의 배설물과 절인 생선을 사는 것이 목적이고, 일을 끝낼 때까지 며칠간 섬에 머문다고 한다.

요키는 소문을 들었을 때부터 영 예감이 안 좋았다.

젠은 평판이 나쁘다. 여자를 밝혀서 조금이라도 예쁘장한 여자가 있으면 배에 태운다고 들었다. 히나와 만나게 하면 안 된다. 그 남자가 섬에 있는 동안에는 히나가 밖에 돌아다니면 안 된다.

연인을 둔 남자라면 당연히 경계하고 불안할 상황이었다.

그러나 요키가 아무리 말해도 히나는 웃어넘겼다.

"바보 같은 소리 하지 마. 그분은 배를 다섯 척이나 소유한 선주님이야. 이런 초라한 어촌 마을의 여자를 상대하겠니?"

"그래도…… 조심은 해야지."

"그럴 필요 없다니까. 그보다 요키, 너 오늘 밤에는 가몬을 잡으러 다녀올래?"

"가몬?"

가몬은 아주 큰 물고기다. 낮에는 먼바다에 있다가 밤이 되면 바위가 많은 여울로 와서 먹이를 잡는다. 덩치는 큰데 조심성이 많아 어지간한 방법으로는 잡기 어렵다. 기다리는 데도 하룻밤은 꼬박 걸린다.

요키는 내키지 않았다.

"그건…… 귀찮은데."

"그러니까 비싸게 팔리잖아. 가몬을 잡아서 젠 님께 가지고 가. 부자들은 크고 보기 좋은 물고기를 좋아하니까 틀림없이 괜찮은 값에 사 줄 거야. 있지, 그러면 우리 혼례식도 훨씬 화려해지지 않겠어?"

히나가 귀에 입술을 대고 속삭이면 요키로서는 거부할 수 없었다. 혼례 자금을 모을 수 있다면 확실히 할 만한 일이다.

요키는 가몬을 잡으러 가겠다고 히나와 약속했다. 히나는 꽃처럼 예쁘게 웃으며 입을 맞춰 주었다.

그날 밤, 요키는 약속대로 가몬을 잡으러 갔다. 물고기 내장과 대

가리를 넣은 주머니를 바다에 던지고, 근처 바위에 몸을 숨겼다.

먹이 냄새에 끌려 가몬이 접근하면 풍덩풍덩 물소리가 달라진다. 그때를 기다려 작살로 잡는다. 가몬이 올 때까지 그저 기다려야 한다. 물고기와의 근성 경쟁이나 마찬가지다.

가몬잡이에 서툰 어부가 많은데, 요키는 잘하는 편이다. 히나의 미소를 떠올리면 어떤 일이든 견딜 수 있다.

다만 그날 밤은 이상하게 고기잡이에 집중할 수 없었다. 묘하게 가슴이 술렁였다.

히나다. 히나가 걱정이다.

너무 불안해서 중간에 고기잡이를 그만두고 히나의 집으로 갔다.

히나는 없었다. 어머니에게 물으니, 저녁쯤 나갔다는 것이다. 그것도 가장 예쁜 나들이옷을 입고.

"당연히 너한테 간 줄 알았는데? 히나도 그렇게 말했거든."

요키는 서둘러 항구로 갔다. 항구는 이 섬에서 유일하게 붐비는 곳이다. 가게도 제법 많고 술집도 있다.

젠의 배 다섯 척이 정박한 곳도 있다. 근처로 가자, 여자와 어울려 다니는 선원들이 많았다. 기분 좋게 노래하고 춤추고, 다정하게 몸을 기댄 채 돌아다녔다.

요키는 젊은 여자를 볼 때마다 뛰어가서 얼굴을 확인했다. 그러느라 동행한 남자들에게 욕을 먹고 몇 번은 얻어맞기도 했으나 상관없었다. 평소보다 더 활기 넘치는 마을을 돌아다니며 오로지 연인을 찾았다.

마침내 히나를 발견했다.

히나는 다리 위에 있었다. 그 옆에 덩치 큰 남자가 있었다. 살집이 두둑하게 붙은 몸에 은색 모피와 주황색으로 염색한 옷을 걸쳤다.

히나는 몸을 비틀며 남자에게서 벗어나려 했다. 그러지 못하게 남자의 손이 히나의 허리를 음흉하게 안았다. 굵은 손가락에 낀 여러 개의 반지가 천박하게 빛났다.

그 모습을 본 순간, 요키의 피가 역류했다.

요키는 남자에게 달려들어 히나에게서 떼어 놓았다.

"너, 무, 무슨 짓이냐!"

"도망쳐, 히나! 도망쳐!"

요키는 무아지경으로 남자를 때리며 히나에게 외쳤다.

남자가 못 움직이게 해야 한다. 히나를 안전한 곳으로 도망치게 해야 한다.

쓰러진 남자 위에 올라타 정신없이 주먹을 휘둘렀다.

간신히 남자의 움직임이 멎었다. 코가 뭉개지고 피가 튀었다.

요키는 비틀비틀 일어나다가 놀랐다. 당연히 도망쳤을 줄 알았던 히나가 여전히 있었다. 창백하게 질린 얼굴이 격렬한 분노로 바들바들 떨렸다.

"왜……."

히나가 거의 신음처럼 목소리를 짜냈다.

"히, 히나……?"

"무, 무슨 짓을 한 거야!"

히나가 비명을 지르더니 요키를 떠밀고 쓰러진 남자 곁에 달라붙었다.

"정신 차리세요! 젠 님!"

"히나…… 지금 뭐 해?"

"넌 정말 바보야! 미쳤어!"

상황을 파악하지 못한 요키에게 히나가 욕을 퍼부었다. 발갛고 사랑스러운 입술에서 증오와 악의 가득한 단어가 끝없이 흘러나왔다. 날카로운 말이 자신을 향하자 요키는 경악했다.

금방 사람들이 몰려와 요키를 붙잡았다. 히나는 말리기는커녕 "그 사람이 젠 님을 때렸어요! 붙잡아요! 재판을 받게 해요!" 하고 소리 높여 외쳤다.

그 이후로 많은 일이 질풍처럼 몰아쳤다.

요키는 재판 끝에 오 년간 등대지기 형을 받았다. 요키를 변호하려던 섬사람이 몇 명 있었으나 전부 관리의 압박에 굴복했다. 요키를 구하려는 자 중에 히나는 없었다.

그래도 요키는 희망을 놓지 않았다.

그때는 히나가 정신이 없었을 뿐이다. 나와 히나의 인연이 이렇게 끝날 리 없었다. 분명 지금쯤 나를 구하려고 분주하게 돌아다닐 것이다. 너무 무리하지 않아도 되는데. 그보다 만나러 와 주면 좋겠다. 오

년이나 못 만나니까 최소한 지금 그 사랑스러운 얼굴을 가슴에 새기고 싶었다.

안타까운 마음으로 계속 기다렸다.

등대섬으로 가기 전날 밤, 히나가 옥에 찾아왔다.

"히나! 무사했구나!"

"당연하지. 네가 때린 젠 님은 무사하시지 못했지만. 그렇게 때리다니, 정말 미쳤어. 지금까지 계속 곁에 붙어서 돌봤는데 이러다 죽으면 어떡하나 조마조마했어. 뭐, 직접 돌본 덕분에 나를 마음에 들어 하셨으니 다행이지만."

차가운 목소리와 눈빛에 요키는 당황했다.

이건 누구지? 내 소중한 히나는 이렇게 퉁명스러운 목소리를 내지 않아. 이렇게 냉정한 눈으로 나를 노려볼 리 없는데.

"히나……?"

"너도 참 멍청하다. 젠 님을 때려서 나를 지킬 생각이었어? 웃기지도 않아. 사람 귀찮게나 하고 말이야."

그렇게 히나가 독무대를 시작했다. 붉은 입술에서 요키를 향한 경멸과 원망, 섬을 향한 불만, 바깥 세계를 향한 동경과 야심이 차례차례 튀어나왔다.

무섭게도 그 전부가 히나의 본심이었다.

"우리 부모님은 너랑 내가 부부가 되길 바라나 본데, 나는 그럴 생각이 전혀 없거든! 이런 아무것도 없는 초라한 곳에서 보잘것없는

어부의 아내가 되느니 몇 년 뒤에 버림받더라도 돈 많은 남자의 애
인이 되는 게 훨씬 나아!"

히나는 마지막으로 젠과 함께 섬을 나간다고 말하고 깔깔 웃으며
떠났다. 추한 본성을 드러내 요키의 마음에 깊은 상처를 남기고서 요
키 앞에서 사라졌다.

"이게 내 과거야……."

요키는 이야기를 마치고 잔뜩 일그러진 미소를 지었다.

"연인인 줄 알았던 소꿉친구에게 보기 좋게 당한 멍청이지. 젠 님
께는 정말 죄를 지었어. 그분은 나쁜 사람이 아니었어. 천박하지만
악당은 아니었지. 나처럼 히나에게 이용당했을 뿐이야. 죽이지 않은
게 다행이지……."

"요키는 그 히나를 여전히 미워해?"

"물론이야."

히나의 본성을 안 순간, 요키 안에서 무언가가 죽었다. 믿었던 마
음이 가루가 되고 말았다. 죄인이 되어 외딴 섬에 갇힌 것보다도 그
때문에 더 용서할 수 없었다.

밉다. 미워 죽을 것 같다. 반드시 복수할 테다.

오늘날까지 그 결심을 곱씹으며 견뎌 왔다.

"그 녀석은…… 틀림없이 나를 벌써 잊었겠지. 새로운 삶을 시작
할 때마다 과거를 벗어던질 거야. 하지만 난 용납할 수 없어. 여길 나

가면 반드시 찾아내겠어."

찾은 뒤 어떻게 할지는 말하지 않았다. 작은 히나도 묻지 않았다.

"이제…… 알았지? 나는 죄인이야. 말 그대로 한심한 남자지."

푹 숙인 요키의 머리를 작은 히나가 가는 두 팔로 안았다.

"뭐, 뭐야……."

"요키는…… 죄인이 아니야. 조금 실수했을 뿐이야. 요키는…… 좋
은 사람이야."

"좋은 사람은 무슨. 나는…… 등대지기 역할도 제대로 못 했어. 네
배가 가라앉은 건 내 탓이야."

"아니야! 요키 때문이 아니야!"

"맞아. 나 때문이야. 그날 밤에 나는 다쳐서 계단을 올라가지 못했
어. 월린석의 장치를 돌리지 못했다고. 등대에 불을 밝히지 못해서
바다가 어두컴컴했어. 그래서 배가 가라앉은 거야."

요키는 그만하라면서 소녀의 팔을 풀었다.

"서로 이름을 알았고 내 죄를 밝혔어. 이제 충분하잖아? 부탁이니
까 더는 아무 말도 하지 마. 네가 고마워할 건 전혀 없으니까. 그래
도…… 혹시라도 내가 불쌍하면 가끔 이름을 불러 줘."

"알았어……."

소녀는 고개를 끄덕였다. 괴로운 표정이었으나 가만히 입을 다물
었다.

8

그날부터 소녀는 달라졌다. 요키의 이름을 친근하게 부르고 곁에서 떨어지지 않았다. 낚시를 하거나 게를 잡을 때도 나서서 도우려고 했다.

요키는 당혹스러웠다. 이유를 물어도 소녀는 그저 이렇게 대답할 뿐이었다.

"요키는 좋은 사람이니까."

이렇게까지 따르면 자연스럽게 정이 생긴다. 이러면 안 된다고 생각하면서도 요키는 소녀를 귀여워했다. 그만큼 헤어지기 괴로울 것을 알면서도 자제할 수 없었다.

동시에 알 수 없는 감동도 느꼈다. 연인인 줄 알았던 여자에게 배신당해 이미 마음이 부서진 줄 알았다. 그런데 여전히 누군가를 다정하게 대할 마음이 자신에게 남아 있었다니.

소녀와 마주하면 그저 청년 어부였던 시절로 돌아간 것 같았다. 점점 더 소녀가 사랑스러웠다.

그러나 모든 응어리가 사라지지는 않았다. 그 증거로 요키는 소녀를 도저히 '히나'라고 부르지 못했다. 이 아이와 그 히나를 똑같이 보고 싶지 않았다. 그래서 '작은 히나'라고 불렀다.

두 사람은 조금씩 대화를 나눴고 이윽고 함께 웃기도 했다.

밤에 요키가 등대 장치를 돌리려고 일어나면, 작은 히나도 꼭 일어나 주인을 따르는 강아지처럼 쫓아왔다. 둘이서 빛나는 월린석을 가만히 바라볼 때도 있었다. 마음이 편안해지는 행복한 한때였다.

단, 그런 시간은 영원하지 않았다.

마침내 보급선이 오는 날이 왔다.

그날 아침, 요키는 싫다는 히나를 데리고 모래사장으로 갔다. 이미 바다 저편에서 다가오는 배가 보였다. 배의 모습이 순식간에 커지더니, 갑판에서 바쁘게 움직이는 선원과 붉은 옷을 입고 뱃머리에 선관리의 모습도 또렷하게 보였다.

그들 역시 요키와 히나를 발견했다. 죄인이 혼자가 아니어서 경계하는지 갑판이 갑자기 시끌시끌해지더니 궁수들이 열을 맞춰 섰다.

묘하게 살기등등한 분위기로 배가 모래사장에 도착했다.

드디어 히나와 헤어지는 날이 왔다.

요키는 숨을 크게 들이쉬었다. 그러지 않으면 울어 버릴 것 같았다. 가슴이 아릿하게 아팠다. 힘든 이별이 되리라 각오했으나 설마 이렇게 괴로울 줄이야.

요키는 모래 위에 무릎을 꿇고 고개를 푹 숙인 채, 관리가 앞에 오기를 기다렸다. 한편, 작은 히나는 무릎을 꿇지 않았다. 매서운 눈으로 관리를 노려보았다.

모래를 밟으며 다가온 관리가 날카롭게 물었다.

"죄인 요키. 이게…… 어떻게 된 일이냐?"

"말씀드리겠습니다. 이 소녀는…… 대략 한 달 전 이 섬에 표류한 아이입니다. 타고 있던 배가 가라앉아 바다에 빠졌으나 이렇게 목숨을 구했습니다. 당연히 죄인이 아닙니다. 그러니 부디 아이를 데려가 주십시오. 이곳은 죄인을 위한 섬. 어린아이가 있을 곳이 아닙니다. 부디."

요키의 애원에 관리가 고개를 끄덕였다.

"그런 일이라면 당연히 데려가야지. 아이를 데려가마. 그런데 배가 가라앉았다니…… 이 해역에서 벌어진 일인가?"

"네. 제가…… 등대지기 역할을 소홀히 한 날에 가라앉았습니다."

관리의 표정이 순식간에 험악해졌다.

"네가 무슨 말을 하는지 아느냐?"

"네."

"이거 큰일이로군. 이번 일은 일단 돌아가 상부에 보고하겠다. 당연히 이대로 끝날 일은 아니야. 네 형기가 앞으로 적어도 오 년은 늘어날 것이다."

"네……, 알고 있습니다."

요키는 순순히 받아들였다.

작은 히나를 돌아보았다. 새파랗게 질린 소녀에게 어색하게 웃어 보였다.

"잘 가라. 건강해, 작은 히나."

작은 히나는 관리 쪽으로 밀려는 요키의 팔에 매달렸다. 죽을힘을 다한다는 말이 어울릴 정도로 힘이 셌다.

"싫어! 가기 싫어!"

"아이야. 그럴 수는 없다."

"싫어! 요키 곁에 있을 거야!"

무슨 말도 안 되는 소리냐며 관리가 소녀에게 손을 내밀었다. 그러자 작은 히나는 칼을 뽑아 관리의 손을 베려고 했다. 스치지도 않았으나 관리가 허둥거리며 뒤로 물러났다.

"무, 무슨 짓이냐!"

"안 가! 안 갈 거야, 절대로 안 가! 나는 요키랑 있겠어!"

"그자는 죄를 저질렀다. 네가 탄 배도 가라앉힌 자야. 추악한 죄인 곁에 있으면 너까지 더러워진다. 자, 어서 가자니까."

"싫어! 죄가 추악하다면 나도 추악해! 나도 죄인이니까!"

작은 히나는 놀란 요키와 관리에게 쩌렁쩌렁 큰 소리로 외쳤다.

"내가 배를 가라앉혔어!"

히나는 봇물이 터지듯이 고백했다.

"내가 키를 망가뜨렸어! 갑판에 몰래 숨어서 미리 주워 둔 녹슨 못을 꽂아서. 그 더러운 놈들이 자는 선실 문도 잠갔어. 그놈들은 죽어도 싸니까. 지금도 후회 안 해. 몇 번이고 똑같이 해 주겠어!"

자기가 배를 가라앉혔다고 반복해서 외치는 소녀. 무시무시한 기백과 분노로 이글거리는 눈빛에 관리가 비틀거리며 뒤로 물러났다.

"무슨…… 이런 부정한 것이 다 있나! 이런 못된 것은 데려갈 수 없다! 정화 주술을 걸지 않은 배에 절대 태울 수 없어. 해신이 분노하실 테니."

"하! 열두 제도 놈들이 해신에 대해 뭘 아는데? 아무것도 모르는 주제에!"

"네 이놈, 천벌을 받을 거다!"

관리가 작은 히나를 꾸짖고 넋이 나간 요키를 돌아보았다.

"이 아이는 다음에 데리러 오겠다. 그때까지 네가 감시해라. 추악한 죄인들끼리니 잘 지내겠지."

관리가 되는 대로 지껄이고 배로 돌아갔다.

배는 그야말로 도망치듯이 떠났다. 원래 방문 목적인 짐을 내리지도 않았으니 얼마나 당황했는지 짐작이 갔다.

요키는 떠나는 배를 쳐다보지도 않았다. 그저 놀라서 소녀를 바라보았다.

작은 히나가 배를 가라앉혔다니? 어쩌다 그런 무서운 일을? 게다가 사실이라면 어떻게 이리도 당당할까.

이유가 있겠거니 싶어 요키는 작은 히나에게 말을 걸었다.

"왜 배를 가라앉혔어? 배에 탄 사람들을…… 정말로 죽였어?"

"응."

"아니, 왜? 왜 그런 짓을 했어?"

작은 히나가 이를 으드득 악물었다.

"그놈들…… 나를 마을에서 납치했어. 내가 해신의 딸이니까."

"해신의 딸?"

"나는 바다를 모시는 사제야. 조수와 바람의 흐름을 읽고 바다짐승 세온과 대화하는 아이. 아주 드물게 이 세상에 태어나."

이런 이야기는 들은 적도 없었다. 요키는 말도 안 된다고 생각했다. 한편, 작은 히나는 어른스러운 눈빛이었다.

"이 바다에는 열두 제도만 있는 게 아니야. 바다도 하늘도 요키가 생각하는 것보다 훨씬 더 넓어."

"너……."

"내가 사는 지역에서는 누구나 해신의 딸에 대해서 잘 알아. 어느 날 그놈들이, 열두 제도 놈들이 장사하고 싶다면서 찾아왔어. 외부 사람이 찾아오는 일은 드무니까 모두 환영했어. 나도 환영의 증거로 세온을 불러서 그놈들에게 보여 줬어."

큰 실수였다. 그들이 작은 히나의 가치를 알아차렸다.

자유자재로 바다짐승을 다루고, 조수와 바람의 흐름을 읽는 소녀. 영해를 넓히려는 열두 제도 군주에게 바치면 합당한 대가를 받을 것이다.

그들은 어둠을 틈타 소녀를 납치했다. 그 과정에서 필사적으로 막으려는 소녀의 할머니를 죽였다.

"그때부터 절대 가만두지 않겠다고 생각했어. 하지만 짐칸에서 좀처럼 나올 수 없었어. 배 안에 갇혀 있었으니까 바다짐승을 부를 수 없었어. 그러다가 점점 고향에서 멀어지고 바다 냄새도 달라져서…… 무서웠어."

유괴범들은 자기 영역에 돌아와 마음이 놓였을 것이다. 소녀를 짐칸에서 꺼내 주었다. 밧줄로 묶지도 않았다. 주변은 망망대해다. 배에 태워 두면 도망치지 못할 것이다. 이렇게 소녀를 우습게 보았다.

얕잡아 본 결과, 그들은 목숨을 잃었다. 작은 히나는 아직 어렸지만 무시무시한 복수의 화신이었다.

해신의 딸은 조류를 읽어 그날 밤 파도가 거칠어지리라 예상했다. 그래서 키를 망가뜨려 배를 가라앉혔다.

"그러다가…… 너, 너도 죽는다는 생각은 못 했어?"

"생각했지만 그놈들을 가만둘 수 없었으니까. 그러니까 바다에 운명을 맡겼어. 바다는 나를 사랑해. 틀림없이 나를 안전한 곳으로 데려다주리라 믿었어."

실제로 소녀는 살아남아 작은 섬에 도착했다. 유일한 오산은 그 섬에 이미 요키라는 사람이 있었던 점이다.

정신을 차린 소녀는 요키를 쉽게 믿을 수 없었다. 이 사람 역시 바

239

깥 바다의 사람이다. 친절하게 돌봐 주면서 속으로는 자기를 이용할 흑심을 품었을 것이다. 그렇게 생각해 마침 발견한 하얀 칼을 움켜쥐었다.

소녀는 칼로 요키를 죽이려고 한 적도 있다고 괴롭게 고백했다.

"그때는 다른 사람이 너무 무서워서…… 잠든 요키의 목을 찌르려고 했어."

요키도 그날 밤을 떠올렸다. 칼날이 목에 닿는 꿈을 꿨다. 꿈이 아니라 진짜였구나.

사실을 알아도 이상하게 화가 나지 않았다.

"왜…… 그냥 죽이지 않았어? 나는 다쳤고, 깊이 잠들었어. 마음만 먹었으면 간단히 죽였을 텐데?"

이유를 묻자, 소녀가 눈물을 글썽였다.

"요키는 눈을 뜨지 않았어. 그냥 괴롭게 얼굴을 찡그렸어. 그 모습이 사람으로 보였어. 그놈들은 괴물로 보였는데 요키는 달랐어. 그래서 칼을 거둔 거야."

그래도 만약을 위해 언제든 싸울 수 있게 칼을 가까이 뒀다.

요키라고 이름을 댄 남자는 날카롭게 구는 소녀를 친절하게 대했다. 칼도 억지로 빼앗지 않았다. 그저 위험하다면서 칼집을 만들어 주었다. 조금씩이지만 믿어도 되겠다고 여겼다.

요키가 저지른 일을 전부 들은 순간, 확실히 알았다. 이 사람은 깨끗하다.

"깨끗하다고? 내가?"

요키는 웃으려고 했으나, 작은 히나의 표정은 진지했다.

"응. 요키의 영혼은 더러워지지 않았어. 아주 깨끗해. 사람을 때린 죗값도 이미 치렀잖아? 이제는 이 섬에 갇혀 있을 이유가 없어. 그러니까 나랑 같이 섬에서 나가자."

섬에서 나가자고?

그건 불가능했다. 요키는 안타까워하며 작은 히나를 바라보았다.

"무리야. 흘러온 나무로 뗏목을 만들어 봤자 이 바다는 거칠어. 멀리 가지도 못하고 산산조각이 날 거야."

"그런 건 필요 없어. 날 데리러 올 거니까."

작은 히나가 단호한 표정으로 바다를 가리켰다.

"지금까지 계속 부르고 있었어. 드디어 엊저녁에 소리가 닿았어. 곧 세온들이 나를 데리러 올 거야. 우리 일족의 배를 이끌고."

"……."

"요키를 여기서 데리고 나가겠어. 나는 그러려고 여기 남았어. 같이 가자, 요키. 내 고향에, 열두 제도 바깥 세계로 가자."

작은 히나가 내민 손을 요키는 바로 붙잡지 못했다. 다리가 떨려 지금 당장 쓰러질 것 같았다.

여기를 나갈 수 있어? 열두 제도 바깥으로 갈 수 있어? 생각해 본적도 없었다. 만약에 정말로 그럴 수 있다면……. 아니, 안 된다. 작은 히나는 내 죄가 얼마나 깊은지 모르니까 이런 말을 하는 것이다.

"나는…… 너를 죽이려고 했었어."

"알아. 하지만 그건 나도 마찬가지잖아. 나도 너를 죽이려고 했어. 나를 용서해 줘. 그리고 요키 자신도 용서해 줘."

작은 히나의 목소리는 다정했다. 아이답지 않게 자애로웠다. 여전히 흔들림 없이 손을 내밀고 있었다.

요키가 자기도 모르게 그 손을 잡으려고 했을 때였다.

여자의 끈적끈적한 목소리가 들렸다.

"어머나, 정말로 저런 아이가 하는 소리를 믿으려고? 개랑 같이 가면 다시는 열두 제도에 돌아오지 못할 텐데? 그러면 나랑 두 번 다시 못 만날 거야. 그래도 좋아? 그건 싫지? 너는 나 없이는 못 사니까."

"윽!"

히나의 환상이 나타나 요키의 몸에 팔을 감았다.

무겁다. 답답하다. 굵은 쇠사슬 같다.

안 돼. 이 섬에서 나가면, 이 여자의 환영도 데리고 나가는 셈이다. 안 된다, 안 된다.

역시 못 가겠다. 힘없이 아래로 떨어지는 요키의 손으로 작은 히나가 훌쩍 날아왔다. 마치 가라앉는 조각배를 붙들어 놓듯이 요키의 손을 단단히 붙잡고 요키의 눈을 바라보았다.

"지금 그 사람을 생각했지?"

"뭐?"

"나와 이름이 같은 사람. 요키가 증오하는 그 사람. 혹시 그 사람이 보이기도 해?"

"……."

"그 사람은 잊어. 그 사람을 계속 생각하면 요키는 영원히 죄인일 거야. 요키, 나를 히나라고 제대로 불러 주면 좋겠어. 작은 히나라고 부르지 말아 줘. 그러니까 잊어. 그 사람은 여기 두고 가. 괜찮아. 할 수 있어. 부탁이야, 제발 부탁이야!"

작은 히나가 요키에게 매달려 외쳤다. 요키를 환상 속 여자에게 건네지 않겠다고, 가느다란 팔에 힘을 주어 끌어안았다.

그런 소녀를 히나의 환상이 비웃었다.

"싫어라. 울기는. 아직 어린 주제에 눈물로 남자를 붙들려고? 정말 꼴불견이네. 요키. 너도 그렇게 생각하지? 흥, 무슨 짓을 해도 소용없어. 너는 날 절대 잊지 못하니까."

요키는 옆에서 하늘하늘 춤을 추는 히나를 혐오스럽게 노려보았다. 그때 작은 손이 뺨을 붙잡고 고개를 숙이게 했다.

소녀, 작은 히나가 있었다. 안타까운 눈빛으로 요키를 바라보았다. 요키의 영혼을 구하려는 눈빛이다.

갑자기 감정이 북받쳤다.

여기 두 명의 히나가 있다. 그중 한 명을 선택해야 한다.

요키는 작은 히나의 허리로 손을 내밀어 띠 대신으로 삼은 거친 밧줄에 꽂힌 칼을 뽑았다. 길고 하얀 칼. 정열과 영혼을 담아 히나를 위해 만든 선물.

놀라서 얼굴이 창백해진 소녀에게 요키는 처음으로 웃어 보였다.

"끝을 내자."

크게 팔을 휘둘렀다.

"요키!"

비명을 지른 것은 히나일까, 작은 히나일까.

귓가에 꽂히는 비명을 들으며 요키는 칼을 바다에 던졌다. 칼은 새처럼 날아가 파도에 삼켜졌다.

그 순간, 히나의 환상이 사라졌다. 동시에 몸을 옭아맨 '죄인'이라는 보이지 않는 사슬이 산산이 부서졌다.

자유로워진 몸으로 길게 기지개를 켠 뒤, 요키는 멍하니 선 소녀를 보았다.

"나를 데려가 줘⋯⋯, 히나."

히나가 환하게 웃었다. 요키가 처음 보는 반짝이는 웃음이었다.

그로부터 며칠 뒤, 소녀를 끌고 가려고 정화 의식을 치른 배가 섬을 찾았다. 그런데 섬에는 아무도 없었다. 소녀는 물론이고 원래 있어야 할 젊은 죄인도 없었다.

죄의 무게를 견디지 못하고 둘 다 바다에 몸을 던졌겠지.

선원들은 그렇게 추측하고 헛걸음을 했다고 투덜대며 돌아갔다.

요키와 히나. 두 사람은 어떻게 됐을까. 진실은 오로지 등대만이 알았다. 그러나 등대는 누구에게도 비밀을 알리지 않으리라. 다음 등대지기가 섬에 올 때까지 그저 조용히 잠들 뿐이었다.

그렇게…….

죄인의 등대는 잠들었다.

마녀의 딸——들

마을에 종이 울릴 때.

제프는 느긋하게 한숨을 내쉬었다. 만족스러운 한숨이었다.

올해도 밭농사는 풍작이다. 과수원에는 과일이 주렁주렁 맺혔고, 작년에 담근 술도 풍미 깊게 익어 갔다.

예년처럼 풍요로운 수확이다. 게다가 가족도 새로 늘었다. 사흘 전에 첫 아이가 태어났다.

제프는 작고 귀여운 딸이 세상 무엇보다 고귀해 보였다. 또 엄마가 되어 행복해하는 아내를 보면 뭐라 표현할 수 없이 감동적이었다.

그러나…….

제프의 마음속에는 두려움이라는 작은 씨앗이 자리했다.

우리 딸아이는 괜찮을까?

이 마을에 사는 사람이라면 누구나 똑같이 불안해할 것이다. 가족이 새로 생겼을 때, 특히 여자아이일 때는.

아니야, 괜찮다. 제프는 다짐하듯 생각했다.

그 일은 대체로 십 년에서 십삼 년마다 생긴다고 했다. 지난번부터 셈해 올해는 아직 구 년째다. 그러니 괜찮다. 우리 딸은 안전하다. 그렇지만 어느 집이라도 좋으니 빨리 다른 아기, 다른 여자아이가 태어나면 좋겠다. 그러면 딸을 이 풍요로운 마을, 이 풍요로운 토지에서 안심하고 행복하게 키울 수 있다. 한시라도 빨리 다음 아이가 이 마을에 태어나기를.

제프는 만족과 공포와 절망이 뒤섞인 마음으로 밭일을 마쳤다.

그때였다.

뎅, 뎅!

높고도 묵직한 종소리가 마을 쪽에서 들렸다.

순식간에 제프의 얼굴에서 핏기가 가셨다. 마을에는 종이 딱 하나뿐이고, 종이 울리는 이유 또한 하나뿐이다.

하지만, 아니, 설마.

제발 아니기를 가슴 아프게 바라며 제프는 북쪽을 보았다. 북쪽 언덕이 새까만 그림자로 뒤덮였다. 그 그림자 위로 똑바로, 붉고 가느다란 연기가 올라왔다.

봉화다. 피의 봉화다.

제프는 이번에야말로 숨이 막혔다.

어째서 지금이냐! 내 아내가 아이를 낳은 지금 봉화가 오른단 말인가! 불합리하다! 받아들일 수 없다! 아아, 어째서, 어째서!

말 그대로 눈앞이 새까매졌다.

정신을 차렸을 때, 제프는 마을에 있었다. 동네 사람들이 그를 둘러쌌다. 다들 얼굴이 창백했으나 눈빛만은 번뜩였다.

"알고 있어……."

제프가 갈라진 목소리로 중얼거렸다.

"알고 있어. 이건 규칙이니까……. 마을을 위해서야."

제프는 말을 마치고 자기 집으로 들어갔다.

아내가 방 안에서 갓난아기를 안고 있었다. 죽은 사람처럼 새파랗게 질린 얼굴로.

자기 얼굴 또한 창백하리라 생각하며, 제프는 아내가 안은 갓난아기에게 두 팔을 뻗었다.

"안 돼……, 안 돼애애애!"

아내가 절규했다.

1

키아는 반짝 눈을 떴다.

종이 울리고 있었다. 밤이 곧 다가온다고 알리는 소리였다.

어쩌면 좋아. 키아는 허둥지둥 일어났다.

이 시간이 될 때까지 밖에 있을 생각은 없었다. 자두를 배불리 먹고 기분 좋아서 그만 잠들고 말았다. 서둘러 저택으로 돌아가야 한다. 밤이 저 앞까지 왔다. 키아가 절대로 보면 안 되는 밤이.

키아는 정신없이 달려 마지막 종이 울리기 직전에 간신히 저택 안으로 뛰어들었다.

문을 닫자마자 철컹철컹 빗장이 내려오는 소리가 울렸다. 동시에 쇠와 떡갈나무로 만든 굵은 쇠창살이 산사태처럼 창 너머로 떨어지는 소리도.

저택은 순식간에 상자로 변했다. 아침이 올 때까지 절대 열리지 않는 튼튼한 상자다.

늦지 않았다고 생각하며 숨을 헐떡이는 키아에게 날카로운 목소리가 들렸다.

"키아."

고개를 들자 바로 앞에 엄마가 서 있었다. 아름다운 하얀 얼굴에 불쾌한 그림자가 드리웠고, 까만 드레스를 입고 꼿꼿이 선 모습이 평소보다 훨씬 더 커 보였다.

"오늘은 왜 이렇게 늦었니?"

평소에 엄마의 목소리는 달콤하고 애정이 가득 담겼다. 그러나 화가 났을 때는 손톱으로 금속을 긁는 것 같은 목소리로 변했다. 키아는 그 목소리가 너무 거북하고 두려웠다.

열한 살 소녀 키아는 몸을 움츠리고 변명했다.

"오늘은…… 날씨가 좋아서, 자, 자두가 달고 맛있어서…… 너무 많이 먹었더니 졸려서……. 죄송해요, 엄마. 앞으로 조심할게요. 두 번 다시 밖에서 낮잠을 자지 않을게요."

엄마가 사과하는 키아에게 스르륵 다가왔다. 거짓말하는 냄새가 나는지 확인하려는 듯이 키아의 몸에 얼굴을 대고 목덜미와 등의 냄새를 맡았다.

키아는 가만히 서 있었다. 싫어하면 안 된다. 엄마가 판단을 내릴 때까지 얌전히 있어야 한다.

잠시 뒤, 차가웠던 엄마의 눈에 평소처럼 애정이 돌아왔다. 엄마가 다정하게 미소를 지으며 타이르듯이 말했다.

"입도 손도 자두즙으로 끈적끈적한 것 좀 보렴. 정말 많이 먹었구나. 오늘 저녁을 먹을 수 있겠니?"

"먹을 거예요! 엄마가 해 주는 밥은 엄청 맛있으니까! 자두보다, 나무딸기보다 더!"

키아가 외치자 엄마가 더욱 환하게 웃었다.

용서를 받았나 보다. 키아는 속으로 안도했다. 앞으로는 조심해야 한다. 엄마를 화나게 하기 싫다.

"그럼 손을 씻고 오렴. 바로 저녁 먹을 거야."

"네, 엄마."

키아는 얌전히 손을 씻은 뒤 식당으로 갔다.

식탁에는 벌써 모락모락 김이 나는 진수성찬이 차려졌다.

참 신기했다. 엄마는 해가 뜬 동안에는 지하실에서 절대 나오지 않았다. 그런데 밤이 되면 순식간에 맛있는 음식이 잔뜩 차려진다.

키아는 지하실에 들어간 적은 없지만, 아마도 거대한 부엌이 있을 거라고 짐작했다. 방에서 나오지 않는 동안 엄마는 그 부엌에서 요리를 하는 것이 분명했다.

아무튼 키아는 그런 일에 굳이 신경을 쓰지 않았다. 이 저택에서 생기는 신기한 일을 일일이 세면 끝이 없었다.

키아는 자리에 앉자마자 음식을 먹기 시작했다. 자두를 먹어 배가 불렀지만, 열심히 먹으며 맛있다고 감탄했다.

엄마는 같이 밥을 먹지 않았다. 맛있게 먹는 키아를 행복하게 지켜볼 뿐이다. 늘 이러니까 키아도 이상하게 여기지 않았다.

이 넓은 저택, 오십 명은 넉넉히 살 황금 저택에는 키아와 엄마만 살았다. 단둘만의 생활에는 이런저런 규칙이 있는데, 키아에게는 당연한 일이어서 특이하다거나 이상하다고 생각하지 않았다.

이윽고 단 한 입도 더 못 먹을 정도로 배가 가득 찼다.

"엄마, 잘 먹었어요. 정말 맛있었어요!"

"그래? 기쁘구나. 오늘은 뭐 하고 놀았니? 저기 가서 느긋하게 들려주련?"

"네!"

키아는 얼른 일어나 엄마와 손잡고 거실의 넓고 긴 의자로 갔다.

폭신폭신한 모피가 깔린 긴 의자 위에 편하게 앉아 오늘 있었던 일을 엄마에게 들려주었다. 해가 얼마나 반짝였는지, 잘 익은 자두가 얼마나 맛있었는지, 흐드러지게 핀 쪽빛 꼬마새꽃이 얼마나 향기로웠는지, 최대한 자세히 들려주었다.

엄마는 늘 그랬듯이 키아의 이야기에 즐겁게 귀를 기울였다. 이야기가 다 끝나자 환하게 웃었다.

"어쩜, 키아 이야기를 들으니까 전부 다 엄마 눈으로 똑똑히 본 것 같아. 엄마를 즐겁게 해 줘서 고마워, 키아."

"더 있어요. 엄마, 더 듣고 싶어요?"

"그럼. 그래도 벌써 밤이 늦었구나. 슬슬 목욕해야지. 자, 이리 온."

엄마는 키아를 가볍게 품에 안고 욕실로 갔다.

욕조에는 벌써 따뜻한 물이 넉넉하게 채워져 있었고 향유의 향긋한 향이 났다.

엄마는 키아를 욕조에 앉히고 꼼꼼히 씻겼다. 부드러운 천으로 구석구석 문질러 오늘 하루 동안 생긴 때를 벗겼다. 키아는 엄마가 하는 대로 가만히 있었다.

피부에 향유가 스며들자, 엄마는 키아를 욕조에서 안아 올려 커다란 천으로 단단히 감쌌다. 머리카락과 몸의 물기를 닦고, 새하얀 잠옷으로 갈아입힌 뒤 다시 키아를 품에 안고 거실의 흔들의자로 갔다.

엄마는 키아를 무릎에 앉히고 의자를 흔들며 키아의 붉은 머리를 빗겨 주었다.

"네 머리는 너랑 똑 닮아서 말괄량이구나. 마르면 사방으로 뻗쳐서 전혀 말을 듣지 않아. 리본으로 묶어도 어느새 삐져나오니까 참 큰일이야."

엄마가 사랑스럽다는 듯이 속삭였다. 키아는 간지러워서 키득키득 웃었다.

엄마의 머리카락은 새까맣고 아주 예뻤다. 윤기가 흐르고 풍성하게 길어서 만져 보면 제법 묵직했다. 키아는 자기도 엄마처럼 머리가 까마면 좋겠다고 바랐다. 하지만 굳이 말하지 않았다. 예전에 한 번 말했다가 엄마가 너무 슬픈 표정을 지었기 때문이다.

엄마를 화나게 하기 싫다. 슬프게 하는 건 더 싫다.

키아는 엄마의 웃는 얼굴이 좋았다. 엄마가 꼭 안아 주면, 엄마를 향한 애정으로 가슴이 벅차올라 너무 행복해서 괴로울 정도였다.

그래서 키아는 조금 답답해도 밤마다 어떤 의식처럼 치르는 모든 일을 얌전히 따랐다.

머리를 다 빗긴 뒤, 엄마가 키아를 다시 안았다. 마치 갓난아기처럼 두 팔로 안고 키아의 얼굴을 가만히 들여다보며 노래를 불렀다.

잘 자렴, 잘 자렴, 황금 저택의 공주님
눈을 꼭 감으면 곧 아침이란다
아침과 낮은 전부 네 것이야
금으로 만든 장난감, 은으로 만든 종
천 개의 과일, 만 송이의 꽃
엄마는 우리 공주님을 위해
그 전부를 여기 모았단다
그러니 얼른 푹 잠들렴
밤은 절대 보면 안 된다
밖에 나가면 위험하단다
잠이 공주님을 지켜 줄 거야
가시나무 울타리도 지켜 줄 거야
가시나무 너머로는 가면 안 된다
모두 너를 지키기 위해서야

잘 자렴, 잘 자렴, 황금 저택의 공주님

이 노래를 들으면 자기 싫어도 졸음이 몰려와 눈꺼풀이 납처럼 무거워졌다. 조금 더 깨어 있고 싶은데 몸이 말을 듣지 않았다.

그날 밤도 키아는 엄마 품에서 잠들었다.

다음 날 아침, 키아는 이 층의 자기 침대에서 눈을 떴다.

쇠창살이 이미 올라가 커튼 틈새로 햇볕이 들어왔다. 오늘도 날이 화창하겠다.

키아는 옷을 갈아입고 일 층 식당으로 내려갔다. 식탁에는 빵과 치즈, 우유와 달콤한 사과 잼이 차려졌다. 양이 많은 이유는 점심도 포함이기 때문이었다.

엄마는 없지만, 이 역시 늘 그렇다.

아침과 낮, 즉 하늘에 해가 뜬 동안에 엄마는 지하에 있는 방에 있었다. 같이 아침 햇살을 받으며 정원을 걷고 꽃과 과일을 따면 정말 좋겠지만, 이 또한 규칙 중 하나였다.

규칙은 반드시 지켜야 한다고, 어려서부터 가슴에 똑똑히 새겼다.

철이 들기 전부터 엄마에게 매일같이 들었다.

가시나무 울타리 너머로는 가면 안 된다.

낮에 엄마가 지하실에서 자는 동안에는 자유롭게 놀아도 되지만,

밤이 되기 전에 꼭 저택으로 돌아와야 한다.

밤에 잘 때까지 엄마 곁을 떠나면 안 된다.

지하실에는 절대로 가면 안 된다.

엄마는 네 가지 규칙을 들려주고 나면 키아에게 꼭 이렇게 말했다.

"이 규칙을 지키는 한, 네 행복을 지킬 수 있어. 만약 하나라도 깨트리면 전부 무너진단다."

지금은 규칙을 자장가로 만들어 키아에게 들려주었다.

키아는 당연히 규칙을 어길 마음이 없었다. 풍요롭고 만족스러운 하루하루가 정말 행복하니까.

아침을 급하게 먹은 뒤, 키아는 얼른 밖으로 나갔다. 예상대로 오늘도 날이 화창했다. 그리고 정원은······.

"우아, 예쁘다!"

키아는 환성을 질렀다. 정원이 어제와 전혀 달랐다.

어제는 물방울 국화와 하늘색 초롱꽃 같은 파란 꽃이 활짝 폈었는데, 오늘은 노란색과 흰색 꽃으로 뒤덮였다. 저택을 에워싸듯이 자란 오십 그루 가까운 과일나무도 자두에서 체리로 바뀌었다.

이것도 신비로운 일 중 하나였다. 정원은 매일 모습을 바꾸며 키아를 기쁘게 해 주었다.

키아는 정원을 뛰어다니며 노랗고 하얀 꽃을 한 아름 따고, 체리를 잔뜩 따 우물우물 먹었다. 빨간 체리가 잘 익어서 아주 달았다.

오늘 하루도 멋지겠다. 키아는 즐겁게 웃었다.

새로운 것을 찾으러 돌아다니다가 어느새 저택 부지 끄트머리에 너무 가까이 갔다.

그 사실을 깨달았을 때는 가시나무 울타리가 바로 앞에 보였다.

울타리라고 하지만, 우뚝 선 벽이라고 해도 맞았다. 가시나무 울타리가 저택보다 더 높게 자라 저택과 정원을 쭉 에워쌌다. 틈 사이로 봐도 너머가 보이지 않았다. 그 정도로 빽빽하게 얽혀 있었다.

탁한 은색으로 빛나는 가시나무. 줄기도 굵어서 보기에도 단단하며, 키아의 손가락보다 길고 뾰족뾰족한 가시가 났다. 딱 한 번, 호기심에 만져 봤다가 순식간에 손가락에 구멍이 뚫렸고 엄마에게 실컷 혼나기까지 했다.

끔찍했던 그때 그 기분이 생각나 키아는 얼른 가시나무 울타리에서 돌아섰다.

매일 새롭고 신선하지만, 절대 변하지 않는 것도 있었다.

그게 바로 여기 황금 저택이다.

2

그날 아침, 키아는 침대에서 눈을 떴다. 잠에서 깨자마자 평소와 다른 소리를 들었다.

아, 빗소리가 들렸다. 그렇다면 오늘은 정원에서 놀지 못하겠다.

그래도 실망하지 않았다. 비 오는 날에는 비 오는 날만의 즐거움이 있었다.

키아는 급하게 옷을 갈아입고 식당으로 갔다. 아침과 점심이 차려졌고, 역시 예상대로 예쁜 리본으로 묶인 작은 상자가 있었다.

엄마는 비 오는 날이면 키아가 지루해하지 않도록 늘 새로운 장난 감을 준비해 주었다. 어떤 날은 커다란 인형이었고, 어떤 날은 아름다운 색이 잔뜩 있는 물감이었다.

오늘은 뭘까? 키아는 들떠서 상자를 열었다.

반질반질한 유리구슬이 가득 들어 있었다. 색색의 유리구슬이 마치 보석 같아서 키아는 황홀했다.

정말 멋있다. 엄마가 일어나면 꼭 고맙다고 해야지.

키아는 아침도 먹는 둥 마는 둥 하고, 유리구슬을 안고 거실로 갔다. 거실은 저택에서 가장 넓고 바닥도 매끄러워서 유리구슬을 가지고 놀기 좋았다.

키아는 빗소리를 들으며 놀기 시작했다. 거실 전체에 유리구슬을 뿌리고 손가락으로 튕겼다. 데굴데굴 구르는 소리가 듣기 좋았고, 반짝이는 유리구슬은 마법 같은 매력이 있어서 도무지 질리지 않았다.

그런데 점심때가 되기 전, 튕긴 구슬 하나가 갑자기 사라졌다.

"어라?"

키아는 놀라서 구슬이 사라진 곳으로 달려갔다.

바닥에 작게 구멍이 뚫렸다. 그 안으로 유리구슬이 떨어졌나 보다. 손가락을 넣어 더듬었으나 손끝에 닿는 게 없었다.

키아는 어떡하나 고민했다.

포기할까? 안 된다, 예쁜 하늘색 유리구슬이었다. 그 색은 하나밖에 없으니까 꼭 되찾고 싶었다.

키아는 다시 한번 구멍에 손가락을 넣어 보았다. 그러다가 놀랐다. 구멍이 뚫린 마루판이 살짝 움직이는 게 아닌가.

이대로 잡아당겨서 마루판을 들면 유리구슬을 주울 수 있겠다. 벗겨 낸 마루판은 나중에 엄마한테 말해서 고치면 된다.

키아는 마루판을 쑥 당겨 보았다. 그다지 힘을 주지 않았는데도 들렸다. 원래 헐거웠나 보다.

키아는 안심하며 훤히 드러난 바닥 밑을 살폈다. 저 안쪽에서 하늘색 유리구슬이 반짝였다. 그 뒤로 잘 접힌 하얀 종이가 보였다.

저건 뭘까? 호기심을 느낀 키아는 유리구슬과 함께 종이도 잡아 꺼냈다. 마루판을 원래대로 끼운 뒤, 주운 종이를 펼쳤다.

"어?"

종이에 여자와 소녀의 모습이 그려져 있었다. 아마도 아이가 그린 것 같았다. 그림체나 물감을 뭉개듯 칠한 방식이 아이 솜씨였다.

그래도 여자 쪽은 보자마자 엄마인 줄 알았다. 길고 까만 머리와 까만 드레스. 목 부분에 늘 다는 초록 보석 브로치도 있었다.

틀림없었다. 이건 엄마였다.

그런데 이 소녀는 누구일까?

키아는 그림 속 소녀를 뚫어지게 살폈다. 초록색 옷을 입었고, 머리카락은 짧고 노랗다. 아무리 봐도 키아가 아니다. 키아의 머리는 더 길고 불꽃 같은 붉은색이다.

도대체 무슨 일인지 모르겠다. 키아는 혼란스러웠다.

이 저택에 사는 아이는 키아뿐이다. 그런데 그림 속 엄마는 다른 소녀와 손을 잡고 있었다. 아니, 소녀의 손을 억지로 움켜쥔 것처럼 보였다. 왜냐하면 엄마가 웃고 있지 않으니까. 눈초리도 올라갔고, 입도 화가 난 것처럼 뾰족했다. 소녀 역시 화가 난 표정이었다.

왠지 마음이 불안해지는 그림이다. 누가 그렸는지 알고 싶어 미치겠다.

이 그림을 그린 아이와 만나 이야기를 듣고 싶었다. 엄마에게 이 아이가 누구인지 물어볼까?

키아는 바로 생각을 바꿨다.

안 된다. 엄마에게는 아무것도 물어보면 안 된다. 이 그림을 발견한 것도 비밀로 해야 한다. 예전에 몇 번인가 용기를 내 물어본 적이 있었다. 이 저택에는 다른 사람이 오지 않느냐고. 만약 누구든 드나드는 사람이 있으면 초대하고 싶다고.

그럴 때마다 엄마는 불쾌한 티를 냈다.

'이 황금 저택은 너와 엄마를 위한 곳이야. 다른 사람이 들어오면 이곳이 더러워져. 그러니까 안 돼. 이곳은 보호를 받는 곳이니까. 우리만을 보호해 주는 곳에 왜 다른 사람을 들여야 하니? 너, 엄마가 곁에 있는 것만으로는 불만이니?'

키아는 날카로운 쇠붙이처럼 뾰족해졌던 엄마의 목소리를 떠올리며 부르르 떨었다.

이유는 모르겠지만, 엄마가 다른 사람을 싫어하는 것만은 확실했다. 다른 여자아이가 그린 그림을 보여 주면 틀림없이 또 화를 낼 것이다. 키아에게서 그림을 빼앗아 갈기갈기 찢을지도 몰랐다.

그건 싫었다.

키아는 이 그림을 지키고 싶었다. 불길한 그림이지만 왠지 흥미로웠다. 그래서 숨겨 두기로 했다.

엄마에게 비밀을 만들다니 가슴이 뛰었다. 공포와 불안, 그리고 나쁜 짓을 한다는 알 수 없는 달콤함을 느꼈다.

키아는 남은 반나절 동안 유리구슬은 건드리지도 않고 그림만 들여다보았다.

그린 사람이 누구든 엄마를 잘 아는 사람인 것 같았다. 특징을 잘 잡았고, 분위기도 딱 엄마였다.

그래서 오싹했다.

그림 속 엄마는 금발 소녀에게 화가 난 것 같았다. 이 아이는 도대체 무슨 짓을 했을까? 또 만약 정말로 이 아이가 존재한다면 지금 어디에 있을까?

의문이 꼬리를 물었다.

너무 집중한 나머지, 점심을 먹는 것도 깜박했다. 퍼뜩 정신을 차렸을 때는 실내가 벌써 어둑어둑했다.

곧 밤이 온다. 키아는 허둥지둥 일어났다. 바닥에 놓인 유리구슬을 걸어차며 이 층 자기 방으로 뛰어갔다.

숨겨야 한다. 엄마가 지하실에서 나오기 전에 숨겨야 한다.

바로 베개가 떠올랐다. 거기라면 엄마가 의심하지 않을 것이다.

베개 아래에 그림을 잘 감추고, 키아는 서둘러 거실로 뛰어갔다.

계단을 내려오는데, 저택 꼭대기에 달린 종이 울리기 시작했다. 밤이 온다고 알리는 종소리였다.

종소리가 끝남과 동시에 저택의 모든 창문에 쇠창살이 내려오고,

문에 빗장이 걸리는 소리가 울렸다. 저택이 다시 튼튼한 상자로 바뀌었다.

그때 키아는 이미 거실에 있었다.

유리구슬을 가지고 노는 데 푹 빠진 척하자, 옷자락 스치는 소리와 함께 엄마가 거실로 들어왔다.

"키아, 여기 있었구나?"

"아, 엄마."

키아는 환하게 웃었다.

"오늘은 재미있었니?"

"네, 무지무지. 유리구슬 고마워요! 재미있어서 점심 먹는 것도 깜박했어요."

"어머, 그러니? 기뻐하니까 엄마도 좋다. 자, 이리 온. 저녁을 준비했어. 점심을 안 먹었으니까 그만큼 든든히 먹어야지."

"네."

진한 스튜와 파이를 허겁지겁 먹고, 키아는 평소처럼 엄마에게 오늘 있었던 일을 이야기했다. 엄마는 종일 유리구슬을 가지고 놀았다는 키아의 거짓말을 전혀 의심하지 않았다.

곧 욕실로 가 목욕을 했다. 머리를 빗으며 조금 더 수다를 떨었다. 그러는 동안에도 키아의 마음속에서 두 가지 생각이 아웅다웅했다.

비밀을 숨긴다는 죄책감. 비밀이 생겼다는 우월감.

그림 이야기를 털어놓고 싶은 감정이 앞서다가도 그러면 안 된다고 마음을 다잡았다.

그래서 엄마가 자장가를 부르기 시작하자 마음이 놓였다.

잠으로 도망치면 금방 아침이 왔다. 내일이 되면 이 기분도 조금은 진정될 것이다.

키아는 다른 때보다도 순순히 자장가에 몸을 맡겼다.

그때, 키아는 상상도 못 했다.

그날 꾼 꿈이 자기 운명을 바꾸리라고는…….

3

"얘, 얘! 일어나."

낯선 목소리가 말을 걸어서 키아는 잠에서 깼다. 눈을 뜨고 깜짝 놀랐다.

사방에 하얀 안개가 깔렸다. 안개 때문에 앞이 뿌옇게 보였다. 풍경은 전혀 보이지 않았고 둥실둥실 사람 그림자 같은 게 조금씩 흔들거리는 모습만 어렴풋했다.

키아는 안개 속에서 은으로 만든 커다란 의자에 앉아 있었다. 눈앞에는 처음 보는 소녀가 서 있었다. 그 아이의 모습만 또렷하게 보였다.

키아보다 조금 어려 보였다. 짧은 머리는 보리 이삭처럼 노랗고, 고집 세 보이는 얼굴에는 주근깨가 가득했다. 파란 눈에는 언뜻 분노가 어렸고, 꾹 다문 입매에서도 강한 의지가 엿보였다.

애는 그 아이다. 키아는 깜짝 놀랐다.

그 그림 속 여자아이! 왜 여기에 있지? 아하, 이건 꿈이구나. 꿈을 꾸는 거다.

상황을 파악한 키아는 소녀를 말똥말똥 살폈다. 꿈인 줄 알아도 심장이 쿵쿵 뛰었다. 용기를 내 말을 걸었다.

"너는 누구야?"

"나는 키아야."

"키아는 내 이름인데?"

"맞아. 너는 여덟 번째 키아. 나는 일곱 번째 키아야. 너보다 전에 이 황금 저택에 살았던 키아야."

무슨 말도 안 되는 소리람? 키아는 웃음을 터트렸다.

이 황금 저택은 엄마가 키아를 위해 지었다. 엄마가 말해 줬다. 나 이외에 다른 아이가 살았을 리 없었다.

키아가 이렇게 주장했으나, 노란 머리 소녀가 고개를 저었다.

"그 말은 반은 맞고 반은 틀려. 그 사람은 분명히 키아를 위해 이 저택을 지었어. 다만 키아는 지금까지 몇 명이나 있었어. 나와 너 이외에도. 여긴 은신처야."

소녀가 나이에 어울리지 않게 어른스러운 말투로 말했다.

"마녀가 아이를 키우는 은신처. 단, 아이는 매번 달라져. 너무 성장한 아이, 너무 똑똑한 아이, 너무 반항적인 아이는 계속 처분했으니까. 그러면 또 새로운 아이를 데리고 오지. 나는 일곱 번째였어. 키아,

너는 여덟 번째야."

"마녀라니…… 엄마 말이야? 그만해! 자꾸 그렇게 말하면 가만 안둘 거야!"

키아가 화를 내자, 소녀가 안타깝다는 듯이 바라보았다.

"그 사람을 모르니까 지금처럼 감싸는 거야. 하지만 나는 알아. 줄곧 알고 있었어. 그 사람이 진짜 엄마가 아니라는 것도, 내가 마을에서 바쳐진 제물이라는 것도."

"마을? 마을이 뭐야?"

"사람이 많이 모여 사는 곳. 너랑 나는 거기서 왔어. 우리는 마을에서 태어났어. 나한테는 진짜 엄마와 아빠, 그리고 오빠도 둘 있었어. 하지만 마을에 종이 울렸어. 마녀가 아이를 원한다고 알리는 신호지. 갓난아기였던 내가 제물로 뽑혀서 이 황금 저택에 오게 된 거야."

"거짓말이야!"

키아가 외쳤다.

"그걸 어떻게 믿어! 왜, 왜냐하면 그게 사실이라면, 네가 갓난아기 때잖아? 가, 갓난아기가 그런 걸 알 리 없잖아!"

"아는 게 아니야. 기억하는 거지."

소녀의 눈빛이 깊어졌다.

"나는 조금 특별해. 나는 태어난 날에 있었던 일도 기억하거든. 진짜 엄마의 품도, 아빠의 턱수염 모양도. 주변에서 어른들이 대화하던 소리까지 전부 다. 내가 제물이 되어 황금 저택에 갈 때 하늘에 날아

270

다녔던 제비 세 마리도 기억해. 진짜 이름을 빼앗기고 마녀에게 키아라는 이름을 받은 그 순간도. 나는 그런 아이였어, 여덟 번째. 그러니까 마녀를 엄마라고 부르는 게 끔찍하게 싫었어. 진실이 뭔지 다 기억하니까……. 내가 자기를 따르지 않자 마녀는 점점 화를 냈어. 눈에 증오가 이글거리는 게 보였어."

"……그래서? 어떻게 됐어?"

키아가 숨을 죽이며 묻자, 소녀가 슬프게 웃으며 손을 내밀었다.

"나를 받아들여 줘, 여덟 번째. 내 존재를 믿어 줘. 그러면 보여 줄게. 내가 어떻게 죽었는지."

키아는 불현듯 이해했다.

그래, 이 아이는 꿈이나 환상이 아니다. 죽은 사람이다. 이미 이 세상에 없는 아이다. 그런데도 이렇게 키아 앞에 있다. 무언가 전하고 싶어서.

소녀의 제안에서는 위험한 냄새가 났다. 그래도 알고 싶은 호기심을 이길 수는 없었다.

키아는 숨을 들이쉬고, 소녀의 손을 잡았다.

순간 신기한 일이 벌어졌다.

마치 물이 스며들 듯이 키아 안에 소녀가 스며들었다.

어느새 키아는 일곱 번째 키아가 되어 황금 저택에 있었다.

키아는 항상 화가 났다. 분노는 키아의 친구이자 동료였다.

이 저택에 온 지 구 년 육 개월과 이틀이 지났다. 그러나 단 하루도 이곳에서 생활이 기뻤던 적이 없었다. 기억이 기뻐하게 두지 않았다.

키아는 마을에서 속삭이던 이야기를 들어 전부 알고 있었다. 마녀가 지금까지 아이를 몇 명이나 빼앗았는지를. 그 아이들은 지금 이곳에 없었다. 그 말은 이제 세상 어디에도 없다는 거겠지.

아이들에게 어떤 일이 생겼는지, 앞으로 자신에게 어떤 일이 생길지, 키아는 일찌감치 알았다.

좀 더 약삭빠르게 굴면 좋았겠지만, 이미 늦었다. 도저히 참을 수 없었다. 황금 저택에 끌려오던 날, 울부짖던 가족의 모습이 머릿속에서 사라지지 않는다.

원망과 분노는 반항심이 되어 마녀에게 향했다. 키아는 마녀가 자기를 쓰다듬거나 건드리지 못하게 했다. 머리를 짧게 자른 것도 매일 머리를 빗겨 주는 손길이 싫어서였다.

그런 일이 반복되자, 마녀가 키아에게 품은 애정도 점차 사라졌다. 요즘에는 잘 웃지도 않았고, 눈동자에서 언뜻 증오가 보였다. 그래도 키아는 계속 반항했다.

키아에게 남은 시간은 길지 않을 것이다. 열심히 생각해 보았으나 도망칠 방법은 찾지 못했다. 그래도 이렇게 손 놓고 있기는 싫었다.

키아는 지금이 아니라 미래를 생각했다. 마녀는 자기 다음에도 또 아이를 데려올 것이다. 그 아이 역시 똑같은 운명을 겪는다고 생각하면 참을 수 없었다.

그래서 키아는 그림을 그렸다. 자신과 마녀의 그림을 여러 장 그려서 저택 여기저기에 숨겼다.

다음에 올 키아에게 자신이 여기에 있었다는 사실을 알리고 싶었다. 이곳이 위험하다는 사실도 알려야 했다. 가능하면 도망치길 바랐다. 자신이 찾지 못한 도망칠 방법을 그 아이가 찾아 주기를 바랐다.

오로지 그것만을 바랐다.

마침내 마지막 밤이 왔다.

그날 밤, 마녀는 유난히 우아하게 꾸몄다. 가슴에는 에메랄드가, 손가락에는 루비가 반짝였고, 한층 더 키가 크고 냉혹해 보였다.

그 모습을 본 순간, 키아는 깨달았다. 드디어 그날이 왔구나.

둘은 매섭게 서로를 노려보았다. 키아는 증오를 담아, 마녀는 의문과 약간의 망설임을 담아.

먼저 입을 연 쪽은 마녀였다.

"키아……. 도저히 착한 아이가 될 수 없겠니?"

"나는 키아가 아니야."

이게 마지막이니까, 키아는 줄곧 하고 싶었던 말을 했다.

"내 진짜 이름은 아이라야."

"……그래. 역시 너는 내 딸이 아니었구나."

마녀가 얼굴을 찡그리더니 손을 높이 들었다. 손가락에 낀 루비 반지가 불길하게 번뜩였고, 다음 순간 키아의 심장이 멎었다.

"아아아아악!"

키아는 자기가 지른 비명을 듣고 정신을 차렸다.

심장이 쿵쿵 소리를 낸다. 움직인다. 아직 멈추지 않았다. 죽지 않았다.

안도한 뒤에야 겨우 자신이 누구인지 떠올렸다.

나는 그 아이가 아니다. 아이라라는 진짜 이름을 기억한 일곱 번째 키아가 아니다.

"맞아. 너는 여덟 번째 키아야."

내면에서 일곱 번째의 목소리가 들려 키아는 또 비명을 질렀다.

"키, 키아?"

"응. 일곱 번째의 키아지. 지금 네 안에 스며들어 있어."

"시, 싫어. 내 몸에서 나가!"

"안 돼. 그러면 전부 무의미해지니까. 너를 구할 수 없는걸."

"나를 구한다고?"

눈이 휘둥그레진 키아에게 일곱 번째의 목소리가 슬프게 들렸다.

"나는 일곱 번째고 너는 여덟 번째야. 이게 무슨 의미인지 정말 모르겠어?"

"……."

"마녀는 늘 아이를 원해. 귀여워하고 오냐오냐할 수 있는 아이를. 그런데 그 아이는 절대 어른이 되지 못해. 언젠가는 너도 죽을 거야, 여덟 번째."

"무슨…… 어, 엄마가 나를 죽일 리 없어! 거짓말이야!"

"내 말이 거짓말 같으면 다른 아이들 이야기도 들어 봐. 여섯 명이 더 있으니까."

그 말을 듣고, 키아는 놀라 주위를 둘러보았다. 안개를 뚫고 희미하게 그림자가 보였다. 정말로 여섯 명이 있는 것 같았다. 하지만 불러도 이쪽으로 다가오지 않았다. 이쪽에서 다가가고 싶어도 다가갈 수 없었다.

"이대로는 안 돼, 여덟 번째."

"나, 나보고 어쩌라고?"

"조각을 찾아, 여덟 번째 키아."

일곱 번째 키아가 속삭였다.

"조각이라니?"

"우리가 여기에 살았다는 증거야. 너는 나를 발견했지. 내가 그린 그림을. 그러니까 내가 말을 걸 수 있었어. 이렇게 네 안에 들어와 힘이 될 수 있어. 하지만 나 혼자로는 부족해. 모두가 필요해."

"……."

"마녀는 새로운 아이를 데려오기 전에 늘 저택을 깔끔하게 청소해. 저번 아이가 쓰던 장난감이나 옷을 전부 버려. 그 아이의 흔적을 전부 다 지워. 하지만 마녀가 모르는 조각이 남아 있어. 전부 이 저택에 있어. 그걸 찾아내야 해. 하나를 찾을 때마다 새로운 진실을 알게 될 거야."

키아는 숨이 막혔다.

일곱 번째 키아의 말이 거짓말 같지는 않았다. 다만 진실이라고 믿기에는 엄마를 향한 사랑이 깊었다.

엄마가 언젠가 나를 죽인다고? 그런 일이 생길 리 없잖아. 하지만 일곱 번째 키아를 향해 손을 휘둘렀던 엄마의 얼굴은 무섭도록 냉혹했다. 뭐가 진실인지 모르겠어, 뭘 믿어야 할지 모르겠어!

단, 이것만은 알겠다. 키아는 아직 모르는 것이 많았다. 전부 알기 전에는 답을 찾을 수 없었다.

키아는 식은땀을 흘리며 결국 고개를 끄덕였다.

"알았어. 찾을게."

그러자 둥실둥실 안개 사이로 한 사람의 그림자가 다가왔다.

바로 근처까지 왔으나 연회색 그림자는 윤곽이 너무 흐릿했다. 그런데 그 손이 키아에게 닿은 순간, 머릿속에 빛처럼 내리꽂히는 것이 있었다.

"다락방……?"

중얼거린 순간, 키아는 눈을 떴다.

키아는 침대에 누워 있었다. 꿈에서 깼고 평소처럼 아침이 왔다.

4

키아는 침대에서 일어나고서도 좀처럼 움직이지 못했다.

꿈에서 겪은 일도 일곱 번째 키아가 한 말도 그 아이가 되어 맛본 분노와 기억도 전부 또렷하게 기억했다. 아무리 생각해도 단순한 꿈이 아니었다.

"하지만, 베개 밑에 그림을 넣었으니까 그런 꿈을 꾼 거 아닐까?"

그림을 한 번 더 보려고 베개를 들었다가 놀랐다.

그림이 잘게 찢어져서 거의 산산조각이 나 있지 않은가.

엄마가 발견해서 찢었을까? 아니다. 엄마라면 여기에 두지 않고 가지고 나가 태워 버렸을 것이다.

자세히 보니, 그림에는 엄마 모습만 남았고 노란 머리 여자아이는 사라졌다.

일곱 번째 키아가 사라졌다. 그렇다면 꿈에서 본 대로 자신 안에 스며들었다는 뜻일까?

키아는 덜컥 겁이 나 조각이 난 그림을 주워 모아 창밖에 버렸다. 종잇조각은 바람을 타고 순식간에 사라졌다.

그림이 사라져도 여전히 불안하고 갈피를 못 잡겠다. 오늘은 날씨가 좋지만, 나가 놀 기분이 아니었다.

문득 다락방에 가고 싶다는 생각이 들었다.

다락방은 아무것도 없는 작은 방인데, 딱 하나 있는 둥근 창으로 빛이 들어와 분위기가 왠지 비밀스럽다. 지붕을 걷는 까마귀 발소리가 들릴 때도 있어서 키아가 좋아하는 곳이다.

이상하네, 꼭 거기에 가고 싶어.

키아는 일단 식당에 가서 아침으로 차려진 빵에 치즈를 끼우고, 사과를 주머니에 넣었다. 곧장 다락방으로 올라갔다.

다락방은 여전히 신비로운 분위기였다. 밝으면서도 어딘지 어두컴컴하고, 조용한데 비밀스러운 속삭임이 들리는 것 같았다.

키아는 빵을 먹으며 창밖을 내다보았다.

붉은 꽃이 핀 정원과 초록빛 넘실거리는 과수원, 그 너머로 우뚝 선 은회색 가시나무 울타리가 보였다. 저택에서 가장 높은 곳에 달린 이 창으로도 울타리 너머는 볼 수 없었다.

그나저나 울타리 밖은 어떤 곳일까?

문득 머릿속에 떠오른 의문을 황급히 지웠다.

이 질문 역시 엄마에게 물어보면 안 되는 것 중 하나였다. 가시나무 울타리 밖에는 절대 관심을 가져서는 안 된다. 밤에 밖에 나가면 안 되는 것과 마찬가지다.

밤. 그래, 밤은 과연 어떤 느낌일까?

갑자기 맹렬하게 호기심이 들자 키아는 고개를 갸웃거렸다.

평소에는 이렇게까지 뭐든 알고 싶어 하지 않았다. 이것도 이상한 꿈을 꾼 탓일까. 으음, 그러고 보니 꿈에서 깨기 직전에 누가 뭐라고 말한 것 같았는데. 그게 도대체 뭐였더라?

생각에 잠긴 사이에 빵을 다 먹었다. 그러자 목이 말랐다.

과즙이 풍부한 사과를 꺼내 막 깨물려던 순간이었다. 키아는 무언가를 알아차렸다.

벽에서부터 바닥으로 가느다란 금색 실이 팽팽하게 뻗었다.

아니다, 실은 아니었다. 머리카락처럼 가느다란 빛 한 줄기가 벽을 뚫고 방으로 쏟아졌다.

혹시 벽 어딘가에 작게 구멍이 났을까?

신경이 쓰여서 키아는 구멍을 찾아보았다.

그러다가 뜻밖의 것을 발견했다.

구멍이 정말 있었다. 바늘 하나가 간신히 지날 정도의 틈이다. 그런데 그뿐이 아니었다.

"이게 뭐지?"

벽에 흙이 들러붙어 있었다. 그 흙덩이에 금이 가 조금 무너진 곳에 틈이 생긴 것 같았다.

뭔가 싶어 손가락으로 건드렸더니 흙이 투두둑 무너졌다. 틈이 넓어져서 금세 호두 크기만 한 구멍이 생겼다.

아마도 이 구멍을 막기 위해 흙덩이를 채워 넣었나 보다. 벽면과 비슷한 색이어서 지금까지 몰랐다. 게다가 키아의 키보다 조금 높은 곳에 있었다.

키아는 잠깐 고민하다가 아래층에서 작은 의자를 가지고 와 다락방 벽 쪽에 놓았다. 의자에 올라가 구멍을 들여다보았다.

바깥 경치를 보기도 전에 머릿속에서 목소리가 울렸다.

"내 조각을 발견했구나, 여덟 번째 키아."

키아는 놀라 돌아보고 숨을 멈췄다.

어느새 하얀 안개가 깔렸다. 키아는 은 의자에 앉아 있었고, 눈앞에 키가 큰 소녀가 서 있었다.

나이는 열두 살 정도 됐을까? 머리는 짙은 갈색이고 눈동자 역시 갈색이다. 똑똑해 보였고, 눈빛도 호기심에 차 반짝였다. 일곱 번째라고 말했던 어제 소녀와는 다른 사람이다.

"이게 뭐야······?"

겁먹은 키아를 키 큰 소녀가 지그시 내려다보았다. 뭔가 재촉하는 눈빛이었다.

이쪽에서 먼저 말을 걸어야 한다는 것을 깨닫고, 키아는 간신히 물었다.

"너, 너는 누구야?"

"나는 여섯 번째 키아. '밤'을 목격한 아이……."

여섯 번째가 손을 내밀었다.

여기까지 왔으니 키아도 이제부터 무슨 일이 생길지 짐작했다.

키아는 크게 숨을 한 번 들이쉬고, 상대의 손을 잡았다.

여섯 번째 키아가 순식간에 키아의 안으로 들어왔다.

키아는 어려서부터 호기심이 왕성했다. 세상 모든 것이 궁금하고 알고 싶었다. 무작정 안 된다고 하면, 그 이유를 알고 싶어서 안달복달했다.

따라서 황금 저택의 규칙은 키아의 호기심을 더욱 자극했다.

낮에 엄마가 지하실에서 나오지 않는 이유는 뭐야? 지하실은 어떤 곳이야? 가시나무 울타리 너머는 어떤 풍경이야? 엄마의 자장가를 들으면 금방 잠이 오는데 왜 그래? 정원과 과수원의 모습이 매일 달라지는데 그건 왜 그래?

전부 알고 싶었다.

특히 밤이 어떨지 궁금했다.

쇠창살이 내려온 저택 밖에서 어떤 일이 벌어질까? 수수께끼를 풀고 싶었다. 알고 싶었다.

호기심은 어느새 결심으로 바뀌었다.

그래도 엄마를 화나게 하기는 싫어서 조심스럽게 행동했다. 엄마 앞에서는 얌전한 딸처럼 굴고, 뒤에서는 비밀을 알아낼 방법을 고민했다.

그러던 어느 날, 좋은 생각이 났다.

간단한 방법이다. 창문이 쇠창살로 막히면 벽에 구멍을 뚫으면 된다. 구멍을 뚫어서 밤의 바깥을 구경하면 된다. 장소는 다락방이 좋겠다. 그 방에는 아무것도 없으니까 엄마도 잘 들어가지 않는다.

키아는 곧바로 생각을 실행에 옮겼다.

구멍은 비교적 쉽게 뚫었다. 축축한 흙으로 막으면 전혀 티도 안 났다. 이제 밤에 일어나 이 구멍으로 밖을 엿보면 된다.

이 시점에서 키아는 또 고민했다.

엄마의 자장가. 이게 문제였다. 자장가를 들으면 무조건 잠이 몰려온다. 그러다가 눈을 뜨면 벌써 아침이다. 어떻게든 잠을 막아야만 밤을 볼 수 있다.

고민한 끝에 키아는 고추를 떠올렸다.

부엌 여기저기에 고추가 있다. 향신료와 곡물에 곰팡이가 생기지 않도록 놔둔 것이다. 고추는 입에서 불을 뿜을 정도로 맵다. 다섯 살 때 직접 경험했다. 빨간색이 예뻐서 끌렸고, '엄마 말처럼 진짜 매울까?' 하는 호기심을 이기지 못한 결과였다.

키아는 그리운 어린 시절을 생각하며 고추를 썰고 설탕으로 조려 사탕처럼 만들었다.

시험 삼아 하나 먹어 봤더니 처음에는 달콤하지만 금방 알알한 매운맛이 입안 가득 퍼졌다. 혀가 불타는 것처럼 아파서 키아는 눈물을 글썽였다. 그래도 사탕 완성도가 좋아서 만족했다. 이거라면 분명 효과가 있을 것이다.

그날 밤, 키아는 손에 사탕을 감추고 순진한 표정으로 엄마의 무릎에 앉았다. 엄마는 행복하게 키아의 머리를 빗겨 주고 자장가를 불러 주었다.

키아는 기다렸다는 듯이 몰려온 졸음과 싸우는 척, 하품하는 시늉을 하면서 입에 사탕을 넣었다.

혀가 뭉개질 듯이 맵고 아팠지만 꾹 참고 눈을 감았다. 어찌나 매운지 자장가도 힘을 못 썼다.

엄마는 그런 줄 전혀 몰랐다. 평소처럼 키아가 잠들었다고 생각했을 것이다. 엄마는 키아에게 입을 맞추고 품에 안아 이 층 침실로 데려갔다.

"사랑하는 딸아. 나의 키아. 아침이 올 때까지 푹 자렴."

엄마는 키아를 침대에 눕히고 방에서 나갔다.

키아는 한동안 얌전히 있었다.

아직이다. 귀와 다른 모든 감각을 기울이면 알 수 있었다. 일 층에서 엄마가 돌아다니고 있었다. 발소리와 옷이 바스락거리는 소리가 들렸다.

그때 익숙한 소리가 들렸다.

철컥 울리는 금속 소리. 곧이어 끼익끼익 삐걱거리는 무거운 소리.

저건 빗장을 벗기는 소리와 문을 여는 소리가 분명했다.

엄마가 밖에 나갔다! 키아에게는 금지된 한밤중의 밖에!

키아는 혼란스러웠지만 기회는 지금뿐이니까 침대에서 일어났다.

방에서 나와 발소리를 죽이고 다락방으로 잽싸게 올라갔다.

다락방은 어두컴컴했다. 여기 창문도 쇠창살로 막혔나 보다. 그래도 괜찮았다.

어두워도 아랑곳하지 않고 키아는 손으로 더듬어 벽에 붙인 흙덩이를 찾았다. 간신히 찾아 벗겨 내자, 은색 빛이 사르륵 비쳤다.

햇빛과 달리 은은했지만 그래도 빛은 빛이다. 감사하게 생각하며, 구멍에 눈을 대고 그토록 바라던 밤의 정원을 내다보았다.

밖은 어두웠다. 그렇다고 온통 새까맣지는 않았다. 까맣게 칠한 하늘에 은색 접시 같은 둥근 형체가 떠올라 은은하게 새하얀 빛을 내보냈다. 덕분에 저 멀리 가시나무 울타리도 은빛으로 반짝였다.

그런데 정원은…….

정원이 완전히 달라졌다. 그토록 예쁘고 활기차게 잎이 우거졌던 과일나무가 한 그루도 남김없이 말라비틀어졌다. 키아가 보는 앞에서 잎이 떨어지고, 가지가 점점 축 처졌다. 이윽고 줄기가 산산이 부서져 땅에 흩어졌다.

키아는 너무 놀라 숨을 들이켰다. 부서진 줄기에서 하나둘 무언가가 나타났다. 눈을 부릅뜨고 지켜보던 키아는 그것이 헐벗은 인간인 줄 알아차렸다.

젊은 남자도 있고 나이 든 여자도 있었다. 모두 알몸인데, 피부는

죽은 사람처럼 잿빛이었다.

그들에게 누군가가 다가갔다.

엄마다.

엄마의 목소리가 다락방에 있는 키아에게도 들렸다.

"일해라! 땅을 갈아라!"

강철처럼 매서운 목소리였다.

인간들이 벼락 맞은 듯이 움찔 떨더니 꿈틀거리기 시작했다. 맨손으로 땅을 파헤치고 골랐다.

너무도 중노동이었다. 그들은 손톱이 깨지고 발바닥에서 피가 터져도 신음 한 번 흘리지 않았고, 그저 눈물을 흘리며 묵묵히 일했다.

보기만 해도 가슴이 답답해지는 광경이었다.

엄마다. 엄마가 왜 사람들을 괴롭히고 있어? 도대체 왜? 저 사람들이 대체 무슨 짓을 했다고?

아무리 생각해도 이유를 모르겠다.

그러는 사이에 정원이 정돈되었다.

엄마가 다시 앞으로 나왔다. 손에는 은빛으로 반짝이는 채찍을 쥐었다.

키아가 설마 하고 의심하기도 전에 엄마가 채찍을 매섭게 휘둘렀다. 손놀림이 어찌나 익숙한지 머뭇거리지 않았다. 남녀 오십 명의 등이 순식간에 찢어졌다. 그래도 누구 하나 비명을 지르지 않았다.

엄마가 마음껏 채찍을 휘두르고 손을 멈췄을 때는 땅이 피에 젖어

검어졌다.

엄마의 강철 같은 목소리가 울렸다.

"자, 나무가 되어라. 내 딸을 위해 사과나무가 되어라."

헐벗은 인간들이 느릿느릿 정원 여기저기로 퍼졌다. 일정하게 간격을 두고 서서 흙에 발을 파묻었다.

잠시 뒤, 상처투성이 몸이 딱딱하게 굳기 시작했다. 손가락이 길게 뻗고 갈라졌으며, 온몸이 괴로운 듯 꿈틀거렸다.

나무다. 나무가 되고 있다.

더는 못 견디겠다.

키아는 벽에서 떨어져 구멍을 흙덩이로 막았다.

다락방이 다시 어두워졌으나, 키아는 덜덜 떨기만 했다.

말도 안 되는 광경을 목격했다. 비밀을 알고 싶었지만, 그렇지만, 이런 것이 아니었다. 이런 무서운 진실일 줄 알았다면……. 잊고 싶다. 전부 다 잊고 싶다.

키아는 거의 기어서 자기 방으로 돌아왔으나, 도무지 잠을 이루지 못했다.

한숨도 자지 못한 채 아침을 맞았다.

아침이 와서 쇠창살이 올라가 밝은 햇빛이 저택을 비춰도 키아의 공포는 여전했다. 어젯밤에 본 광경이 눈에 생생했다.

신음하는 헐벗은 인간들. 고통과 피가 가득한 순간. 엄마의 냉랭한 목소리와 길쭉한 채찍.

키아는 한 발자국도 못 움직이고 한나절 내내 침대에 누워 있었다.

그리고…….

다시 밤이 왔다.

종소리가 그치자, 엄마가 곧 방으로 들어왔다. 새파랗게 질려 눈 밑이 거뭇거뭇해진 키아를 보고 엄마는 깜짝 놀랐다.

"애야, 키아. 왜 그러니? 계속 침대에 누워 있었어? 어디 아프니?"

키아는 걱정하며 다가오는 엄마에게 괜찮다고 말하려고 했다. 그러나 입에서는 가녀린 비명만 나왔다.

엄마가 뭔가 알아차린 듯이 멈춰 섰다.

"키아…… 뭘 봤니? 뭔가 알았구나?"

엄마의 눈이 실망으로 흐려지고 그동안의 사랑이 거짓말처럼 사라지는 모습을 키아는 똑똑히 목격했다.

아아, 엄마는 이렇게 잔인한 표정을 짓는구나.

목숨이 끊어지는 순간, 키아가 마지막으로 한 생각이었다.

정신을 차린 키아는 눈을 꾹 눌렀다. 그러나 오히려 그 광경이 또렷하게 살아났다.

여섯 번째 키아가 보고 만 밤의 세계. 알고 싶지 않았어. 몰랐으면 행복할 수 있었을 거야.

원망스럽기까지 했으나, 키아는 포기하고 손을 내렸다. 여섯 번째 키아의 모습은 이미 사라졌다. 자신 안에서 그 존재를 확실히 느낄 수 있었다.

키아는 자신 안의 여섯 번째에게 물었다.

"그 사람들은 누구야? 왜 나무가 된 거야? 왜…… 왜 엄마는 그 사람들을 괴롭혀?"

"……그 답은 첫 번째 키아가 알고 있어. 하지만 첫 번째를 만나기 전에 먼저 다섯 번째 키아를 찾아야 해."

그 말을 듣고 키아는 앞을 보았다. 안개 속에서 연회색 그림자가 다가왔다.

5

시간이 쏜살같이 흘러 금방 낮이 지나고 밤이 왔다.

종이 울리고 엄마가 나왔다. 평소처럼 다정하게 웃으며 키아에게 다가왔다.

하지만 그 모습을 본 순간, 키아는 엄마에게 달려들어 물어뜯고 싶은 욕망을 느꼈다. 과격한 충동을 억누르며 키아는 확신했다.

이건 일곱 번째 키아의 감정이 분명하다. 여섯 번째도 있다. 이쪽 은 잔뜩 겁을 먹었다.

둘의 존재를 느끼며, 키아는 간신히 미소를 지었다.

"엄마."

"키아. 오늘 즐거웠니? 정원에 복숭아는 먹었어?"

"네. 아주 많이. 아침도 점심도 복숭아였어요."

거짓말이었다. 과일나무의 정체를 안 이상, 아무리 좋아하는 복숭아라도 단 한 입도 먹기 싫었다.

그래도 키아는 계속 거짓말을 했다.

"그래서 오늘은 배가 하나도 안 고파요."

"어머, 그러니? 어쩔 수 없지. 우리 키아는 복숭아를 좋아하니까. 그래도 수프라도 먹으렴."

"……네."

식욕이 없었지만, 키아는 억지로 수프를 위장에 집어넣었다. 아무 맛도 안 났다. 방심하면 전부 토할 것 같았다.

억지로 불쾌감을 참는 키아에게 엄마도 불안한 마음이 들었나 보다. 미끄러지듯이 키아에게 다가와 이마에 손을 댔다. 엄마 손이 차가워서 키아는 부르르 떨었다.

"역시 열이 조금 있구나. 감기에 걸렸는지도 모르겠는데?"

엄마는 키아를 안아 이 층 침실로 데려갔다. 그대로 침대에 눕혀서 키아는 놀랐다.

"목욕 안 해도 돼요?"

"오늘은 안 하는 게 좋겠어. 그보다 얼른 자렴. 자, 이불 잘 덮고. 몸을 따뜻하게 해야지. 목은 아프지 않니? 춥지는 않고?"

"응, 괜찮아요."

"그러니? 그래도 걱정이네."

정말 걱정스럽게 바라보는 엄마를 보자 키아는 가슴이 아팠다.

엄마는 다정하다. 이렇게 나를 사랑해 준다. 역시 엄마가 좋다.

그 순간, 몸 안에서 여섯 번째와 일곱 번째가 비명을 질렀다.

믿으면 안 돼! 거짓말이니까! 지금은 사랑해 주더라도 네가 마음에 안 드는 일을 하면 금방 널 증오할 거야!

키아는 두 사람의 비명을 듣지 않았다. 지금은 엄마를 믿고 싶었다. 이렇게 두터운 애정이 쉽게 사라질 리 없었다.

키아는 엄마를 바라보며 속삭였다.

"엄마……. 사랑해요."

"엄마도. 키아, 사랑한다. 내 딸. 내 보물."

엄마가 키아에게 키스를 퍼부었다.

엄마는 어디선가 작은 녹색 병을 가지고 와 침대 옆 탁자에 올려놓았다.

"내일 엄마가 자는 동안 몸이 아프면 이 약을 한번 먹으렴. 그러면 몸이 편해질 거야."

"그럴게요."

"그럼 그만 자렴. 푹 자고 기운 내야지."

엄마가 자장가를 불렀다.

여섯 번째와 일곱 번째가 시끄럽게 난동을 부렸으나, 키아는 들은 척하지 않고 엄마가 선물해 주는 잠에 몸을 맡겼다. 그래서인지 그날 밤은 안개 긴 꿈을 꾸지 않았다.

다음 날 아침, 키아는 여섯 번째와 일곱 번째의 목소리를 듣고 눈을 떴다.

"일어나, 일어나!"

"아침이야. 자, 일어나. 밝을 때 다섯 번째를 찾아야지!"

키아는 억지로 일어났다.

다섯 번째 키아의 실마리는 어제 이미 얻었다. 그러나 여섯 번째
의 기억을 본 직후에 다섯 번째의 기억까지 또 받아들이기는 버거
웠다. 또 그런 끔찍한 진실을 알게 된다고 생각하면 몸이 움츠러들
었다.

다섯 번째를 찾기 싫었다.

그러나 여섯 번째와 일곱 번째가 시끄럽게 재촉했다. "우리는 그
애가 필요해!"라며 열심히 설득했다.

아무래도 다섯 번째 키아는 특별한가 보다.

어쩔 수 없이 키아는 방을 나섰다. 어제 받은 실마리는 '약장'이었
다. 약장이 있는 일 층 작은 방으로 갔다.

엄마는 이 작은 방에 약과 상처를 치료할 때 쓰는 물건을 놓았다.
키아가 더 어렸을 때 그 물건을 어떻게 쓰는지 가르쳐 줬다. 엄마가
없는 낮에 키아가 아프거나 다쳤을 때 대처할 수 있도록.

키아는 워낙 건강한 체질이라 이 방에 들락거린 적은 거의 없었다.

작은 방에 들어가자, 수십 종류의 약초와 연고 냄새가 뒤섞여 코
를 자극했다. 좋은 냄새는 아니지만 깊이 들이마시자 온몸이 개운해
지는 것 같았다.

키아는 장롱처럼 생긴 약장 문을 열었다. 안에 자그마한 병이 가지런하게 놓였다. 각각 색이 다른 액체가 담겨서 신비롭게 반짝였다.

이 약장에 대체 어떤 조각이 감춰졌을까?

키아는 약병을 전부 꺼낸 뒤에 텅 빈 선반을 뒤졌다. 아무것도 없었다.

"정말로 여기에 조각이 있어?"

물어보아도 여섯 번째와 일곱 번째는 아무 대답 없이 입을 다물었다. 조각 찾기를 도울 마음이 없나 보다.

부아가 났지만, 이번에는 바닥에 얼굴을 대고 약장 밑을 들여다보았다. 깜짝이야.

뭔가 있었다. 부숭부숭한 뭉치 같은 것이다. 쥐 사체라면 어쩌지?

소름 끼쳤지만 일단 꺼내 보기로 했다.

키아는 빗자루를 가지고 와 자루 쪽을 써서 약장 밑의 물체를 끄집어냈다.

끄집어낸 것을 보고 키아는 말을 잃었다. 그것은 머리카락 한 다발이었다.

윤기 없는 옅은 금발 고수머리 한 다발이 새 둥지처럼 뒤엉켰다. 먼지에 뒤덮인 것으로 보아 꽤 오래전부터 이 밑에 있었나 보다.

대체 누구의? 그 답은 이미 알고 있었다. 그래도 좀 더 자세히 알아봐야 한다.

숨을 들이쉬고, 떨리는 손으로 머리카락을 만졌다.

"헤헤, 날 찾았네?"

귀여운 목소리가 들려서 키아는 고개를 들었다.

또 그곳에 왔다. 짙은 안개가 깔린 신기한 공간. 키아는 의자에 앉았고, 새로운 소녀가 앞에 섰다.

"네가 다섯 번째 키아니?"

"응."

다섯 번째 키아는 지금까지 만난 키아들보다 훨씬 어렸다. 너덧 살쯤 됐을까. 몸이 약한지 피부가 놀라우리만치 하얗고 비쩍 말랐으며, 금발 고수머리도 퍼석퍼석했다. 그래도 파란 눈동자가 반짝반짝 순진하게 빛났다. 두려움이나 의심을 모르는 맑은 눈이다.

"다른 키아들이 그랬어. 조각을 찾으면 다시 엄마랑 만날 수 있다고. 정말이야? 여덟 번째 키아."

"어? 응, 아마도."

키아는 왠지 모를 안타까움을 느끼며 어린아이에게 손을 내밀었다. 다섯 번째는 망설이지 않고 달려왔다.

곧 키아는 다섯 번째 키아가 되어 그 기억을 되짚었다.

다섯 번째 키아는 천성적으로 몸이 약했다. 자주 열이 났고, 일 년 내내 기침 때문에 괴로웠다. 입도 짧아서 잘 먹지 않아 빼빼 말랐다. 아름다운 정원과 과수원도 제대로 즐기지 못했다. 매일 약을 곁에 두고 침대에 누워서 지냈다.

엄마는 그런 다섯 번째를 눈에 넣어도 아프지 않을 만큼 사랑했다. 워낙 허약하니까 더욱더 보호 본능을 느꼈나 보다. 밤에 일어나면 다섯 번째 키아 곁을 떠나지 않고 정성을 다해 돌봤고, 키아가 원하는 만큼 안아 주고 이야기를 들려주었다.

그래도 키아의 건강은 나빠지기만 했다.

키아는 슬퍼하는 엄마를 보는 것이 너무 괴로웠다. 건강하면 얼마나 좋을까? 낮에는 정원을 뛰어다니며 마음껏 과일을 먹고, 밤에는 엄마에게 낮에 뭘 하며 놀았는지 들려줄 수 있다면. 그럴 수 있다면 엄마가 항상 밝게 웃어 줄 텐데.

아직 어린 키아지만 엄마에게 걱정을 끼치기 싫은 마음이 강했다.

어느 날, 기침 발작이 심하게 왔다. 기침할 때마다 온몸이 아팠다. 목이 찢어지고 가슴이 터질 것 같았다. 물을 마셔도 가라앉지 않았다. 하필 이럴 때 늘 가까이 두던 물약이 다 떨어졌다.

엄마는 없었다. 아직 낮이었다.

그냥 가라앉을 것 같지 않아서 괴로워도 참고 약장에 새 약을 가지러 가려고 했다.

몸을 질질 끌며 계단을 한 걸음 한 걸음 내려가 간신히 작은 방에 도착했다.

이 정도 움직였는데 벌써 몸에서 힘이 쭉 빠졌다.

약장 앞에서 기침 섞인 숨을 괴롭게 내쉴 때였다. 갑자기 몸에서 뭔가가 떨어졌다.

바닥을 보니 머리카락이 한 움큼이다. 놀라서 머리를 더듬자, 손만 닿아도 머리카락이 우수수 빠졌다.

키아는 허둥거렸다. 머리카락이 마구 빠져서가 아니었다. 엄마가 이걸 보면 어떤 표정을 지을지 걱정했다.

엄마에게 더는 걱정을 끼치기 싫었다.

키아는 빠진 머리카락을 휩쓸어 약장 아래에 밀어 넣었다. 팔이 막대기처럼 가늘어서 안쪽 깊이 넣을 수 있었다.

이러면 괜찮아. 엄마가 보지 못할 거야.

그때 또 심한 기침이 발작적으로 덮쳤다. 약을 찾으려고 일어나려는 순간, 키아는 힘이 다했다.

다시 자기 마음을 되찾은 키아는 몸에 깃든 다섯 번째에게 조용히 물었다.

"너는…… 그 뒤에 어떻게 됐니?"

"그 뒤로는 기억이 잘 안 나. 열이 나서 머리가 멍했어. 가끔 우는 엄마를 봤어. 그러다가 전부 다 새까매졌고…… 그다음에 여러 키아랑 만났어. 그런데 엄마랑은 만날 수가 없네. 엄마가 보고 싶어."

다섯 번째는 진심으로 엄마를 그리워했다. 키아는 무슨 말을 해야 할지 머뭇거렸다.

그때 여섯 번째가 속삭였다.

"잘했어. 찾아서 다행이야. 우리에게는 이 아이가 꼭 필요해. 엄마 눈을 속여야 하니까.”

“속인다고?”

“응. 엄마가 일어나 있는 동안에는 얘를 거기 의자에 앉혀. 그러면 얘가 엄마를 상대할 거야. 우리는 절대 못 하는 일이야. 알지?”

똑똑하지만 겁을 먹은 여섯 번째.

분노와 증오에 휩싸인 일곱 번째.

마지막으로 의심하기 시작한 여덟 번째.

그 말대로 이 세 사람은 엄마에게 애교를 부리지 못한다. 만약 평소처럼 행동하지 않으면 엄마는 곧 화를 낼 것이다. 최악으로는 그 루비 반지를 휘두를 수도 있었다.

키아는 부르르 떨며 알겠다고 했다. 순진무구한 다섯 번째에게 말을 걸었다.

“다섯 번째 키아, 엄마를 만나게 해 줄게.”

“진짜?”

“응. 밤이 되면 나 대신에 여기 은 의자에 앉아. 그러면 엄마랑 말하고 엄마를 안을 수 있어. 그래도 네가 다섯 번째라고 말하면 안 돼. 또 의자에는 밤에만 앉을 수 있어. 아침이 되면 나한테 돌려줘야 해. 알겠지?”

“응, 알았어!”

다섯 번째가 기뻐하며 약속했다.

밤이 되자 키아가 다섯 번째를 불렀다.

불러내는 것도 의자를 교환하는 것도 생각보다 간단했다. 머릿속에 은 의자를 상상하자, 키아는 금세 거기에 앉아 있었다.

눈앞에는 다섯 번째 키아가 서 있었다. 잔뜩 기대에 차서 키아를 바라보았다.

키아는 말없이 의자에서 일어나 다섯 번째를 앉혔다.

그러자 신기한 일이 벌어졌다.

의자 뒤에 갑자기 크고 동그란 거울이 나타났다.

거울에 엄마가 비쳤다. 엄마에게 키아가 달려가는 모습이 보였다.

"엄마! 엄마, 엄마!"

"어머, 왜 그러니, 키아? 몸은 어때? 이제 괜찮니?"

"응! 이제 괜찮아요. 엄마, 만나고 싶었어요! 정말 보고 싶었어요!"

키아의 몸에 들어간 다섯 번째가 잔뜩 응석 어린 목소리로 외쳤다. 평소 키아답지 않은 목소리와 태도여서 거울로 지켜보던 키아는 조마조마했다.

저거 봐. 엄마도 놀란 표정이다. 알아차리면 어쩌지?

그런데 괜찮았다. 엄마는 곧 환하게 웃으며 다섯 번째를 껴안았다.

"오늘은 유난히 응석을 부리네! 좋아. 우리 키아가 원한다면 마음껏 응석을 부려도 돼."

"응! 엄마, 안아 주세요!"

"그래, 물론이지! 얼마든지 안아 줄게."

품에 가득 안겨 행복해하는 다섯 번째를 보며 키아는 가슴을 쓸어
내렸다.

한편, 안도하며 한숨을 내쉰 것은 키아만이 아니었다.

어느새 옆에 여섯 번째와 일곱 번째가 서 있었다. 마찬가지로 거
울을 보며 안심한 표정을 지었다.

키아는 둘에게 물었다.

"너희도 이렇게 나를 보고 있었구나?"

"맞아."

일곱 번째가 대답했다.

여섯 번째도 만족스럽게 말했다.

"역시. 쟤라면 잘할 줄 알았어. 나나 일곱 번째는 도저히 저렇게 애
교를 못 부리니까."

"그러니까. 아무튼 이대로라면 당분간은 괜찮겠어. 마녀가 우리를
의심하지 않을 거야."

"그럼. 엄마는 자기를 따르는 아이를 의심하지 않으니까."

여섯 번째와 일곱 번째가 키아를 보았다.

"지금 해야 해, 여덟 번째."

"응. 다섯 번째가 엄마를 맡고 있는 동안, 남은 키아를 열심히 찾아
야지."

"그거…… 계속 찾아야 해?"

"당연하지."

"아, 네 번째가 왔어. 어서 네 번째에게서 조각을 찾을 실마리를 받아 줘."

그 말대로 안개 사이로 흐릿한 그림자가 다가왔다. 여기까지 왔으니 끝까지 가는 수밖에 없겠다.

키아는 한숨을 내쉬면서도 그림자와 마주했다.

6

그날 이후로 키아는 낮이면 조각의 실마리를 찾아다니고 밤이 오면 다섯 번째 키아와 교대하며 지냈다.

다섯 번째는 정말 잘해 주었다. 엄마를 한결같이 따르고 애교를 부리고 사랑해 달라고 요구했다. 엄마는 그 열렬한 애정에 기쁘게 보답했다. 키아는 자기인 척하는 다섯 번째를 알아차리지 못하는 엄마에게 큰 충격을 받았다.

엄마, 애교를 부리는 아이만 있으면 만족해요?

다른 키아의 기억도 뒤섞여 엄마를 향한 신뢰가 조금씩 흔들렸다.

그래도 아직은 갈팡질팡했다.

다른 키아의 경고가 사실이라면, 언젠가 키아도 엄마의 손에 죽는다. 하지만 그것만큼은 아직 못 믿겠다. 동시에 거짓말이라고 확신하지도 못하겠다.

마음을 정하려고 남은 키아를 찾는 일에 몰두하기로 했다.

얻은 실마리는 늘 소소해서 조각을 찾을 때까지 며칠이나 걸리기도 했다.

그래도 하나, 또 하나를 찾아냈다.

네 번째 키아의 조각은 치아였다.

이가 새로 자라느라 빠진 작은 유치. 네 번째는 유치를 지붕 위에서 던지려고 했다. 엄마가 빠진 이를 높은 곳에서 던지면 보석이 되어 돌아온다고 말했기 때문이다.

막 던지려는 순간, 네 번째는 가시나무 울타리 너머에서 모락모락 올라오는 연기를 보았다.

놀라서 유치를 놓치는 바람에 그대로 홈통과 기와 사이에 끼었다. 네 번째는 이미 유치를 거들떠보지도 않았다.

연기가 보였다. 가시나무 울타리 너머에 누군가 있다는 거다. 엄마는 우리 이외에 인간은 없다고 했는데 거짓말이었나?

흥분한 네 번째는 규칙을 어겼다. 엄마에게 바깥 세계에 대해 귀찮게 캐물었다.

엄마는 어떻게든 얼버무리려고 했다.

네가 잘못 봤다. 울타리 너머에 사람은 없었다. 구름이 우연히 연기처럼 보였을 뿐이다. 그보다 새 장난감을 줄 테니까 갖고 놀아라.

네 번째는 속아 넘어가지 않았다. 엄마가 거짓말하는 걸 알아차리고 사실을 말해 달라고 끈질기게 졸랐다. 엄마의 기분이 상할 정도로 집요하게 캐물었다.

결국 네 번째는 여덟 살에 죽었다.

세 번째 키아의 조각은 단추였다. 가시나무 울타리 근처에 있었다. 풀에 뒤덮이고 반쯤 흙에 파묻혀 있어서 단추를 찾기까지 닷새나 걸렸다. 수고한 대가로 얻은 기억은 너무도 끔찍했다.

세 번째는 여섯 번째처럼 호기심이 왕성했다. 여섯 번째보다 훨씬 활발한 탓에 그 호기심은 가시나무 울타리 바깥 세계로 향했다.

열 살이 되자 그동안 세운 계획을 실행에 옮겼다. 울타리를 넘으려고 했다. 그러나 결국 비참한 결과로 끝났다.

세 번째는 최대한 조심했으나 자기 키의 다섯 배나 되는 높이까지 올라간 지점에서 가시에 옷이 걸렸다. 떼어 내려고 있는 힘껏 잡아당기다가 균형을 잃고 낙하했다.

부드러운 풀이 받아 준 덕분에 뼈가 부러지지는 않았으나, 떨어지면서 가시덤불에 걸려서 얼굴과 팔에 심한 상처가 생겼다.

엄마가 치료해 줘서 상처는 나았으나 오그라든 것처럼 보기 흉한 흉터가 남았다. 엄마는 상처 난 얼굴을 몹시 싫어했다.

세 번째는 엄마의 환심을 사려고 비굴하게 애정을 갈구했으나, 결국 엄마는 예전처럼 사랑해 주지 않았다. 그러던 어느 날, 사소한 일로 화가 나 엄마는 세 번째의 목숨을 빼앗았다.

세 번째보다도 두 번째 키아가 더 비참했다.

두 번째 키아는 조금 통통했고, 지금까지 키아들 중에 가장 나이가 많은 열세 살이었다. 얌전해서 밖에서 놀기보다 집에서 인형을 가지고 놀거나 자수 놓기를 좋아했다. 엄마의 말이라면 무조건 따르는, 결점이라고는 찾을 수 없는 착한 아이였다.

두 번째는 매일 평화롭게 살며 만족했다.

엄마에게 단 한 번도 반항하지 않았고, 금지된 것을 꼬치꼬치 캐물어 엄마를 곤란하게 하지도 않았다.

그런데도 열세 살에 살해당했다. 이유는 너무 자랐기 때문에.

열세 살이 된 어느 날, 갑자기 배가 아프면서 다리 사이가 끈적끈적해졌다. 속옷을 벗어 확인했더니 피에 젖어 있었다.

두 번째는 큰 병에 걸린 줄 알고 놀라 덜덜 떨었다. 밤이 되자마자 엄마에게 뛰어가 엉엉 울며 지저분한 속옷을 보여 주었다.

엄마의 반응은 예상을 벗어났다. 당연히 걱정할 줄 알았는데, 엄마는 한숨을 쉬었다.

"결국 시작했구나."

의미를 몰라 어리둥절한 두 번째에게 엄마가 차분히 알려 주었다. 이것은 월경이며, 어른이 되었다는 증거라고. 한 달에 한 번 이런 식으로 찾아온다고.

엄마는 아픈 배를 움켜쥐고 두려워하는 두 번째에게 담담하게 설명했다. 마지막으로 한숨을 한 번 더 내쉬었다.

"아쉽구나. 너는 이제…… 어린 소녀가 아니야."

엄마는 일단 눈을 감았다가 떴다. 그 눈동자에 두 번째가 본 적 없는 차가운 빛이 서렸다.

그렇게 두 번째의 인생은 말도 안 되게 끝났다.

이 기억을 얻었을 때, 키아는 한없이 눈물을 흘렸다.

두 번째의 조각, 두 번째가 엄마에게 선물하려고 찬장 뒤에 숨긴 자수 놓은 손수건을 움켜쥐고 오랫동안 울었다.

드디어 이해했다.

엄마는 분명히 아이를 사랑한다. 다만 사랑스럽고 말을 잘 듣고 엄마를 잘 따르는 아이만으로는 부족하다. 엄마는 너무 자란 아이를 절대 받아들이지 못한다. 그 증거로 이렇게 모인 키아들을 보라.

모두 아이들이다. 열네 살이 된 아이는 한 명도 없다.

이 사실에 키아는 오싹했다.

키아는 지금 열한 살이다. 이대로 무사히 지내도 몸은 어쩔 수 없이 성장해 어른이 된다. 앞으로 몇 년 안에 두 번째와 똑같은 끝을 맞이한다.

살아남을 방법을 찾아야 한다. 키아는 결국 결론에 도달했다.

지금도 여전히 엄마를 사랑한다. 그러나 엄마는 키아를 똑같이 사랑해 주지는 않는다. 그 사실을 알았으니 도망쳐야 한다.

키아는 다른 키아들에게 도망칠 방법이 있는지 물었다. 모두(다섯 번째 키아를 제외하고)가 이렇게 말했다.

"우선 첫 번째 키아를 찾아야 해."

"첫 번째 키아가 왜 그렇게 중요한데?"

"첫 번째 키아는 유일하게 지하실을 본 키아니까."

"……지하실에 뭐가 있어?"

"여덟 번째, 너는 그걸 꼭 알아야 해."

두 번째의 말을 듣고, 키아는 마지막 키아를 찾기로 했다.

이번에 받은 실마리는 '붉은 반지'였다.

키아는 골치가 아팠다.

첫 번째 키아의 조각을 얻을 실마리는 붉은 반지였다. 분명 엄마가 가진 루비 반지일 것이다. 키아는 실물을 못 봤지만 다른 키아들의 기억에서 봤다. 아이들의 목숨을 빼앗을 때 쓰는 무기였다. 엄마가 반지를 낀 손을 휘두르면 그 앞에 선 자의 심장이 멈춘다. 소름 끼치는 물건이다.

그 반지를 어떻게든 손에 넣어야 한다. 어디에 있을까? 저택 안에서 본 적 없으니까 아마도 지하실에 있을 것이다. 그러나 지하실에는 들어갈 수 없었다. 문은 잠겨 있고, 근처에 접근하는 것도 무섭다.

그렇지만 반지가 꼭 필요했다.

고민한 끝에 키아는 다섯 번째에게 부탁했다. 이 아이는 키아들 중에서도 특별한 존재다. 순진무구하고 엄마를 진심으로 사랑한다. 또 엄마에게 살해당하지 않은 유일한 키아다.

그래서 다른 키아들도 이 아이에게는 엄마의 진짜 모습을 알려 주지 않았다. 그랬다가는 밤에 대역으로 쓸 수 없으므로.

순진하고 사랑스러운 다섯 번째. 그 아이에게 도와 달라고 해야지.

키아는 다섯 번째에게 말을 걸었다.

"얘, 다섯 번째 키아. 부탁이 있는데 들어줄래?"

"뭔데?"

"오늘 밤에 엄마를 만나면 이렇게 말을 해 주면 좋겠어. 먼저 엄마의 브로치를 칭찬해 줘. 아주 예쁘다고. 다음으로 엄마한테는 반지도 잘 어울릴 거라고 말하는 거야. 붉은 반지가 있으면 좋겠다고도 하고."

"왜?"

"그건…… 왜냐하면 엄마한테 잘 어울릴 테니까. 엄마가 언제나 예쁘면 좋겠어. 너도 그렇게 생각하지?"

"맞아. 알았어. 엄마한테 말할게."

"응, 그래. 부탁할게."

키아는 깊이 숨을 들이쉬었다.

"맞다. 그리고 엄마가 붉은 반지를 갖고 있다고 하면, 보고 싶다고 부탁해 줄래? 그리고…… 반지를 만져 보고 싶다고 해. 그때만 나랑 교대해 줘."

"그래, 그런데 왜?"

"엄마의 반지를 내 눈으로 보고 싶거든. 응? 부탁할게. 괜찮지?"

"알았어. 그렇게 해 줄게. 하지만 잠깐만이야. 남은 밤 시간은 전부 내 거야."

"물론이야. 고마워, 다섯 번째."

자, 씨앗은 뿌렸다. 싹이 틀지 말지는 엄마에게 달렸다. 또 다섯 번째가 어떻게 부탁하느냐에도.

"다섯 번째라면 괜찮아."

"그래. 저 애라면 틀림없이 잘해 줄 거야."

"그렇겠지……."

그날 밤, 키아는 다른 아이들과 함께 거울 앞에 서서, 거울이 보여 주는 현실을 숨죽여 지켜보았다.

다섯 번째는 평소처럼 엄마에게 응석을 부리며 행복하게 웃었다. 엄마는 요즘 따라 응석만 늘었다고 하면서도 기쁘게 다섯 번째와 놀았다.

반지 이야기를 언제 꺼낼까? 지켜보는 키아들은 안절부절못했다.

목욕하러 들어갔을 때, 다섯 번째는 간신히 약속을 떠올렸나 보다. 엄마 가슴의 브로치를 가리키며 말했다.

"예전부터 생각했는데요, 엄마 그 브로치가 정말 예뻐요. 반짝반짝하고 색깔도 예쁘고."

"그러니?"

"응! 엄마한테 잘 어울려요. 그런데 엄마, 반지는 안 껴요? 엄마는 붉은 반지가 잘 어울릴 것 같아."

됐다!

키아가 손을 꽉 움켜쥐었다.

제발! 부탁이야! 부탁이야! 넘어와라!

키아의, 키아들의 간절함이 통했는지 엄마가 웃었다.

"붉은 반지? 붉은 보석이 달린 반지를 말하는 거니? 그런 반지라면 갖고 있어."

"진짜요? 본 적 없는데?"

"……소중한 거라 잘 보관해 뒀거든."

"엄마, 있잖아요."

다섯 번째가 더욱 애교를 부렸다.

"그거 보고 싶어요. 붉은 보석은 본 적이 없는걸? 엄마가 끼면 정말 예쁠 거야. 반지 낀 모습을 보여 주면 안 돼요? 응? 제발요."

엄마는 처음에는 싫은 기색을 보였다. 그래도 다섯 번째가 천진하게 부탁하자 결국 항복했다.

"그래, 알았어. 그럼 이따가 보여 줄게. 자, 고개 들고. 목 아래도 씻어야지."

"네."

엄마는 다섯 번째의 몸을 수건으로 닦고, 잠옷으로 갈아입혔다. 먼저 거실에 가 있으라고 하고 지하실로 사라졌다. 다섯 번째는 시키는 대로 거실에 갔고, 그 시점에서 키아와 교대했다.

키아는 떨면서 기다렸다. 엄마와 직접 마주하는 것은 오랜만이었다. 솔직히 무서워서 미치겠다. 그래도 견뎌야 한다. 살아남기 위해서 첫 번째 키아의 조각을 얻어야 한다.

곧 엄마가 왔다. 왼손 가운뎃손가락에 새빨간 루비 반지를 꼈다.

몸속에서 엄마에게 살해당한 소녀들이 비명을 질러 키아는 더욱 공포에 질렸다.

안 돼. 참아야 해. 정신 안 차리면 엄마가 의심할 거야.

키아는 일부러 황홀한 표정을 지으며 반지를 바라보았다.

"정말 예뻐요, 엄마."

"……그래. 이렇게 큰 루비는 잘 없단다."

"만져 봐도 돼요?"

"만지기만 하면. 끼면 안 된다. 이건 엄마만을 위한 반지니까."

"응."

엄마의 하얀 손과 함께 반지가 키아 앞에 왔다. 키아는 숨을 고르며, 검붉어 보이는 보석을 건드렸다.

그 순간, 슬픔에 겨운 숨소리 같은 속삭임이 들렸다.

"드디어 내게 도착했구나. 여덟 번째 키아. 마지막 키아."

돌아보니, 곱슬곱슬한 까만 머리와 까만 눈동자를 지니고 피부색도 조금 어두운 소녀가 서 있었다. 나이는 일곱 살쯤 됐을까. 알 수 없는 감정이 담긴 눈으로 손을 내밀었다.

키아는 망설이지 않고 그 손을 잡았다.

"찾았어, 첫 번째 키아."

그렇게 첫 번째 키아의 이야기가 시작되었다.

첫 번째 키아는 겁이 아주 많았다. 겁쟁이여서 항상 엄마 곁에 있고 싶어 했다. 낮에 엄마가 없는 것에 도무지 익숙해지지 못했다. 밤이면 또 밤대로 악몽을 꿔서 잠에서 깼다.

그날 밤도 그랬다.

악몽을 꾸다 깬 키아는 엄마가 너무 보고 싶었다.

지금 당장 안아 주면 좋겠다. 괜찮다고 다정하게 속삭여 주면 좋겠다. 다시 잠들 때까지 곁에 있어 주면 좋겠다.

밤에는 자기 방에서 나오면 안 되지만, 도저히 참을 수 없었다. 키아는 규칙을 어기고 방에서 나왔다.

저택 어디를 찾아도 엄마는 없었다. 다락방까지 살펴봤는데도.

남은 곳은 바깥과 지하실뿐이다. 밤인데 엄마가 밖에 나갔을 리는 없다. 그래서 키아는 지하실로 갔다.

지하실 문은 열려 있었고, 더 깊은 지하로 내려가는 계단이 있었다. 키아는 엄마를 보고 싶은 마음 하나로 계단을 내려갔다.

계단을 다 내려가자 상당히 넓은 방이 나왔다. 방 안에는 커다란 항아리와 상자 따위가 잔뜩 있었고, 연붉은빛이 가득했다.

붉게 반짝이는 물체는 방 중앙에 놓인 크고 둥근 용기였다. 두껍고 투명한 유리로 만들어졌다. 안에서 헤엄도 칠 수 있을 것 같았다.

용기에 여러 개의 관이 꽂혀 있었다. 천장에서부터 나무뿌리처럼 뻗어 내려온 관인데, 그 끝에서 빨갛고 비린내 나는 액체가 흘러 용기 속으로 뚝뚝 떨어졌다. 이미 용기는 붉고 탁한 반투명 액체로 꽉 찼다.

저게 뭔가 싶어 키아가 불안해졌을 때였다. 옷자락 스치는 소리가 들려왔다.

엄마라고 생각했으나, 키아는 자기도 이해하지 못할 행동을 했다. 순간적으로 방구석에 놓인 거대한 항아리 뒤에 숨었다.

일단 숨은 뒤에서야 이상하다는 걸 깨달았다.

엄마가 보고 싶어서 여기까지 찾으러 왔는데. 왜 숨어야 한다고 생각했을까?

고개를 갸웃거리는데, 엄마가 지하실로 내려왔다. 만족스러운 듯 눈이 빛났고, 얼굴에 살짝 땀이 났다. 손에는 은색 채찍을 쥐었다.

엄마는 키아가 있는 줄 모르고 드레스를 전부 벗어 알몸이 되었다. 눈부시게 하얀 알몸 그대로 방을 가로질러 안쪽의 까만 상자 앞에 섰다. 상자 뚜껑을 천천히 열어 안에 든 것을 꺼냈다.

말라비틀어진 갈색 물체였다. 손발이 있고, 머리가 있고, 까맣고 긴 머리카락까지 있다.

엄마는 그 물체를 소중하게 품에 안고 뭐라고 속삭이며 노래를 불렀다.

한참을 어루만진 뒤, 엄마는 그것을 다시 상자에 넣었다.

이번에는 어디선가 꺼낸 루비 반지를 손가락에 끼고 중앙의 유리 용기로 갔다. 용기 가장자리를 타고 넘어 마치 욕조에 들어가는 것처럼 주저하지 않고 붉은 액체 속에 몸을 담갔다.

엄마가 온몸을 액체에 담그고 몸을 동그랗게 말았다. 미소를 지은 채 꼼짝도 하지 않고, 숨을 쉬러 나오려고 하지 않았다.

저러다가 익사하겠다. 키아는 참지 못하고 숨었던 곳에서 뛰어나왔다.

"엄마!"

엄마가 눈을 번쩍 떴다. 입을 크게 벌리자, 붉은 거품이 부글부글 터졌다.

엄마가 용기에서 튀어나와 우뚝 멈춰 선 키아 앞에 내려섰다. 하얀 몸이 빨갛게 물들었고, 아름다운 얼굴은 추하게 일그러졌다.

절대로 보여 줘서는 안 될 모습을 들켜 화가 났나 보다. 엄마는 알아들을 수 없는 비명을 지르며 키아에게 달려들었다. 길고 강인한 손가락이 키아의 가는 목을 움켜쥐고 으드득 조였다. 힘이 어찌나 센지, 루비를 반지에 고정하는 뾰족한 금속 고리가 키아의 부드러운 피부에 파고들 정도였다.

상처가 난 피부에서 나온 피 한 방울이 루비에 떨어졌다. 엄마도 미처 몰랐던 핏방울은 그대로 보석 안쪽까지 스며들어 영원히 그곳에 머물렀다.

키아는 퍼뜩 정신을 차리고 서둘러 반지에서 손을 뗐다.

불에 덴 듯한 행동에 엄마가 의아한 표정을 지었다.

"왜 그러니?"

"아, 아니야. 아무것도 아니에요."

"얼굴빛이 안 좋은데? 괜찮니?"

도저히 감당할 수 없어서 키아는 얼른 다섯 번째에게 의자를 양보했다. 다섯 번째는 금방 환하게 웃었다.

"괜찮아요! 엄마, 반지 한 번 더 만져 봐도 돼? 응? 괜찮죠?"

"그럼 딱 한 번만이야? 그다음엔 머리를 빗겨 줄게."

"네!"

다섯 번째와 엄마의 대화 따위는 키아에게 중요하지 않았다.

마침내 첫 번째 키아를 찾았다. 지금 자신 안에는 일곱 소녀가 있다. 키아의 이름을 가지고 마녀의 딸이라는 역할을 맡아야 했던 아이들. 불행한 죽음을 맞이한 아이들. 그 인생과 기억이 전부 키아의 것이었다.

수많은 감정에 몸도 마음도 찢어질 것만 같았다. 키아는 눈물을 글썽이며 일곱 소녀를 둘러보았다.

분노를 내면에 숨긴 일곱 번째.

호기심과 공포를 품은 여섯 번째.

의자에 앉은 순진한 다섯 번째.

수다쟁이에 금방 흥분하는 네 번째.

활발하고 행동력이 좋은 세 번째.

눈빛이 어둡고 얌전한 두 번째.

마지막으로 겁이 많고 외로움을 타는 첫 번째.

모두가 사랑스러웠다. 모두가 키아의 분신이고 자매였다. 이렇게 모두 모였으니까 힘을 모아 엄마에게서 도망치고 싶었다.

키아가 이제부터 어떻게 해야 할지 물어보려고 했을 때였다.

갑자기 일곱 번째 키아가 노래를 불렀다.

아홉 별이 모인 그때

낮에 밤이 찾아오고

어둠이 행복이 될지니

최초의 아이와 최후의 아이

두 아이가 문을 열어

마녀의 시간에 마침표를 찍노라.

노래를 마친 일곱 번째가 말했다.

"마을에서 들은 예언의 노래야. 노인들은 예언이 대체 언제 이루어질지 이야기하곤 했어. 나는…… 계속 예언의 의미를 생각했어. 죽은 뒤에도 계속. 다른 키아들과도 의논했고. 그리고 알았어. 아홉 별이란 우리를 말해. 전원이 모이면 어떤 일이 벌어져. 그러면 최초의 키아와 최후의 키아가 문을 열고 밖으로 나갈 수 있을 거야."

일곱 번째 다음으로 두 번째가 말했다.

"그때 마녀의 시간에 마침표를 찍는다고 했으니까 틀림없이 그 여자도 파멸할 거야. 나는 그걸 보고 싶어."

두 번째의 눈에는 일곱 번째 이상의 증오가 있었다. 살아 있는 동안 엄마를 순종적으로 따른 만큼 엄마를 향한 원망이 누구보다 컸다.

키아는 조금 겁을 먹었으나 중요한 사실을 깨달았다.

"잠깐만. 아홉 별이라고 했잖아……? 우리는 여덟 명인데?"

"그래. 아직 전원이 다 모이지 않았어. 최초의 키아가 필요해, 여덟 번째."

도대체 무슨 소리인지 몰라 키아는 첫 번째를 보았다.

"네가 최초의 키아잖아?"

"아니야. 나는 첫 번째일 뿐이야. 너도 봤지? 지하실에서, 최초의 키아를."

키아는 조금 전에 본 첫 번째의 기억을 되짚었다.

엄마가 상자에서 꺼내 끌어안은 것. 바짝 마른 인형 같은 것.

헉! 목에서 소리가 났다.

"그게…… 그게 그거야?"

"응. 그게 최초의 키아. 마녀의 친딸이야. 그 아이를 만나야 해."

첫 번째가 말했다.

"그 아이가 필요해. 우리 전원이 살아남으려면. 그러지 못하면 여덟 번째에게는 죽음이, 우리에게는 두 번째 죽음이 찾아올 거야."

너무도 무거운 목소리였다.

7

엄마가 다섯 번째를 재운 뒤에도 키아는 다른 키아들과 계속 대화를 나눴다. 아무리 의견을 나눠도 결론은 하나였다.

예언을 실현해야 목숨을 구할 수 있었다. 그러려면 지하실에 있는 최초의 키아의 시신을 안고 나와야 한다.

지하실에 들어간다는 생각만 해도 키아는 몸이 떨렸다. 다른 소녀들이 입을 모아 키아를 격려했다.

"괜찮아. 낮에는 엄마가 자고 있을 테니까. 그 유리 용기 안에서."

"그래. 내 생각에는 그 안에 들어가서 힘과 젊음을 유지하는 것 같아. 그건…… 아마 피일 테니까."

"피? 누, 누구의 피인데, 일곱 번째?"

"여덟 번째도 여섯 번째의 기억을 봤잖아? 밤에 괴롭힘을 당하는 사람들."

"……."

"그 사람들에게서 뽑아낸 피가 땅에 스며들어 지하의 그 방까지 가는 거야. 마녀는 피로 목욕해서 힘을 키우는 게 분명해."

"그 사람들은 도대체 누구야?"

키아의 의문에 대답할 수 있는 아이는 없었다. 첫 번째가 조용히 말했다.

"그 답은 아마 최초의 키아가 알고 있을 거야."

역시 최초의 키아가 꼭 필요한가 보다.

그렇지만 아무리 생각해도 불가능할 것 같아 키아는 망설였다. 첫 번째가 죽는 모습이 눈에 선했다. 엄마는 지하실에 들어간 첫 번째에게 무시무시하게 화를 냈다. 살금살금 숨어들었다가 들키면 똑같은 일이 반복될 뿐이다.

두 번째가 말했다.

"엄마가 아무리 강한 마녀여도 잠을 전혀 안 잘 수는 없어. 밤중에 움직이고 정원에서 채찍을 휘두르니까 틀림없이 지칠 거야. 낮에는 계속 자니까 지하실에서 나오지 않는 거겠지?"

"낮에 지하실에 들어가면 최초의 키아에게 접근할 수 있다는 말이지, 두 번째?"

"그래, 세 번째."

그 말이 옳을 수도 있었다. 다만 어디까지나 추측이다. 무턱대고 저지르기에는 너무 위험했다.

키아가 망설이자 두 번째가 조심스럽게 말했다.

"얘, 여덟 번째 키아. 너는 아직 괜찮을 거라고 생각하지? 그 사람이 죽이기 전까지 아직 여유가 있다고."

"……."

"하지만 그 사람의 마음이 언제 어떻게 바뀔지는 몰라. 게다가 너도…… 갑자기 얼굴에 상처가 생길지도 몰라. 아니면 아파서 종기 같은 게 날지도 몰라. 그러면 그 사람은 세 번째에게 했던 것처럼 널 처리할 거야."

키아는 반사적으로 세 번째를 보았다. 날쌔 보이는 자그마한 소녀. 뺨부터 입에 걸쳐 하얀 흉터가 두 줄 나 있다. 엄마는 저 흉터가 마음에 안 들어서 세 번째를 처리했다.

키아가 몸을 움츠리자, 두 번째가 계속 다그쳤다.

"또 나처럼 언제 월경을 시작할지 모르잖아. 너한테 남은 시간은 길 수도 있어. 하지만 어쩌면 아주 짧을지도 몰라. 우리는 지금 네 안에 있어. 네가 죽으면 우리는 또 한 번 죽게 돼. 나는…… 그걸 받아들일 수 없어!"

두 번째의 눈이 어둡고도 강렬하게 불타올랐다.

"나는 그 사람 손에 또 죽고 싶지 않아! 다른 아이가 죽는 것도 보기 싫어! 절대로 용서 못 해! 안 돼, 안 돼, 절대 안 돼! 그 사람한테 우리는 딸이 아니야, 여덟 번째! 우리는 인형이야. 질리거나 마음에 안 드는 점이 있으면 망가뜨려도 되는 인형이라고. 말도 안 되는 소리지! 우리도 모두 마음이 있는데!"

다시는 이 마음을 짓밟게 두지 않겠다.

두 번째가 강한 의지를 담아 키아를 응시했다.

"도저히 안 되겠으면 나한테 의자를 양보해. 그러면 내가 지하실에 갈게. 너는 여기서 내가 지하실에 들어가는 걸 보면 돼. 어때?"

키아는 입을 다물었다. 두 번째의 말이 가슴에 박혔다.

인형. 그래, 그 말이 옳았다. 엄마는 아이들을 인형처럼 대했다. 귀여워했지만 문제가 생기면 금방 망가뜨리고 새것으로 바꿨다. 그렇게 일곱 명의 아이가 죽고 여덟 번째인 자신이 이 황금 저택에 왔다. 지금까지 아이들의 대용품으로서.

처음으로 엄마를 향한 순수한 분노가 울컥 솟았다.

두 번째의 말대로다. 이런 짓은 절대 용서할 수 없다.

분노가 힘이 되어 키아의 온몸에 차올랐다.

키아는 아이들을 바라보았다.

"어차피 다 같이 가는 거니까……. 내가 갈게. 다 같이 도망치자."

어떻게 할지 정했다.

키아는 다음 날 아침 일찍 일어났다. 곧바로 지하실로 달려갔다.

절대 접근하면 안 된다고 신신당부를 들은 지하실 문. 새까만 철제 틀이 단단하고, 뱀 모양 손잡이도 소름 끼쳤다.

혼자였다면 도저히 감당하지 못했을 것이다. 그래도 키아는 혼자가 아니었다. 일곱 동료, 일곱 자매의 영혼이 곁에 있었다. 아이들의 존재가 키아를 지켜 주었다.

키아는 용기를 내 손잡이를 잡았다.

당연하다고나 할까, 문은 아무리 밀고 당겨도 꼼짝하지 않았다. 자물쇠로 잠겨 있었다.

"어쩌지?"

"도끼로 자물쇠를 부수면?"

"그건 좀……. 그렇게 해도 못 열었다가 밤에 엄마가 나오면 끝장이잖아."

속닥속닥 속삭이는 키아들.

여섯 번째가 말했다.

"좋은 생각이 났어! 점토로 열쇠 구멍을 본뜨는 거야. 본뜬 대로 열쇠를 만들면 어떨까?"

"할 수 있을까?"

"할 수 있을 거야."

네 번째와 세 번째가 대답했다.

"나는 손으로 하는 거 잘해."

"나도 잘해. 심지로 딱딱한 걸 쓰면 점토로도 튼튼한 열쇠를 만들 수 있어."

키아는 일단 방으로 돌아가 점토를 가지고 왔다.

이 점토도 엄마에게 받았다. 한때 점토에 푹 빠져서 동물이나 사람 인형을 만들며 놀았다. 한동안 건드리지 않았더니 점토가 완전히 딱딱히 굳었다.

"괜찮아."

네 번째가 말했다.

"천을 물에 적셔서 점토를 한참 감싸 두면 돼. 그러면 부드러워져."

키아는 시키는 대로 하고, 두 시간쯤 지나 점토를 꺼냈다. 정말로 부드러워진 점토를 열심히 주물럭거렸다. 그러자 점점 더 부드러워지고 찰기가 생겼다.

"이 정도면 될까?"

"괜찮을 것 같아. 그럼 그걸 열쇠 구멍에 넣고 천천히 빼는 거야. 잘만 하면 예쁘게 열쇠 본을 뜰 수 있어."

"으, 응."

키아는 지하실 문으로 가 시킨 대로 점토를 열쇠 구멍에 밀어 넣었다. 몇 번 실패했으나 마침내 온전하게 열쇠 모양이 된 점토를 꺼낼 수 있었다.

키아는 열쇠 구멍 주변에 붙은 점토를 깨끗하게 닦은 뒤, 열쇠 본을 소중히 들고 방으로 돌아왔다.

"잘했어, 여덟 번째. 이제 나한테 맡겨."

자신만만하게 말하는 네 번째에게 의자를 양보했다.

네 번째가 바로 작업을 시작했다. 열쇠 본을 보며 가느다란 나뭇가지에 철사를 둘러 심지를 만들었다.

자신과 전혀 다른 솜씨여서 키아는 감탄했다.

어느 정도 모양을 갖추자, 네 번째와 세 번째가 교대했다. 세 번째는 네 번째가 만든 열쇠 원형에 정성껏 점토를 붙여 좀 더 열쇠 모양과 비슷하게 만들었다. 손끝을 솔처럼 써서 가지런히 다듬었다.

열쇠가 완성됐을 때는 벌써 저녁이었다.

"어쩌지?"

"오늘은 여기까지. 어차피 열쇠는 다 마른 뒤에 쓸 수 있으니까. 아, 종이 울린다."

"다섯 번째, 다섯 번째! 엄마를 만나고 와!"

"응!"

키아는 열쇠를 감춘 뒤, 다섯 번째에게 의자를 양보했다.

그대로 아침이 오기를 기다렸다. 내일 아침이야말로 지하실 문을 열 테다.

다음 날, 키아는 다시 지하실 문 앞에 섰다.

점토로 만든 열쇠는 단단하게 말랐다. 심지가 들었으니까 튼튼할 것이다.

제발 잘되기를 기도하며 키아는 열쇠를 구멍에 꽂았다. 조금 덜걱덜걱했으나 무사히 들어갔다.

숨을 들이쉬며 천천히 돌렸다.

열쇠에 걸리는 무게를 손으로 느꼈다.

무겁다. 그리고 딱딱하다. 과연 점토 열쇠가 버텨 줄까.

그렇게 생각한 순간, 뭔가 뚝 부러지는 소리와 감촉을 느꼈다.

키아는 당황해서 열쇠를 끄집어냈다. 열쇠 끝이 맥없이 꺾여 심지로 넣은 철사가 튀어나와 있었다.

실패했어! 역시 점토는 너무 약했어!

창백하게 질린 키아에게 일곱 번째의 목소리가 들렸다.

"여덟 번째. 여덟 번째, 잘 봐!"

기쁨 어린 외침에 키아는 울먹이며 고개를 들었다.

문이 살짝 열렸다.

눈이 동그래진 키아에게 네 번째가 기뻐하며 말했다.

"열쇠가 부서지기 전에 제대로 열렸어! 열쇠가 제 역할을 톡톡히 해 줬어!"

"하, 하지만 열쇠가……."

"부서져도 상관없어. 지하실에 여러 번 오갈 것도 아니니까."

그 말을 듣고 키아는 마음을 다잡았다.

그렇다. 이 지하실에 들락거릴 생각은 없었다. 들어가는 것은 이번이 처음이자 마지막이었다.

키아는 깊이 숨을 들이쉬고, 문을 활짝 열어 아래로 내려가는 계단을 살폈다. 살짝 어두운데 안쪽이 빨갛게 빛났다.

키아는 발소리를 죽이고 한 걸음씩 계단을 내려갔다. 마룻바닥이 삐걱거릴 때마다 몸이 튀어 오를 것 같았다. 다른 키아들이 용기를 주지 않았다면 해내지 못했을 것이다.

키아들의 응원을 받아 간신히 지하실에 도착했다.

지하실은 첫 번째 키아의 기억과 똑같았다. 커다란 항아리와 상자가 사방에 있었고, 붉은빛이 방을 희미하게 밝혔다.

중앙에는 피가 채워진 거대한 유리 용기가 있었고, 그 안에 긴 흑발을 하늘하늘 펼친 엄마가 몸을 말고 있었다. 알몸인 채 루비 반지만 손가락에 꼈다. 저 마법 반지도 엄마처럼 피에 잠겨야만 힘이 강해지나 보다.

키아는 꿀꺽 침을 삼켰다. 그 소리가 유난히 크게 울려서 식은땀이 났다.

그래도 엄마는 꼼짝하지 않았다. 깊이 잠든 것 같았다.

괜찮다. 지금이라면 괜찮다.

스스로 북돋우고 키아들의 응원을 받으며 키아는 천천히 걸었다. 방을 가로질러 안쪽의 까맣고 네모난 상자로 향했다. 뚜껑을 열 때는 등줄기가 오싹했으나, 그래도 멈추지 않았다.

마침내 상자에 담긴 소녀의 시신과 마주했다.

바싹 말린 나무뿌리가 뭉친 것 같은 모양이었다. 피부는 갈색으로 시들었고, 여기저기 잔뜩 주름졌다. 코와 입이 있었을 곳에는 까만 구멍만 뻥 뚫렸다. 입술은 얇고 건조했고, 살짝 벌어져서 앙증맞은 치아가 보였다.

까만 머리카락만큼은 풍성했으나 윤기가 없어서 삼으로 만든 퍼석퍼석한 실 같았다. 호화롭게 자수를 놓은 예쁜 옷을 입었으나 아무리 봐도 사람은 아니었다.

그래서일까. 키아는 공포나 혐오가 아니라 안타까움을 느꼈다.

"최초의 키아……."

아이를 부르며, 키아는 시신의 손목을 건드렸다.

8

남편을 일찍 떠나보낸 한 여자가 딸과 단둘이 살았다. 재산은 남편이 남긴 작은 농장 하나뿐이었다. 그래도 생활은 여유로웠다. 농장에서 항상 규모 이상의 수확물을 얻은 덕분이다.

여자가 웃으면 꽃망울이 활짝 벌어졌고, 노래를 부르면 보리가 무럭무럭 자랐다. 여자가 건드린 과일나무는 기쁨에 떨며 커다란 열매를 맺었다.

여자는 분명 대지의 가호를 받았다.

마을 사람 중 하나가 그 사실을 알고 질투심에 싸여 영주에게 알렸다.

영주는 곧바로 움직였다. 여자의 딸을 인질로 잡아 자기 영지를 풍요롭게 만들라고 명령했다.

여자는 딸을 위해 영주의 토지에 필사적으로 노래를 불렀다. 그러나 여자의 마음에는 기쁨과 평온이 아니라 공포와 분노가 있었다. 결국 여자의 목소리가 탁해졌다.

그러자 영주의 토지가 쇠약해졌다. 작물은 벌레 먹고 과일나무는 시들고, 포도는 혀가 마비될 정도로 시큼했다.

여자가 일부러 그런 건 아니었으나 영주는 당연히 격노했다. 여자의 눈앞에서 딸을 죽이고, 시체와 함께 옥에 가뒀다.

여자는 차가워진 딸을 안고 울었다. 슬픔과 증오에 찬 탄식이 지하 깊은 곳에 자리한 그림자를 불러냈다.

그림자는 여자의 마음을 어둡게 물들이는 대가로 강력한 힘을 주었다.

여자는 가시나무 마녀가 되어 복수했다. 증오하는 영주의 저택을 가시나무로 뒤덮어 자기 것으로 삼았다. 영주와 그 일족을 알몸으로 벗겨 나무로 바꿨다. 주변 일대의 토지에 저주를 걸어 작물이 영글지 못하도록 했다. 자신을 배신한 사람과 그들이 속한 마을 전체가 굶주리도록.

마녀는 증오하는 상대에게 저주를 걸고, 손에 넣은 저택에서 적들이 괴로워하는 모습을 즐겼다. 그러나 마음에 생긴 구멍을 채울 수 없었다.

증오만으로는 부족했다. 사랑이 있어야 한다.

여자는 저주를 받아 비참해진 마을에 거래를 제안했다. 마을에서 태어난 갓난아기 한 명을 자신에게 넘겨라. 그 대신 풍작을 선물해 주마.

저주와 기근으로 망하기 직전이던 마을 사람들은 곧바로 조건을 받아들여, 까만 고수머리 여자아이를 바쳤다.

마녀는 아이에게 키아라는 이름을 지었다.

마녀의 딸은 언제나 키아였다.

최초의 키아에게서 받은 이야기를 키아와 다른 키아들은 천천히 소화했다.

이야기는 고통과 슬픔이 뒤섞인 눈물 맛이 났다. 이 눈물은 최초의 키아가 흘리는 눈물이었다.

키아는 최초의 키아의 영혼을 느꼈다. 다른 키아와 달리 어머니를 사랑했다. 그 마음이 애틋하게 전해졌다.

"너는…… 슬프구나. 엄마가 저렇게 돼서……. 너도 이렇게 상자에 있으면 안 돼. 우리와 함께 나가자."

키아는 이렇게 속삭이며 최초의 키아를 상자에서 안아 꺼냈다. 최초의 키아는 인형처럼 가벼웠다. 어찌나 몸이 약한지, 조심해서 옮기지 않으면 부서질 것 같았다.

최초의 키아를 소중히 품에 안고, 키아는 방을 가로질러 계단으로 갔다. 그러는 동안에도 용기 속 엄마에게서 시선을 떼지 않았다.

괜찮다. 아직 자고 있다.

조용히 깊은 잠에 빠진 엄마를 보자, 마음이 복잡해서 눈물이 날 것 같았다.

불쌍하면서도 잔인한 사람. 한 아이의 엄마에서 냉혹한 마녀가 되고 만 사람. 잔인하게 딸이 죽임을 당한 것은 진심으로 동정한다. 그렇다고 우리에게 한 짓을 용서할 수는 없다.

"안녕……."

키아는 나직하게 속삭이고 계단을 올라갔다.

일 층으로 올라오자마자 바로 저택의 문으로 향했다.

문을 활짝 열자, 환한 빛이 내리쬈다. 더없이 맑은 하늘이 펼쳐졌다. 구름 한 점 없는 푸른 하늘이다. 정원의 풀은 파릇파릇 반짝였고, 그 너머 과일나무에는 오렌지가 주렁주렁 열렸다.

어둠과 추악함이 없는 낮의 바깥 세계로 키아가 한 걸음 내디뎠다.

그 순간, 공기가 바뀌었다. 바람이 잠잠해지고, 달콤하고 상쾌했던 대기가 무겁게 가라앉더니 불길하리만치 고요해졌다. 게다가 어두컴컴해졌다.

하늘을 보니 태양이 이지러지기 시작했다.

키아 안에서 일곱 번째가 크게 외쳤다.

"아홉 별이 모인 그때, 낮에 밤이 찾아오고 어둠이 행복이 될지니! 예언이 사실이었어! 우리가 모여서 낮에 밤이 찾아온 거야!"

키아가 고개를 끄덕이는 사이에도 어둠이 퍼졌다.

마침내 하늘이 새까맣게 덧칠됐고, 대지도 어둠에 잠겼다. 갑자기 어둠이 내려앉자 황금 저택은 밤이 왔다고 착각했나 보다. 밤을 알리는 종소리가 울렸다.

그때 이미 키아들은 가시나무 울타리를 향해 뛰고 있었다.

순식간에 시드는 과일나무 사이를 지나고 비처럼 쏟아지는 마른 잎을 헤치며 앞으로 나아갔다.

이윽고 울타리가 보였다.

조금만 더 가면 된다고 안도한 그때, 키아는 파바바박 다가오는 발소리를 들었다.

돌아보니, 엄마가 무시무시한 속도로 뛰어오고 있었다. 핏물 가득한 용기에서 나오자마자 쫓아왔나 보다. 머리는 축축하게 젖었고 몸도 벗은 채다. 손가락에 루비 반지가 새빨갛게 번뜩였고, 엄마의 눈도 루비처럼 불탔다.

엄마가 입을 찢어질 듯이 벌리더니 키아를 향해 증오 어린 비명을 질렀다.

"이 배신자! 너도 나를 배신했어! 다른 아이들과 똑같이! 그렇게 사랑했는데!"

엄마가 고함을 지르며 크게 손을 치켜올렸다. 키아는 심장을 지키기 위해 얼른 최초의 키아를 방패로 삼았다.

딸의 시신을 보자 엄마의 움직임이 멈췄다. 그 눈빛이 더욱더 증오로 일렁였다.

"내 딸을 내놔! 키아가 다치면 가만두지 않겠어!"

그 말에 키아는 완전히 화가 났다. 다른 키아들도. 다섯 번째를 제

외한 일곱 소녀가 일제히 외쳤다.

"이 아이가 진짜 키아라면 왜 우리에게 키아라는 이름을 줬어? 왜 그랬어? 대체 왜?"

"……"

"애초에 엄마한테 키아는 이 아이뿐이잖아! 그러면 우리는 필요도 없었잖아! 맞아, 맞아! 우리에게 키아라는 이름을 주지 말았어야지! 엄마는 너무해! 엄마와 키아에게 나쁜 짓을 한 영주보다도 더 잔인해!"

키아의 말, 그리고 키아의 입에서 여러 소녀의 목소리가 나오자 엄마의 얼굴이 창백해졌다. 분노가 사라지고, 어쩔 줄 모르고 머뭇거렸다.

"어, 어떻게 네가 그 일을 알지? 그건…… 아주 옛날 일인데. 그리고 그 목소리……"

"지금 그런 게 중요해? 우, 우리한테는 제각각 다른 삶이 있었어! 엄마 마음대로 키아로 만들고는 가짜라고 처분하다니! 그렇게 죽어도 되는 아이는 단 한 명도 없었어! 다들 엄마를 좋아했는데! 배신자는 엄마야!"

모두가 흥분해서 외치는 바람에 키아의 손에 힘이 너무 들어갔다.

우두둑, 마른 소리를 내며 최초의 키아의 오른팔이 땅에 떨어졌다.

그걸 본 순간 엄마의 표정이 달라졌다. 얼굴이 더욱 창백해지고, 눈에 또렷하게 살기가 맺혔다. 화가 나서 흥분한 키아도 오싹해질 정도로 무시무시했다.

겁을 먹은 소녀를 향해 엄마가 다시 손을 들었다.

그때였다. 갑자기 하늘에서 빛이 내려왔다.

어둠 사이로 태양이 나왔다.

사르륵, 드레스 자락을 펼치는 것처럼 빛이 지상을 뒤덮었다.

빛을 받은 순간, 엄마가 비명을 질렀다. 하얀 피부가 순식간에 불타올랐다.

종이에 불이 번지듯이 새카맣게 탄 자국이 엄마의 온몸으로 퍼졌다. 금이 가 푸슬푸슬 벗겨지는 피부 아래로 새빨간 석류 같은 속살이 보였다. 그 살도 금세 까맣게 변했다.

엄마가 꼼짝 못 하고 선 키아와 다른 키아들을 바라보았다. 이미 코도 무너졌고 오른쪽 눈도 걸쭉하게 녹았다.

피부가 바짝 벗겨진 입술을 벌려 뭐라고 말하려고 했다. 그러나 입에서 나온 것은 목소리가 아니라 뭉게뭉게 솟는 새까만 연기였다.

다시 찬란한 한낮이 돌아왔을 때, 엄마는 완전히 불에 타 새까만 한 무더기의 잿더미로 변했다.

마녀가 죽었다.

키아는 숨이 답답해서 입을 벌렸다. 너무 놀라 숨 쉬는 것도 잊었나 보다.

"이, 이게 뭐야? 대체 이게……."

헐떡이는 키아에게 두 번째가 역시 동요를 감추지 못하면서도 설명했다.

"엄마는 어둠의 존재와 거래해 마녀가 된 거잖아. 그 대가로……
햇빛을 견디지 못하는 몸이 됐을 거야."

"그럼…… 낮에 지하실에 있었던 것도 그래서였겠네."

키아는 넋을 놓고 중얼거리며 잿더미를 바라보았다. 엄마가 죽었
다는 것을 어떻게 받아들여야 할지 모르겠다. 기뻐해야 하나, 아니면
슬퍼해야 하나. 단 한 가지 확실한 것은 이제 우리는 안전하다는 사
실이다.

한편, 키아 안에서 소녀들은 제각각 다른 방식으로 마녀의 죽음을
받아들였다.

마녀가 죽었다고 폴짝거리는 일곱 번째와 두 번째.

이제 무서워하지 않아도 된다고 안도하는 여섯 번째.

첫 번째와 세 번째, 네 번째도 엄마의 죽음을 곰곰이 곱씹었다.

단 한 사람, 다섯 번째 키아만은 훌쩍훌쩍 울었다. 엄마가 죽어서
진심으로 슬퍼했다.

그 아이를 달래면서 키아는 황금 저택을 보았다.

엄마의 죽음이 벌써 많은 변화를 가져왔다.

과일나무로 변했던 사람들이 서 있었다. 잠깐 밤이 되어 인간으로
변했나 보다. 그러나 태양이 쨍쨍 내리쬐는데도, 다시 나무로 돌아가
지 않았다. 그들의 얼굴에도 이제 고통은 없었다.

안도한 표정으로 한 명, 또 한 명 땅에 드러눕는 사람들. 그 몸은

순식간에 흙으로 변해 대지에 흡수됐다.

그 너머에서 황금 저택이 요란한 소리를 내며 무너졌다. 저 저택도 마침내 제 역할을 다했다.

이렇게 마녀의 마법이 두 개나 사라졌다. 남은 것은 가시나무 울타리뿐이었다.

키아는 가시나무 울타리로 시선을 돌리고, 천천히 다가갔다.

흉포한 벽을 이루었던 가시나무. 최초의 키아를 안은 키아가 다가가자, 굵은 줄기가 금세 시들고, 딱딱하고 날카로운 가시도 빠졌다. 마치 기운이 빠져 주저앉듯이 좌우로 갈라졌다.

밖으로 나가는 길이 열렸다.

길 너머로 보이는 초록 언덕에 키아들의 마음이 한껏 고동쳤다.

세계다.

키아는 곧바로 달려가려고 했다. 그러다가 생각을 바꿔 일단 물러났다. 엄마의 재 옆에 최초의 키아를 가만히 내려놓았다. 엄마를 원망하고 증오하는 마음은 여전히 남았지만, 이렇게 하는 것이 옳다고 생각했다. 다른 키아들도 뭐라고 하지 않았다.

"자, 가자!"

키아는 이번에야말로 밖을 향해 뛰었다.

바깥 세계는 어떤 곳일까? 어쩌면 여기보다도 잔혹하고, 싫은 일이 잔뜩 있을지도 모른다. 하지만 그래도 괜찮아. 우리는 자유니까. 여러 곳에 가서 많은 것을 보고 싶어. 게다가 우리는 혼자가 아니야.

여덟 명이야. 우리 여덟 명이 함께라면 세상에 못 할 일이 없어.

키아는 환하게 웃으며 울타리 사잇길을 달려갔다.

옮김 **이소담**

동국대학교에서 철학 공부를 하다가 일본어의 매력에 빠졌다.
읽는 사람에게 행복을 주는 책을 우리말로 아름답게 옮기는 것이 꿈이고 목표이다.
옮긴 책으로 『양과 강철의 숲』, 『하루 100엔 보관가게』, 『당신의 마음을 정리해 드립니다』,
『오늘의 인생』, 『같이 걸어도 나 혼자』, 『다시 태어나도 엄마 딸』, 『이사부로 양복점』,
『쌍둥이』, 『십 년 가게』 등이 있다.

텍스트**T** 003
어떤 은수를

초판 1쇄 발행 2022년 7월 15일 **초판 4쇄 발행** 2024년 9월 13일

글 히로시마 레이코 **그림** 하시 가쓰카메 **옮김** 이소담
펴낸이 최순영

어린이 문학 팀장 박현숙
본문 편집 고양이 손
키즈 디자인 팀장 이수현
디자인 오세라

펴낸곳 (주)위즈덤하우스 **출판등록** 2000년 5월 23일 제13-1071호
주소 서울특별시 마포구 양화로 19 합정오피스빌딩 17층
전화 02)2179-5600 **내용문의** 02)2179-5768
홈페이지 www.wisdomhouse.co.kr **전자우편** kids@wisdomhouse.co.kr

ISBN 979-11-6812-320-5 43810